혼자만 깨우치면 뭣 하겠는가

달리기하는 철인 스님, 1킬로미터 100원의 기적
혼자만 깨우치면 뭣 하겠는가

초판 1쇄 발행 2014년 5월 6일

지은이 진오 스님 **발행인** 서영택 **본부장** 이홍
편집인 박희연 **편집주간** 최서윤 **편집장** 한성수 이정아
책임편집 최서윤 **디자인** 이하나 **인터뷰 정리** 엄호정 박소율
제작 한동수 **마케팅** 정상희 정지운
발행처 ㈜웅진씽크빅 **출판신고** 1980년 3월 29일 제406-2007-00046호

임프린트 리더스북 **주소** 서울시 종로구 인사동 9길 27 가야빌딩
주문전화 02-3670-1021, 1173, 1595 **팩스** 02-747-1239
문의전화 02-3670-1163(편집) 02-3670-1191(영업)
홈페이지 http://www.wjbooks.co.kr

ⓒ 2014 진오
ISBN 979-11-85424-10-1 (03810)

리더스북은 ㈜웅진씽크빅 단행본사업본부의 임프린트입니다.
이 도서의 국립중앙도서관 출판시도서목록(CIP)은
서지정보유통지원시스템 홈페이지(http://seoji.nl.go.kr)와
국가자료공동목록시스템(http://www.nl.go.kr/kolisnet)에서 이용하실 수 있습니다.
(CIP제어번호 : CIP2014013073)

• 책값은 뒤표지에 있습니다.
• 잘못된 책은 구입하신 곳에서 바꾸어드립니다.

• 이 책의 인세는 전액 사단법인 '꿈을이루는사람들' 기부금으로 쓰입니다.

달리기하는 철인 스님, 1킬로미터 100원의 기적

혼자만 깨우치면 뭣 하겠는가

진오 스님 지음

리더스북

• 차례 •

2부
이주민 공동체의 꿈

3부
출가 이야기

• 프롤로그 •

나는 마라톤 하는 스님

자비는 자리를 따지지 않는다

사람들은 스님은 산에 있어야 한다는 편견을 갖고 있다. 이것은 해묵은 고정관념이기도 하다. 부처님 말씀을 공부하는 수행자에게 있어야 할 장소가 따로 있는 게 아니다. 당신이 있는 그곳이 바로 부처가 계시는 곳일 수 있기 때문이다. 내가 만나는 사람이 신이요, 부처라고 생각해보자. 그렇다면 만나는 사람 한 명 한 명에게 정성을 기울이게 된다. 성인들은 절이나 교회에서만 부처와 예수를 찾지 말고 내 삶의 주변에서 어려운 이웃을 찾아 도우라고 하셨다. 좋은 말씀은 특정 종교의 전유물이 아니다. 부처의 자비(慈悲)가, 예수의 사랑이 그렇다. 그분들의 사랑과 자비는 표현만 다를 뿐 특정 나라, 특정 피부색, 특정 언어, 특정 계층을 모두 뛰어넘는 것으로 우리가 헤아릴 수 있는 범위를 넘어서는 그 무엇이다. 거룩한 분에게 기대어 내 삶의 안위와 명성, 재물을 더 얻게 해달라며 기도하는 것은 본래의 가르침을 거스르는 것이다.

스님, 왜 달리세요?

나는 언젠가부터 달리는 스님으로 알려졌다. 그래서인지 사람들은 왜 달리느냐고 자주 묻는다. 승복을 입고 깊은 산중에 있어야 할 스님이 속세로 나와 달리기를 하니 궁금한 것이다. 맨살을 드러내는 일을 금기시하는 보수적인 불교계에는 마라톤복을 입고 뛰는 나를 못마땅하게 여기는 사람들도 있다. 이런저런 소문을 들으셨는지 하루는 내게 법명(法名)을 내려주신 스승께서 "팬티만 입고 뛰더라. 앞으론 그러지 마라."고 걱정의 말씀을 하셨다. 그러나 아무리 승려라 해도 승복을 입고 장거리 마라톤을 할 수는 없었다.

나는 왜 달려야 할까?

군더더기 없이 말하자면 나는 후원금을 모으기 위해 달린다. 하지만 극한의 상황에 이르면 내 스스로도 수없이 자문자답을 하게 된다. 여기서 멈춘다고 누구 하나 뭐라고 할 사람이 없는데…. 새벽 2시, 굽이굽이 이어진 깊은 산골을 달리다 보면 간혹 전봇대가 내게 다가오기도 하고 발을 헛디뎌 아슬아슬할 때가 있다. 졸음이 밀려들면서 환각 상태가 찾아오고 앞이 보이지 않아 어지럼증이 도진다. 발은 물집이 잡혀 엉망이 된다. 한 발 디디기도 어려운 몸을 끌고 끝까지 완주해야 한다는 신념으로 버티는 순간이다. 졸음이 몰려들면 허벅지를 꼬집고 뺨을 때리기도 하면서 달린다. 정말 이렇게까지 달려야 하나 싶어 눈물이 솟구칠 때가 있다. '누가 하라고 시킨 것이 아닌데 가만히 앉아서 살면 되지. 뭐 하러 그 고생하느냐.'는 만류를 못 이기는 척 따를 걸 하는 후회가 든 적도 있었다.

언젠가부터 나에게 달리는 일은 수행이자 화두가 되었다. 부처님은 달리라고 설법하신 적이 없지만 내게 '자비'라는 화두를 주셨다. 내가 달려야 하는 이유는, 내가 맺게 된 인연들에서 비롯되었다. 우리나라에 와서 뇌수술을 받고 머리 한쪽을 잘라내야 했던 베트남 청년 토안과의 만남이 그랬다. 어쩌면 지금까지의 다양한 만남들이 내겐 수행을 위한 인연이었고 화두였던 셈이다. 내가 달리면서 얻는 후원금은 이주노동자들에게, 결혼이주여성들에게, 다문화가정 2세와 통일(탈북)청소년들에게 쓰인다. 1킬로미터당 100원, 200원이 모여 그들이 한겨울 눈과 비를 피할 쉼터가 만들어진다. 그래서 나는 달리기를 멈출 수가 없다.

그렇다고 모든 스님들이 나와 같은 길을 걸을 수는 없다. 어떤 스님은 산사에서 공부와 명상을 통해 더 큰 깨달음을 얻고 어떤 스님은 오랜 시간 묵언수행하며 정진한다. 나는 나의 그릇 크기와 모양에 따라 내 나름의 수행을 진행하고 있을 뿐이다.

보시에 관한 부처님의 가르침

불교가 이야기하는 보시(布施)에는 세 가지가 전제되어야 한다. 첫째, 주는 사람이 줬다는 마음이 없어야 한다. 둘째, 받는 사람이 받았다는 부끄러움이 없어야 한다. 셋째, 건네지는 마음과 물건이 나쁜 것이어서는 안 된다. 도둑질을 해서 주면 안 되고 도박을 해서 나누어도 청정하다 할 수 없다. 남의 것을 착취해서 주는 것도 안 된다. 이게 불교가 가진 보시의 가르침이다. 그런데 후원한 만큼 기부 사실이 알려져야 하는 것이 또한 세속의 흐름이다. 그래서 나는 후원금을 보내주신 분들의 명단을 밝힌다. 투명하게 통장의 기부 내역을 공개하는 것이다. 힘들게 번 돈을 이웃에게 나누어주는 것 또한 결코 쉬운 일은 아니지 않은가? 작지만 큰 마음, 이렇게 모인 돈이 꼭 필요한 곳에 쓰이게 될 때 나 또한 존재 이유를 찾고 큰 감사를 느낀다.

그늘에 깃든 한줌 햇살

나는 고등학교 시절, 출가(出家)를 결심하고 동국대학교 불교대학에 진학해 부처님 말씀을 배웠다. 어느덧 그렇게 살아온 지 34년이 흘렀다. 누구나 그렇겠지만 청년, 중년, 장년의 시기를 거쳐 오면서 수없이 다른 나와 만났고, 수없이 변해가는 세상과 만났다. 출가자로 살아오며 접하게 된 미묘한 삶의 현장들…. 그 누구 하나 힘들지 않은 사람이 있을까. 이런 사람들 중 낯선 남의 나라에 빈 몸으로 도착해 보이지 않는 냉대 속에 눈물 흘리는 사람들이 보였다. 먼 곳에서 지켜볼 부모님과 형제, 친구를 떠올리며 작은 희망이라도 일구기 위해 안간힘을 쓰는 사람들. 그들은 가난한 나라에서 왔다는 이유만으로 차별을 받고 있다. 곁에서 안타까운 모습을 지켜보며 나는 한 사람의 수행자로서 내가 해야 할 일이 무엇인지 고민하게 되었다. 그 결과 달리는 것을 선택했고, 철인 스님이라는 별명을 얻었다. 명성을 얻은 만큼 더 많은 거리를 뛰어야 했다. 무릎의 통증을 느껴도 손목 골절상을 당해도 나는 죽지 않을 만큼 뛰었다. 뛰면서 소외된 사람들을 세상에 알리기로 했다. 그들을 돕는 방법 중 내가 잘할 수 있는 것이 뛰는 것이었고, 사실 가진 것도 몸밖에 없었기 때문이다.

타인의 고통을 외면하지 않을 때 우리는 비로소 '자비'와 '사랑'을 이해할 수 있을 것이다. 음지가 더욱 음지가 되지 않도록 그 속에 빛을 뿌리는 일을 하고 싶었다. 모든 사람들이 선천적으로 가진 선한 마음을 챙겨오고 싶었다. 머리로 하는 자비보다 몸으로 행하는 자비는 어렵다. 내게 그 가르침을 깨우쳐준 수많은 이주노동자들에게 감사드린다. 말 못할 정도의 큰 고통을 겪으면서도 미움과 불신을 키우지 않고, 그 속에서 한줄기 햇살을 보려고 끝없이 노력한 사람들이 있다. 그들에게 필요한 도움을 주는 과정에서 나 또한 '좋은 일을 하는 스님'이라는 칭찬을 들었다. 그 말을 듣는 것이 좋았다. 그런데 실질적인 도움으로 연결되지 않을 때 조금은 섭섭했고, 미안했다. 우리가 할 수 있는 일이 이 정도뿐이구나 하는 한계를 느꼈기 때문이다.

어설픈 글을 보기 좋게 다듬어준 엄호정, 박소율 씨에게 고마움을 표한다. 또한 베트남과 독일, 일본을 함께 달려준 울트라맨 김영화, 최종한, 황철수, 송애리, 정재웅, 이후근, 정정하, 이문세, 박희숙, 그리고 기부천사 사이클리스트 김기중 씨께도 두 손 모아 고마움을 드린다.

2014, 사월 초파일을 앞두고 대둔사에서

진오

1부

만행(萬行),
나는 달린다

베트남 해우소 프로젝트

처음 마라톤을 한다고 했을 때 곱지 않은 시선으로 나를 보던 사람들이 있었다. 스님이 왜 가사를 벗고 저리 속살을 드러내놓고 뛰는지 모르겠다, 마라톤으로 언론에 오르내리는데 차라리 절간에 앉아서 수행을 해라 등. 나는 다만 사람들이 '스님이 왜 달릴까.'에 관심을 가져주길 바랐다. 그렇게 모아진 사람들의 관심을 국내에서 소외된 사람들에게 돌릴 수 있다고 생각했다. 여전히 이 생각에는 변함이 없다.

얼마나 달렸을까? 마라톤 첫날 5시간 만에 체력이 서서히 떨어지기 시작했다. 수은주는 영상 38도. 수분이 계속 땀으로 배출되어 입 안이 바짝바짝 마르자 나중에는 눈앞의 길과 나무가 나에게 달려드는 환각에 시달렸다. 연신 눈으로 흘러드는 땀을 손등으로 닦아내며, 얼굴을 꼬집기도 하고 뺨을 때리기도 했다. 올해로 3년, 지금 이곳은 베트남 북부 타이응웬성 지역이다.

태극기와 베트남 국기를 들고 달리는데 '코리안'을 알아본 사람들이 반갑게 손을 흔들었다.

"안녕하세요!"

"오, 반갑습니다. 한국말을 아주 잘하시네요."

숨이 턱까지 차오르는 더위 속에 한 사내가 맨발로 마라톤에 합류했다. 베트남 농촌을 달리다 보면 맨발로 축구를 하는 아이들, 허름한 슬리퍼를 신고 자전거로 이동하는 사람들을 흔하게 볼 수 있다.

"나 한국에서 일했어요. 돈 벌어서 집 지었어요."

"와, 축하합니다. 대단해요!"

기분 좋은 웃음소리로 일행에게 기운을 북돋아주던 사내는 1킬로미터가량에서 다시 오던 길을 되짚어 걸어갔다. 처음 베트남으로 마라톤을 하러 가겠다고 했을 때, 이곳 사람들이 한국을 손가락질하고 욕하면 어쩌나 걱정이 많았다. 행여 마라톤을 중단하고 다시 한국으로 돌아갈 일이 생기면 어떻게 대처해야 할까 하는 우려도 있었다. 내가 사는 구미 지역에는 약 6,000여 명의 이주노동자들이 있는데, 미등록(비자 연장을 하지 못한 상태) 노동자를 포함하면 대략 1만 명이 된다. 이 중 베트남 노동자는 1,200여 명으로 그들은 한국 사람들이 피하는 고된 산업현장을 지키고 있다.

"씬짜오!"

멀리서 아오자이를 입고 자전거를 탄 멋쟁이 아가씨가 탄산수 같은 미소를 지으며 손을 흔들어주었다. 나는 태극기와 베트남 국기 그리고 베트남어로 '우호의 날개를 펼치자'라고 쓰인 깃발을 들고

화답한다. 출발 전 우려와 달리 베트남사람들은 우리 일행을 향해 따뜻한 미소를 지어주었다. 그리고 그 미소는 나의 굳은 몸과 마음을 한결 가볍게 해주었다.

자원이 풍요로운 베트남은 기후가 따뜻하고 강우량이 많아 1년에 삼모작을 한다. 비록 산지의 비중이 농지보다 크지만 부지런한 베트남사람들은 열심히 일해 먹을거리를 수확하고 이웃과 소박하게 정을 나누며 살아간다. 어쩌다 공사가 한창인 건물 앞을 지나갈 때면 머리에 '논나'로 불리는 야자나무 잎 모자를 쓴 아낙들이 일렬로 앉아 과일과 야채 혹은 옥수수 껍질을 벗겨 파는 걸 볼 수 있다. 그 모습이 내 어린 시절을 떠올리게 해 정겨움을 자아냈다. 베트남 거리의 간판을 한글로 바꾸면 마치 1970년대의 한적한 한국의 시골과 너무나 많이 닮아 있다. 그래서 여기가 베트남이 맞는지 착각이 들 정도로 친근했다.

달리다 보면 예기치 않은 일들이 많은데 갑작스럽게 비라도 내리면 폭우 수준이라 반드시 비옷을 걸쳐야 했다. 더구나 빗물로 시야가 흐려져 앞으로 나가는 속도가 떨어졌다. 엿새째 되는 날에는 북쪽에서 아래로 이동하면서 기온이 부쩍 올라 결국 승복을 벗고 마라톤복으로 갈아입었다. 피부가 옷에 쓸려 아프고 땀띠가 나서 어쩔 수가 없었다. 틈틈이 일행들과 함께 천막이 쳐진 가게로 들어가 미지근한 콜라를 마시며 땀을 식히기도 했다. 식사를 제때 할 수 없었고 가로등이 없는 지역이 많아 늦은 밤에는 손전등에 의지해야 했다. 7명의 동행 마라토너 중에 누군가는 식사 당번과 설거지, 간식과 숙박, 코스와 쉴 장소 등을 미리 준비해야 했기에 시간이 흐를수록 갈등이 표출되기도 했다. 일행 중 한 사람은 달리는 도중에 넘어져 치아 2개가 부러지고 얼굴에 심한 상처를 입어 피를 흘렸다.

남의 나라까지 와서 이게 무슨 일인가? 달리기를 멈추자는 의견도 있었고, 차를 타고 이동하자는 제안도 있었지만 나는 달려야만 했다. 여러 가지 예기치 않은 상황에 직면해 속이 상한 나는 아무 말도 않고 무조건 달렸다. 불평은 사치일 뿐이었다. 한국에서 생활하는 이주노동자들의 녹록지 않은 삶을 생각하며 일부러 베트남을 선택했고, 달리는 거리를 속여서는 안 되었다. 그리고 그 거리를 다 완주하자면 쉴 틈이 없었던 것이다. 하지만 환하게 웃으며 손을 흔들어주는 사람들을 만날 때면 몸은 힘들어도 역시 잘 왔다는 생각이 들었다.

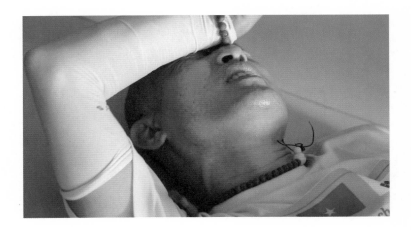

처음 마라톤을 한다고 했을 때 곱지 않은 시선으로 나를 보던 사람들이 있었다. 스님이 왜 가사(袈裟)를 벗고 저리 속살을 드러내놓고 뛰는지 모르겠다, 마라톤으로 언론에 오르내리는데 차라리 절간에 앉아서 수행을 해라 등. 나는 다만 사람들이 '스님이 왜 달릴까.'에 관심을 가져주길 바랐다. 그렇게 모아진 사람들의 관심을 국내에서 소외된 사람들에게 돌릴 수 있다고 생각했다. 여전히 이 생각에는 변함이 없다.

베트남 시골 학교에 해우소(解憂所)를 지어주겠다고 했을 때 몇몇 사람들은 선뜻 이해가 되지 않는다는 표정이었다. 그리고 왜 하고 많은 나라 중에 베트남이고 해우소냐고 물었다. 우선 우리가 역사를 조금만 이성적으로 되짚어보면 한국군이 참전한 베트남 전쟁에서 민간인 피해자가 있었던 것을 부정할 수 없다. 둘째, 베트남은 먼 과거 1226년에도 우리와 인연이 있었다. 베트남 최초의 독립국가를 세운 리(Ly) 왕조의 왕자였던 이용상은 반란을 피해 우여곡절 끝에 도착한 황해도 옹진에 정착해 살다 당시 몽골의 침입을 받은 고려를 도왔다. 그가 바로 '화산 이씨'의 시조다. 셋째, 구미에는 베트남 노동자가 1,200여 명이나 있다. 옷깃만 스쳐도 인연이라는 것이 불가의 가르침이다. 그런데 우리는 베트남과 800년 가까이 좋은 기억이든 나쁜 기억이든 깊은 관계를 맺으며 살아왔다. 더구나 현재 베트남에는 2,000여 개의 한국 기업체가 있으며, 월 10만 원 정도의 인건비로 생산품을 만들고 있다. 기업 입장에서 보면 적은 돈을 받고 일을 해주는 그들이 오히려 고마운 실정이다. 국내에서는 12만여 명에 달하는 베트남 노동자의 노동력을 활용하고 있다. 게다가 국제결혼을 통해 바다를 건너온 베트남 여성들이 미래의 한국인으로 살아가고 있다. 현재 우리나라에 있는 베트남 출신 여성들은 약 4만여 명으로 단일 국가로서는 가장 많은 숫자다. 그들과 한국인 남편 사이에서 태어난 자녀도 2만 5,000여 명이나 된다.

그렇다면 해우소란 어떤 곳인가. 화장실을 가리키는 불교용어로 근심을 푸는 곳이다. 먼 과거 우리 선조가 입었던 은혜, 베트남 전쟁으로 인한 베트남사람들의 상처, 베트남 노동자와 신부들이 겪어온 홀대를 생각한다면 무언가 해야만 하지 않을까?

비록 작은 실천이지만 베트남과 우리나라의 깊은 근심을 풀자는 의미에서 해우소 108개 프로젝트를 계획하게 되었다. 108은 인간이 갖는 번뇌의 숫자를 나타내기에 불가에선 참회와 발원을 다지는 수행법으로 108배를 한다.

베트남 초등학교에 해우소를 지어줘야겠다는 계획은 베트남 이주노동자 토안의 집을 방문하면서 시작되었다. 토안은 마하이주민센터에서 내게 도움을 받은 노동자다. 하노이에서 약 150킬로미터 떨어진 찌어선 마을에 사는 토안과 동네를 한 바퀴 돌다가 작은 초등학교를 지나게 되었다.

"스님, 저기가 내가 다닌 학교예요."

베트남을 달리며 풍부한 수량과 농토 다음으로 눈에 가장 많이 들어오는 게 아이들이었다. 시골 초등학교에는 대개 400여 명의 아이들이 걸어서 혹은 자전거를 타고 등하교를 했다. 그날은 마침 수업을 마친 사내아이들이 넓은 마당에서 맨발로 축구를 하고 있었다. 바람이 절반이나 빠져 발로 찰 때마다 픽픽 소리를 내는 축구공 하나를 가지고도 즐겁게 뛰어노는 아이들이 귀여웠다. 베트남사람들은 축구를 좋아하고 소탈하며 활달하다. 학교 교실 뒤쪽에는 다 쓰러져가는 심한 악취가 나는 건물이 있었다. 문짝이 간신히 매달려 있는 건물은 바로 화장실이다. 400여 명의 학생이 이용하는 화장실이 단 한 동, 게다가 너무 오래되어 위생 상태도 상당히 좋지 않았다. 남학생들은 후미진 낮은 담장에 빙 둘러서서 소변을 보게 되어 있었다.

'뇌의 일부를 잘라낸 토안과 그 가족의 상실감을 이 화장실을 고쳐주는 걸로 채워줘야겠구나.'

당장 주변 사람을 통해 견적을 내니 해우소 한 동을 짓는 데 한국 돈 250만 원이 필요했다. 2012년 1월 토안이 졸업한 찌에탄 초등학교를 시작으로, 지금까지 16곳의 농촌 학교에 해우소의 신축을 지원했다. 그사이 베트남을 네 차례 방문했고 때로는 의료봉사단과 한국 청소년들이 봉사활동을 함께했다.

해우소가 하나씩 완공될 때마다 학교 선생님들과 학생들은 일제히 박수를 치며 기뻐했다. 나는 뜻을 모아준 자원봉사자들과 함께 담장에 베트남 국기와 태극기 그림을 그리고 중앙에 완공 날짜를

적었다. 담장에 연꽃을 그리면서는 우리 안에 있는 묵은 근심들이 해소되기를 기원했다. 지금은 베트남 학생들의 그림 중 예뻐서 선택된 것을 밑그림으로 삼고, 요모조모 궁금해하는 아이들에게는 직접 붓을 쥐어주며 같이 색칠을 한다. 말은 안 통해도, 서로 무언가를 만들어간다는 것이 의미를 더했다.

첫 번째 프로젝트를 진행하면서 우리 일행은 토안과 쑤언토의 집을 방문했다. 쑤언토와의 인연 역시 구미에서 비롯되었다. 쑤언토는 왼손 네 마디가 프레스기에 절단되는 사고를 당했다. 그리고 스물한 살 먹은 그의 여동생 쎈은 구미에서 일을 하던 중 갑자기 쓰러졌는데, 대구 지역의 큰 병원으로 달려갔을 때는 이미 의식을 잃은 상태였다. 마침 쑤언토 남매는 토안과 같은 탱화성 사람이었다.

우리는 500킬로미터를 달리기 위해 베트남에 왔다. 이미 경상북도와 자매성인 타이응웬성에서 200킬로미터를 달린 상태였다. 그리고 중부지역 탱화성에서 남은 300킬로미터를 뛰기로 계획했었다. 달리는 사연을 알려서 마라톤으로 모은 기부금을 한국에서 상처받은 사람들에게 전달하면 좋겠다는 생각이었다. 하지만 아무리 좋은 의도라도 절차가 필요했다. 로마에 오면 로마법을 따라야 한다는 말처럼 베트남에서는 행정 담당자에게 일일이 허락을 받고 움직여야 했다. 그런데 그들의 태도가 그다지 우호적이지 않았고 끝내 허락을 받지 못해 속상했다. 어쩔 수 없이 탱화성에서 기다리는데 쎈이 사망했다는 연락을 받은 것이다.

달리는 것을 포기하고 곧장 쑤언토의 집으로 향했다. 자식을 타국에서 잃은 가족의 상실감을 생각하니 한국사람으로서 면목이 없었다. 일행과 함께 가족에게 위로금을 전하기로 하고 봉투를 준비했다. 하지만 베트남에서는 정부의 허락 없이 일반 가정에 달러를 건넬 수 없어 별도의 허락을 받았다. 우리 일행이 집 입구에 도착하자마자 쑤언토 부모님과 친척들이 울음을 터트렸다. 나는 그분들의 손을 잡고 딸을 지켜주지 못해 미안하다고 말했다. 오빠인 쑤언

토와 한국 의료진이 최선을 다했지만 인연이 여기까지라는 것을 받아들이고 쎈의 극락왕생(極樂往生)을 기원해주자며 두 손을 모았다. 그리고 소녀의 제상(祭床)에 염주와 향을 올렸다. 마라톤 참여자들이 십시일반 모은 봉투를 올려두었다. 한참 예쁠 스물한 살 나이에 세상을 떠난 쎈의 영정사진을 보고 있자니 몹시 가슴이 아팠다. 피한 방울 섞이지 않은 타인도 이러한데 부모의 심정은 오죽할까? 평생 자식을 가슴에 묻고 살아갈 사람들의 아픔이 전해져 마음이 무거웠다. 그렇게 2시간이 흐른 뒤 쑤언토의 집을 나서는데 탱화성에서 다시 만나자는 연락이 왔다.

　"우리 민족을 이렇게 신경써 돌봐주어 감사합니다. 스님이 하려

27

는 일을 적극 돕고 싶습니다."

탱화성 국제부 국장이 마라톤 허가증을 건네주었다. 함께 간 한국인들은 박수를 쳤다.

이후 탱화성 지역의 마을을 뛸 때면 공안(한국의 경찰과 같은 역할)들이 나서서 우리를 보호해주었다. 한 지역에서 다른 지역으로 넘어갈 때는 그 지역 경찰이 마치 우리 일행의 보호권을 넘겨받듯이 마중을 나왔고, 늦은 밤에는 차량 라이트로 불을 비춰주어 손전등 없이 무사히 당일의 목표거리를 마칠 수 있었다. 늦은 밤까지 좁은 길을 달릴 때면 지나가는 차량을 제지하며 우리를 먼저 챙기는 그들의 협조가 무척이나 인상적이었다. 그들의 도움을 받는 내내 협조적이지 않았던 탱화성 사람들의 마음의 빗장을 풀어낼 수 있었다는 점에서 우리 발걸음은 한동안 지치지 않았다.

내가 마라톤으로 1킬로미터마다 100원씩 기부를 받는다고 하면 사람들은 의아해한다. 어떻게, 어디서 돈을 모으는지에 대한 궁금증이다. 나는 휴대전화를 이용한다. 스마트폰 시대니까 SNS를 적극 활용한다. 페이스북과 카카오 스토리에 실시간으로 달리는 모습과 해우소에 필요한 목표금액을 올리며 호소를 한다. 베트남에서 달리는 500킬로미터 마라톤은 108 해우소 프로젝트의 서막을 알리려는 의도였다. 처음에는 반응이 없다가 힘들어하는 과정이 이어지면, 응원메시지나 후원방법을 문의하는 댓글이 달리고, 그때 모금

계좌를 공개한다.

"지금까지 200만 원이 모금되었습니다. 조금 더 기운내서 달리겠습니다."

1만 원에서 3만 원, 5만 원 많게는 10만 원을 보내주는 분들도 있다.

그렇게 목표하는 해우소 건축 비용이 모이면 입금된 금액과 송금자 명단을 사진으로 찍어 올려 후원금을 투명하게 운영하고 있다.

우리가 학교에 해우소를 만들어주기 위해 달린다고 이야기하는 중에 이 돈이 1킬로미터에 100원씩 모아졌다고 말하면 베트남사람들은 놀라며 두 손을 모으고 고마워했다. 그리고 108 해우소 프로젝트가 향후 10년간 이어질 것이라는 점에 다시 한 번 놀라워했다.

해를 더하며 베트남 108 해우소 프로젝트는 효과적으로 운영되고 있다. 처음에는 무턱대고 초등학교에 연필과 노트를 박스째로 전달했다면, 지금은 회충약, 사탕, 연필, 지우개, 노트를 한 묶음으로 만들어 학생 한 명 한 명에게 하나씩 직접 전달한다. 또 베트남 학생들과 축구시합을 하며 같이 땀을 흘리고, K-POP 노래와 춤을 추면서 즐거움을 공유한다. 그렇게 그들은 한국을 기억할 것이다.

날이 어두워지자 여기저기 밥 짓는 연기가 나고 풀벌레 소리가 들렸다. 그러나 낮 동안 달궈진 땅의 열기가 식지 않아 마치 찜질방에서 달리는 기분이었다. 하지만 목표 지점까지 가기 위해선 쉬지 않고 달려야 한다. 이제 한국과 베트남은 과거의 묵은 상처를 딛고 우호증진과 공생발전에 쌍방의 협조가 필요한 시대를 맞았다. 108 해우소 프로젝트가 3년째인 지금, 작지만 단단한 그리고 의미 있는 모양새를 갖춰가고 있다. 아직은 한걸음씩 내딛는 단계지만 베트남에 꿈을이루는사람들 법인을 설립해 한국의 따뜻한 정 문화를 나누고 한국에 대해 좋은 감정을 가질 수 있도록 하고 싶다. 그래서 나는 오늘도 달린다.

· 희망이 희망을 부른다 ·
베트남과의 인연, 토안

대부분의 이주노동자들은 고향의 형제자매를 위해 희생하는 경우가 적지 않았다. 내 동생에게 하얀 운동화를 사줄 수 있다면, 학교에 보낼 수 있다면, 맛있는 점심 도시락을 싸줄 수 있다면, 아버지의 약값을 보탤 수 있다면, 그들은 이런 작은 희망을 꿈꾸며 한국으로 왔다.

"스님, 안녕하세요."

인사를 건넨 청년이 모자를 벗자 나는 한동안 말을 이을 수 없었다. 왼쪽 뇌의 3분의 1을 잘라낸 토안의 얼굴은 그만큼 충격적이었다. 그 모습에 온몸이 굳는 것 같았다. 사람이 감내하기 힘들 정도의 고통을 20대의 젊은 청년은 오롯이 혼자 감내하고 있었다. 그 싸움이 얼마나 처절할지 미루어 짐작이 되었다. 나는 어떤 말도 선뜻 건넬 수 없었다. 작은 상처 하나에도 울고 웃으며 아파하는 것이 인간일진데 토안은 벌써 그 고통을 잊은 듯 해맑게 웃고 있었다. 그런 모습 때문에 더 마음이 아팠다. 너무 큰 고통을 겪으면 그 고통에서 도피해 아무렇지 않은 듯 행동하고 싶어하는 것이 인간의 마음이다. 제대로 현실을 인식하고 받아들이는 것이 너무도 힘들기 때문이다. 토안도 그런 과정을 겪는 게 아닌지 염려스러웠다.

인생에서 가장 아름다워야 할 시절, 이토록 순수하게 웃는 청년의 나머지 삶이 얼마나 큰 장벽과 아픔 속에 놓일지 생각만 해도 마음이 무거웠다. 내게도 토안과 같은 젊은 시절이 있었다. 꿈은 컸고 이상은 높았다. 하고 싶은 일도 많았고, 가고 싶은 곳도 많았다. 더 나은 삶을 향해 거침없이 항해하던 날들이었다. 지난 날 나도 불의의 교통사고로 한쪽 눈을 잃었다. 그때의 끔찍했던 사고가 떠오르자 반쪽 뇌를 잃은 토안의 아픔이 더 크고 아프게 다가왔다.

그동안의 마음고생을 나타내듯 까맣게 타들어간 입술로 그는 연신 웃고 있었다. 토안의 곁에는 아버지 반디가 아들의 손을 꼭 붙잡고 있었다. 무슨 말로 이 부자가 겪고 있는 고통을 위로해야 할지, 복잡한 생각이 스쳤다. 어렵게 마음을 추스르고 말을 건넸다.

"어서 오세요. 이곳이 이주노동자들을 위한 쉼터라는 것은 알고 오셨죠? 오늘 밤은 마음 편히 쉬고 내일 이야기하도록 해요."

내 말이 끝나자 반디의 얼굴에 안도감이 서렸다. 1차 수술을 마치고 병원을 나와야 하는 상황에서 그들은 갈 곳이 없었다. 토안은 스물여덟 살의 착한 눈빛을 가진 베트남 청년이었다. 그동안 베트남에 있는 가족을 위해 밤낮으로 일하다 한국에 건너온 지 3년째 되던 해인 2010년 7월, 사고를 당한 것이다. 한국사람들이 힘들어서 하기 싫어하는 일도 마다하지 않던 부지런한 토안에게 교통사고는 큰 재앙이었다. 힘든 나날 속에서도 고향의 가족들을 떠올리며 각오를 다졌던 청년이 한순간에 꿈을 잃은 것이다.

많은 이주노동자들은 토안처럼 가족을 위해 희생을 감수한다. 하지만 그들은 희생이라고 말하지 않는다. 이들은 가족을 살릴 수 있는 일이라면 모두 희망이라고 말했다. 작은 희망이라도 보이면 힘든 일도 가리지 않고 뛰어들었다. 모든 이주노동자가 다 그렇다고 할 수는 없겠지만, 그동안 내가 만난 사람들은 모두 순한 눈빛에 착한 심성을 가진 사람들이었다.

누군가를 위한 희생은 사랑이 없으면 가능하지 않은 일이다. 우리의 어머니들이 그래왔듯 대부분의 이주노동자들은 고향의 형제자매를 위해 희생하는 경우가 적지 않았다. 내 동생에게 하얀 운동화를 사줄 수 있다면, 학교에 보낼 수 있다면, 맛있는 점심 도시락을 싸줄 수 있다면, 아버지의 약값을 보탤 수 있다면, 그들은 이런 작은 희망을 꿈꾸며 한국으로 왔다. 별거 아닌 것처럼 보이는 일들이 누군가에게는 그 하나하나가 절실한 소망이 된다. 연필 한 자루, 지우개 하나, 새 공책 한 권, 깨끗한 가방 하나가 무엇보다 간절한 사람들이 있다. 가족에게 그것을 마련해주기 위해 먼 땅에서 아파도 참고 견디며 아프다는 말 한번 제대로 하지 못하고 희생을 감내하는 사람들, 나는 우리가 그들의 손을 잡아주어야 한다고 믿는다. 그들의 꿈이 허황되지 않은 소박한 꿈이기에 그렇다. 충분히 이룰 수 있는 희망이기에 그렇다.

토안 역시 자신이 번 돈을 집으로 송금했다. 빚을 갚고 가족들에게 편안한 보금자리를 마련해주리라는 꿈이 있었던 토안, 그 꿈이 무너지자 그 절망감은 이루 말할 수 없었다. 토안에게는 누군가의 도움이 절실했다. 한국으로 건너오기 위해 진 빚 2,000만 원이 있었고, 당장 이주노동자쉼터에서 생활할 돈조차 없었다. 토안의 통장에는 5만 4,000원이 전부였다. 이 돈으로 무엇을 할 수 있단 말인가, 나도 모르게 한숨이 나왔다.

34   "토안! 어떻게 다치게 됐나요?"

　근심 어린 질문에 아버지 반디가 대신 대답했다.

　"퇴근 후 생필품을 사기 위해 오토바이를 타고 가다가 불법 유턴하는 자가용에 부딪혀서…."

　곁에서 외국 스님이 반디의 이야기를 통역해주었다. 2010년 7월 7일 사고를 당한 토안은 가해자와 형사처벌을 원치 않는다는 조건으로 700만 원에 합의했고, 그 돈은 모두 베트남 가족들에게 보내졌다. 따라서 토안은 무일푼이나 다름없었다. 기가 막힌 상황이었다. '만일 한국사람이 교통사고 피해를 당했다면 그것도 뇌를 잘라내는 수술까지 받은 상태라면 그 정도 돈으로 형사합의를 할 수 있었겠는가?'라는 의문이 들며 그가 이주노동자라서 부당한 대우를 받은 거라고 생각되었다. 그리고 토안은 몸 상태가 안 좋아 정기적으로 병원에 가야 했는데 그때마다 택시를 타야 했다. 이주노동자 쉼터에서 병원까지 대중교통을 이용하기는 정말 힘든 일이기 때문이다. 게다가 토안은 버스비조차 감당하기 어려운 상황이었다. 우리가 숙식을 제공해준다고 하더라도 외출할 경우 먹어야 되는 점심은 무슨 돈으로 사먹는단 말인가. 무일푼인 베트남 청년과 아버지에게는 무엇보다 돈이 필요했다.

"얼마나 힘드세요."라는 위로만으로는 부족했다. 이런 경우 정말 필요한 것은 좀 더 현실적이고 구체적인 도움이다. 누군가를 돕는다는 행위는 말로만 되는 것이 아님을 복지사업에 뛰어든 이후 더욱 절실히 느낀다. 토안이 복원수술을 마치고 제대로 된 보상금을 받은 뒤 무사히 베트남으로 가기 위해서는 기나긴 과정이 기다리고 있었다. 이는 토안 혼자만의 힘으로는 어려웠다. 여러 사람의 도움이 있어야 해결될 문제였다. 우선 복원 수술 과정에 필요한 돈을 모으기 위해서는 토안의 사연을 세상에 알려야 했다. 나는 마라톤을 하기로 결심했다. 후원금을 모으자면 어떤 동기부여가 필요했기 때문이다.

토안과의 인연으로 나는 베트남에 대해 더욱 관심을 갖게 되었다. 그동안 이주노동자들을 통해 베트남사람들은 부지런하며 강인한 정신력을 갖고 있다는 것을 알게 되었다. 또한 베트남사람들이 갖고 있는 반한 감정도 알게 되었다. 베트남 전쟁 당시 한국군은 1964년부터 파병이 시작되었다. 1975년, 전쟁이 끝날 때까지 약 32만 5,000여 명의 한국군이 보내졌다. 그리고 일부이긴 하

지만 몰살당한 마을에 증오비가 세워져 있다는 불편한 진실과 마
주하면서 마음이 무거워지기도 했다. 우리가 3·1절의 의미를 되새
기고 8·15해방의 감격을 잊지 못하는 것처럼 베트남사람들에게
도 전쟁으로 인해 패인 감정의 골이 남아 있었다. 불교에서는 과거,
현재, 미래가 서로 영향을 주고받으며 이어진다고 말한다. 지금도
베트남에는 한국 군인과 베트남 여인 사이에서 태어난 라이따이한
(Lai Daihan)과 전쟁으로 가족을 잃은 사람들이 살고 있다. 우리는
그들에게 갚아야 할 빚이 있다. 그 마음의 빚을 조금이나마 갚기 위
해 더욱 토안을 돕고 싶었다. '그래, 토안을 위해 뛰자!' 스님이 왜
뛰는지 궁금한 사람들이 있을 것이고 이런 관심이 토안의 후원금
모금으로 이어지기를 바랐다. 하지만 이 일에도 용기가 필요했다.
사람들에게 스님의 이미지는 고무신 신고, 밀짚모자 쓰는 모습으
로 인식되어 있기 때문에 이런 고정관념을 뛰어넘어야 하는 부담

감이 있었다. 10년 전부터 건강을 위해 크고 작은 마라톤 대회에 참여해왔지만 구체적으로 누군가를 돕기 위해 뛰는 것은 처음이었다.

　나는 '불교 108킬로미터 울트라마라톤 대회'를 앞두고 본격적인 훈련에 들어갔다. 마라톤 사진을 페이스북에 올리고 1킬로미터마다 100원씩 후원금을 모으기로 하고 완주하겠다는 각오를 다졌다. 사람들은 왜 1킬로미터에 100원이냐고 물었다. 어떤 사람은 스님이 직접 달리지 않고 차를 타고 이동하다가 사진 한 장 찍은 뒤 페이스북에 올릴지도 모르는 거 아니냐는 의문을 가졌다. 사찰을 지을 때도, 사찰이라는 공간도 중요하지만 여러 사람들의 손길과 정성이 모일 때 더 좋은 의미를 갖는다. 한 사람이 10억 원을 내서 짓는 절보다 열 사람이 1억 원씩 내서 짓는 것이 낫고, 그보다는 1,000명이 100만 원씩 내서 짓는 것이 낫다. 더 나아가 1만 명이 적은 돈을 모아 사찰을 짓는다면 더 무량한 공덕이 쌓이는 것이다. 이렇듯 소액이지만 100원, 200원이 모여 누군가를 돕는 희망의 밑돌이 될 수 있다. 좋은 마음들이 모여 좋은 결실을 맺자는 의미로 나는 100원에 희망을 걸어보았다. SNS를 이용해 달리는 모습을 실시간으로 중계하며 후원금을 마련했다.

　2011년 4월 23일, 드디어 불교 108킬로미터 울트라마라톤 대회가 조계사(曹溪寺)에서 시작되었다. 이 대회에는 스님과 불자들이 많이 참여했다. 울트라마라톤은 정해진 코스와 거리를 달려 제한시간 내에 들어와야 한다. 그러기 위해서는 잠을 자지 않고 부지런히 걷거나 뛰어야 하므로 누구나 참여할 수는 있지만 쉽게 완주할 수 있는 대회는 아니다.

처음엔 마라톤을 통해 얼마나 후원금을 모을 수 있을지 의문이었다. 조계사에서 오후 6시에 출발한 후 60킬로미터쯤을 달렸을 때 이미 다음 날 새벽 3시를 넘어서고 있었다. 108킬로미터를 뛰는 것이 얼마나 힘들고 무모한 일인지 처음 참가한 나로서는 미처 알지 못했던 것들이다. 차츰 시간이 지나자 발바닥이 뜨거워지면서 어깨가 아프더니 허벅지, 무릎, 발목, 허리 등등 골고루 통증이 전해졌다. 60킬로미터 지점의 보광사를 통과할 때는 국밥을 두 그릇이나 먹으며 추위를 달랬다. 그리고 80킬로미터 지점의 흥국사(興國寺)를 통과할 때는 컵라면으로 허기를 면했다. 중간 중간 체크포인트를 지날 때마다 바나나, 떡, 방울토마토 등 보이는 대로 먹으라는 선배 마라토너의 충고처럼 에너지를 보충하는 일은 달리는 것 못지않게 중요했다.

날이 어두워지자 서서히 추위가 밀려들었고 경기도 벽제 쪽으로 들어서자 편의점 하나 찾을 수가 없었다. 내 딴에는 혹시나 해서 빵 같은 것을 가방에 챙겨 넣었더니 출발할 때는 아무것도 아니던 가방 무게가 가면 갈수록 어깨를 짓눌렀다. 한밤중이 되자 점점 뒤처지면서 급기야 가던 길을 잃고 혼자가 되었다. 사방이 어두워지자 몹시 막막했다. 누군가 출발 전에 나를 말려주었으면 얼마나 좋았을까 하는 부질없는 후회마저 스쳤다. 이때 운명처럼 한 사람이 다가왔다.

"혹시 진오 스님 아니세요?"

"아, 네. 누구신지…?"

"저도 구미에서 왔습니다."

나중에 알고 보니 그는 사단법인 대한울트라마라톤연맹 경북지맹 회장직을 맡고 있는 김영화 씨였다.

"힘드시죠? 108킬로미터를 완주하려면 천천히 그리고 꾸준히 가야 합니다. 제가 같이 뛰어드리겠습니다. 언덕을 만나면 반드시 걸어야 합니다. 시간이 촉박하다고 뛰면 오히려 지치게 되니까요. 스님, 이 구간에서는 걸으면서 발을 풀어주세요. 잘못하면 큰 부상을 당합니다."

머리가 어질어질하던 차에 옆에서 속도를 조절해주니 몸이 덜 부담스러웠다. 역시 고수는 달랐다. 이제까지 단 한 번도 늦게 뛴 적이 없다는 그는 자신의 기록마저 포기하고 나의 완주를 위해 동행해주었다. 그런 그가 무척 고마웠다. 덕분에 나는 정해진 17시간 안에 결승점에 들어설 수 있었다. 달리기를 통해 만난 고마운 인연이었다. 16시간 45분 59초, 골인 지점에서 토안과 그의 아버지 반디가 태극기를 흔들며 나를 반겨주었다. 울컥 눈물이 쏟아질 것 같은 뭉클한 순간이었다. 나는 잠시 땀을 닦는 척하며 사람들이 눈치채지 못하게 눈물을 훔쳤다. 토안의 안타까운 소식과 모금 마라톤이 알

려지면서 한 달 동안 후원금이 이어져 750만 원이 넘게 모였다. 이 후원금은 토안이 다시 희망을 가질 수 있도록 도와준 값진 보석이었다.

우리나라에 온 이주노동자들에게는 사건사고가 잦다. 안전보다는 생산량을 채우기에 급급하고 작업 환경마저 열악하다 보니 사고가 빈번했다. 특히 교통사고도 자주 발생한다. 동남아시아 사람들의 주요 이동수단은 오토바이다. 야간작업을 하는 경우가 많은 그들에게 오토바이는 아주 편리한 이동수단이다. 작업을 마친 늦은 밤, 버스도 끊기고 택시를 탈 여유가 없기에 오토바이를 이용할 수밖에 없다. 하지만 헬멧까지 갖추고 타는 경우는 별로 없다. 토안도 헬멧만 썼어도 그토록 큰 사고로 이어지지는 않았을 것이다. 코리안 드림을 꿈꾸며 가족의 생계를 위해 건너온 노동자들이 더 이상 교통사고로 크게 다치지 않기 위해서는 헬멧이 시급했다. 그래서 헬멧을 살 돈을 모으기 위해 다시 한 번 뛰기 시작했다. 가슴에 '생명 헬멧, 2만 원의 기적'이라는 문구를 달고 뛰었다.

2011년 5월 28, 29일 울산 100킬로미터를 시작으로, 6월 4, 5일 낙동강 200킬로미터, 7월 17일 김해 42.195킬로미터까지 총 342.195킬로미터를 뛰었다. 이렇게 3개월 동안 1,500만 원을 모아 500개의 헬멧을 구입해 이주노동자들에게 나누어주었다. 한 개씩 팔면 3만 5,000원인데 좋은 일에 쓰인다니 100개 이상을 구입하면 2만 원으로 가격을 낮춰주겠다는 분을 만났다. 이분의 도움으로 생각보다 더 많은 헬멧을 구입할 수 있었다.

이 무렵 인도네시아 이주노동자가 사망하는 사고가 발생했다. 인도네시아의 장례 문화는 부모가 먼저 자식의 시신을 봐야 한다고 했다. 그의 시신을 고국으로 돌려보내기 위해서는 300만 원의 비용이 필요했다. 1,500만 원 중 1,000만 원은 헬멧을 구입하는 데, 나머지 500만 원 중 300만 원은 시신을 보내는 비용으로, 나머지 200만 원은 부상을 당한 캄보디아 노동자 부부를 위해 나눠 썼다. 이런 일들을 통해 나는 주변에 '달리는 스님'으로 알려지게 되었다. 때로 누군가에게 꼭 필요한 도움과 결실이 될 때 큰 보람을 느꼈다. 그 힘이 지금껏 뛰게 만든 원동력이었다.

　　토안은 사고 후 세 차례나 복원수술을 했지만 결과가 좋지 않았
다. 하지만 2011년 9월 3일 드디어 성공적으로 복원수술이 끝나 이
전의 모습을 되찾을 수 있었다. 남은 과제는 보상이었다. 그러나 그
는 한국인이 아니기 때문에 제대로 된 보상금을 받기가 어려웠다.
우리의 기대와 달리 보험금 산출을 한국에서 받던 급여가 아니라
베트남 노동자 평균 월 급여로 산출한다고 했다. 한국 돈으로 5만
6,000원, 60세까지 계산해도 약 2,200만 원밖에 되지 않았다. 설상
가상으로 토안의 베트남 집에 불이 났다는 소식이 전해졌다. 계속
된 불행을 스물여덟 살의 토안이 모두 감당하기는 어려웠다. 마하
이주민센터 사람들은 이 문제를 해결하기 위해 백방으로 뛰어다녔
다. 센터장은 보험회사의 터무니없는 낮은 보상가 제안을 거절하며
변호사 자문을 받았고, 스리랑카에서 온 산뜨시리 스님은 차량 운
전과 통역으로 도움을 주었다. 그 결과 토안의 보험 협상은 3,500

만 원에 마무리되었다. 그동안 겪은 고통에 비해 큰 액수는 아니었지만 뇌 일부를 상실한 토안과 가족의 충격을 감안해서 조금이라도 더 많은 보상을 받고 무사히 고향으로 돌아갈 수 있게 되었다는 결과에 안도했다.

그리고 나는 토안의 귀향길에 동행했다. 토안의 손을 잡고 그의 고향집을 방문했을 때, 마을 사람들은 우리를 크게 환대해주었고, 토안의 어머니는 먼 나라에서 온 한국 스님을 붙잡고 하염없이 울었다. 아마 세상의 모든 어머니들이 그 상황에선 다 그랬을 것이다. 만찬이 끝나고 나는 토안의 집과 토안이 졸업한 초등학교를 방문하게 되었고 그 인연은 '108 해우소 프로젝트'로 이어졌다. 이 프로젝트를 시작한 2012년은 한국과 베트남 수교 20주년이라는 의미 있는 해였다. 언 땅에 희망의 씨앗을 심는 마음으로 나는 첫 삽을 떴다.

• 당신은 좋은 사람입니까? •

안녕하세요, 이주노동자

배가 아프다고 하면 무조건 소화제를 먹이거나, 많이 먹어서 체한 거니까 한 끼 굶으면 된다고 했단다. 공장 구내식당에서 고추장과 김치를 강요해 위장병을 앓는 노동자도 있었다. 한국에 왔으니 한국식으로 먹으라고 강요하는 건 폭력과 다름없다. 누군가 우리에게 밥을 먹지 말고 빵만 먹으라고 한다면, 김치 대신 버터만 먹으라고 한다면 몸이 얼마나 버틸 수 있을까?

지리산 실상사(實相寺)에서 화엄경(華嚴經)을 공부하던 나에게 법등 스님께서 연락을 주셨다.

"진오 스님, 구미에 복지관이 하나 생기는데 함께 일을 해주면 어떨까 하네요."

나는 이렇게 해서 아무 연고도 없는 구미로 건너와 금오종합사회복지관 개관을 준비하게 되었다. 가장 가난하고 어렵고 힘든 사람들이 사회복지의 첫 대상자라는 이론에 따라 나는 구미역 노숙자들을 찾아 도시락 배달을 했다. 그들은 낮에는 순한 양이었다가 밤이 되면 술을 마시고 싸우기 일쑤였다. 좋은 일을 한다고 시작한 복지사업이 결코 순탄하지 않았다. 그들은 쉼터에 들어오고 쫓겨나길 반복했다. 자활하기까지 무던하게 믿고 기다려야 하는 시간, 하루가 어떻게 지나는지 모를 정도로 챙겨야 할 일이 많았다. 겨울에는 추워서 여름에는 더워서 노숙자 대부분이 굶주리고 알코올과 질병에 시달렸다. 그러던 2000년 어느 봄날, 구미역 광장을 걷다가 우연히 한 이주노동자와 눈이 마주쳤다. 나와는 무관한 사람처럼 무심히 지나치는데 인사말이 들렸다.

"안녕하세요?"

다른 누군가에게 건네는 인사라 생각하며 이리저리 고개를 돌려 주위를 살폈다. 그는 그런 나를 물끄러미 바라보았다. 아직 겨울의 매운 바람이 남아 있어 그가 걸친 두꺼운 파카가 어색하지 않았다. 목깃과 소매 부위에 까만 때가 앉아 번들거렸다. 외국인이 건네는 한국어가 신기했다.

"아니, 한국말을 잘하네요."

"스리랑카에서 왔어요. 공단에서 일해요"

우리는 서로 연락처를 나누고 헤어졌다. 스리랑카는 전 국민의 약 80퍼센트가 불교를 믿는 국가인데, 아힘사는 나에게 스스럼없이 인사할 정도로 낙천적인 품성을 가지고 있었다. 지금 생각하면 아힘사와의 만남은 나와 이주노동자의 가늘고 긴 인연의 시작이었다. 그리고 한 달 뒤 센터로 한 통의 전화가 걸려왔다. 구미역에서 만났던 아힘사의 목소리가 떨리고 있었다.

"스님, 내 친구 다쳤어요. 치료비 필요해요."

아힘사가 알려준 병원으로 황급히 달려갔다. 손목이 절단된 노동자가 치료비 부족으로 병원에 묶여 있었다. 상황을 들어보니 공장에서 일하다 생긴 사고였다. 당연히 고용주가 일부분 책임을 져야 하는데 책임은커녕 그가 노동력을 잃자 그날로 회사에서 쫓아냈다. 환자는 치료비도 문제지만 상처가 아물 때까지 머물 곳조차 마땅치 않았다. 일을 하다 다쳤고 그 이유로 회사에서 쫓겨난 하소연은 나를 멍하게 만들었다. 둔기로 뒤통수를 맞은 듯 한동안 몸을 움직일 수가 없었다. 당장 아픈 아힘사의 친구를 쉬게 하기 위해 절에서 운영하는 시내 노숙자 쉼터로 연락했다.

"주지스님, 오늘 밤 제가 사정이 딱한 이주노동자 몇 사람을 쉼터로 데려갈까 합니다. 전후 사정은 가서 말씀드리겠습니다."

밀린 병원비를 해결하고 그들을 차에 태워 쉼터로 향했다. 가슴이 답답해 차창을 내렸다. 날이 풀려 제법 따뜻한 밤공기가 흘러들었다. 그런데 옆 좌석에 앉은 아힘사는 여전히 때와 땀에 쩐 겨울 파카를 입고 있었다. 나는 나중에야 경상북도 구미시와 인근 김천, 상주, 왜관, 칠곡 지역에서 일하는 아힘사와 같은 이주노동자들이 1만여 명이나 된다는 걸 알았다. 그들은 중국과 인도네시아, 말레이시아, 스리랑카, 베트남, 몽골, 필리핀, 카자흐스탄, 네팔 등지에서 우리나라로 돈을 벌기 위해 찾아왔다. 나는 사고를 겪으며 많이 힘들었을 이들의 마음을 누그러뜨릴 요량으로 이런저런 농담을 붙이며 운전을 했다.

"아힘사! 한국말 잘하던데 '안녕하세요?' 다음으로 잘하는 말이 뭐야?"

"어…, 때-리-지 마세요!"

순간 내 귀가 의심스러워 나도 모르게 브레이크를 밟았다. 속도가 갑자기 줄자 뒷좌석에 앉아 있던 스리랑카 청년들의 몸이 앞좌석으로 쏠렸다.

"미안해요. 놀랐지? 그런데 아힘사, 그게 무슨 말이야? 누구한테 그렇게 말해?"

그때 처음으로 구미 지역의 이주노동자들이 인간의 존엄성과 평등, 평화의 가치, 부처님의 자비에서 벗어나 있다는 사실을 알았다. 그들에게 인권은 없었다. 그저 각종 재해에 노출된 채 노동기계로 전락해 이리저리 옮겨다니며 하루하루 힘겹게 버티고 있었다. 20대, 30대 이주노동자들의 버거운 한국 생활을 들으려니 기가 막혔다. 우리는 그렇게 말없이 노숙자 쉼터로 향했다.

다행히 아힘사의 친구는 시간이 오래 걸렸지만 산업재해 신청이 받아들여져 한결 가벼운 마음으로 치료를 받으며 결과를 기다릴 수 있었다. 인권 변호사를 통해 알아보니 산재보험을 노동자와 사업주가 반반씩 부담해서 내기 때문에 보장을 받을 수 있다고 했다. 그런데 안타깝게도 이런 유용한 정보를 대부분의 이주노동자들이 모르

48

고 있었다.

　그후 쉼터에 들러 눈을 맞추는 이주노동자 숫자가 부쩍 많아졌다. 아힘사의 친구 이야기가 입에서 입으로 전해져 스리랑카, 베트남, 캄보디아, 중국, 네팔 등등 점차 다양한 나라에서 온 이주노동자들이 쉼터의 문을 두드렸다. 얼마 후 나는 노숙자 쉼터를 차라리 이주노동자를 위한 쉼터로 사용하는 게 어떻겠느냐고 조심스럽게 의견을 냈다. 그들에게는 쉴 수 있는 공간이 절실했다. 공휴일이나 연휴가 되면 사업장이 문을 닫는 까닭에 이주노동자들은 갈 곳이 없어 시내를 배회하는 형편이었다. 당연히 공휴일에는 공장 식당을 운영하지 않으니 식사도 제때 할 수 없었다. 결국 2000년, 부처님 오신날 봉축 위안 잔치를 열면서 지금의 이주노동자 지원 사업을 본격적으로 시작했다.

　그런데 막상 이주노동자 지원 사업을 시작하자 많은 난관에 부딪혔다. 우선 이들과 언어가 잘 통하지 않아서 무엇을 필요로 하는지 알 수가 없었다. 갓 한국에 들어온 이주노동자의 경우, 한국어를 배울 기회가 없어서 욕설이나 알아듣고 눈치를 많이 살폈다. 나는 웃어주고 손으로 밥 먹었느냐, 잘 잤느냐, 어디 아프냐 이렇게 묻는 게 전부였다. 그리고 차츰 공단과 소규모 사업장을 방문하면서 이들이 한국에서 어떤 일을 하는지, 월급은 얼마를 받는지를 살피며 이들의 열악한 작업 환경을 확인할 수 있었다. 심지어 용접을 할 때 시력보호 장비를 주지 않아 안구를 심하게 다친 이주노동자도 있었다.

구미 지역만 해도 약 6,000명의 이주노동자들이 있는데, 쉼터를 이용하는 노동자들에게는 먹을 것과 쉴 공간이 있어야 했다. 고된 일을 마치고 마음 편히 몸을 누일 공간이 있어야 했다. 이주노동자들은 일을 하다 사고로 다치면 사업주가 바로 병원으로 데려가지 않아 치료시기를 놓치는 것은 물론 일하지 않았다고 월급이 깎이기 일쑤였다. 심지어 노동력이 없어졌다고 공장에서 쫓겨나는 일도 비일비재했다. 배가 아프다고 하면 무조건 소화제를 먹이거나, 많이 먹어서 체한 거니까 한 끼 굶으면 된다고 했단다. 공장 구내식당에서 고추장과 김치를 강요해 위장병을 앓는 노동자도 있었다. 한국에 왔으니 한국식으로 먹으라고 강요하는 건 폭력과 다름없다. 누군가 우리에게 밥을 먹지 말고 빵만 먹으라고 한다면, 김치 대신 버터만 먹으라고 한다면 몸이 얼마나 버틸 수 있을까? 그들 입맛에 맞는 식단이 필요했다.

"수담마! 그러니까 사장님이 2개월 넘게 월급을 주지 않는다는 거야?"

나는 한국어를 제법 잘하는 수담마에게 일정 월급을 주고 일을 돕게 했다. 수담마가 한국말이 서툰 이주노동자들의 사연을 통역해준 덕에 센터에서는 재빨리 상황에 대처할 수 있게 되었다. 월급이 한 달 밀리면 다음 달에 주겠다고 구슬려 2개월이 넘도록 월급을 주지 않는 나쁜 사장들이 있었다. 먼저 회사에 전화를 걸어서 체납

된 월급을 독촉했다. 하지만 말로 해서 순순히 줄 사람이라면 처음부터 힘없는 사람들의 삶을 악의적으로 흔들지도 않았을 것이다. 일단 고용지원센터로 쫓아갔다. 절차를 하나하나 따져 묻고 배워가며 필요한 서류를 꾸몄다. 이주민센터를 찾아오는 사람들 중에는 1년 넘게 일했는데 퇴직금을 받지 못한 경우가 많았다. 이들이 한국 사정을 잘 모른다는 이유로 당연한 권리를 챙겨주지 않는 사업주들이 있었기 때문이다.

그런데 관공서에 일을 보러 다니다 보니 당황스런 부분이 있었다. 이렇게 많은 숫자의 이주노동자가 와 있는 지역의 공무원 가운데 통역이 가능한 인력이 전무했다. 이들을 배려해 스리랑카어나 캄보디아어, 베트남어를 배우는 공무원도 없었다. 이주노동자들이 왔을 때 영어로 질문할 수 있는 창구조차 없었다. 당시는 이주노동자들이 오기 시작한 시점이어서 그렇다 해도, 아무런 배려가 없는 상황이 답답했다. 서울의 지하철역에 한글과 한문, 영문이 함께 기재되어 있는 것처럼 공공시설을 찾는 이주민들을 위한 배려가 시급했다.

이주노동자 쉼터에는 급여를 받지 못하고 기숙사를 나온 사람, 사고로 다리가 부러졌는데 당장 치료비가 없는 사람, 큰 사고로 생명을 잃은 사람 등 수많은 사연이 모여들었다.

"야, 이 새끼 왜 그래."

52   어느 날, 함께 식사를 하는 자리에서 서로 이름 대신 욕으로 상대

를 부르는 모습이 보였다.

"알리! 왜 친구에게 함부로 대하는 거야. 그러지 마."

"스님, 나 일하는 데서는 다 그렇게 불러요. 사장도 다른 직원도 우리 이름 안 불러주고 이 새끼, 저 새끼 하고 자주 발로 차요."

그렇다. 이주노동자는 그가 스리랑카 출신이건 우즈베키스탄 출신이건 모두 이름 대신에 "야, 인마!", "야, 이 새끼야!"가 공통된 호칭이었다. 여러 상황을 설명하게 하는 말이다. 사업장에서 한국인노동자와 이주노동자의 차별은 아직도 개선되지 않고 있다. 이주노동자 대부분은 점심시간 한 시간을 모두 채우기도 전에 곧장 일해야 한다. 이들이 사업장의 힘든 육체 노동을 도맡아 하고 받는 돈은 한국인노동자와 큰 차이가 있다. 월급에서 기숙사비와 식대비, 보험료를 제하면 100만 원이 겨우 넘거나 부족했다. 이주노동자들은 이 돈의 절반은 택시비, 병원비, 부식비로 사용하고 절반은 고향으로 송금했다. 그리고 건너간 돈 대부분이 병든 부모의 약값이나 동생들 학비로 사용됐다.

1970~1980년대 우리나라 근로자들도 해외에 나가 월급의 대부분을 고향으로 송금하던 시절이 있었다. 하지만 50여 년 전 독일에 파견된 우리 광부나 간호사들이 현지인보다 급여를 덜 받았거나 폭행을 당했거나 월급을 떼였다는 말을 들어본 적이 없다. 그런 경우는 소수에 해당되었다. 인권 보장이 잘된 나라일수록 이주노동자들을 대하는 태도가 성숙하다. 그래서 부당한 대우와 차별을 받는

이주노동자들을 만날 때마다 머릿속이 복잡했다.

그런데 통역을 해주던 친구들이 일자리를 찾아 다른 곳으로 떠나자 쉼터는 상담 창구 역할을 상실하고, 지치고 갈 곳 없는 노동자들이 잠만 자고 빠져나가는 기능만 하게 되었다. 하루는 임신한 인도네시아 여성이 찾아와 도움을 청했는데 쉼터에는 남자 노동자들만 가득했던 터라 참으로 난감했다. 특히 홀몸이 아닌 상태에서 배가 아프다고 하는데 이것이 산통인지 배탈인지 알 수가 없었다. 아무래도 언어 문제를 먼저 해결해야 했다. 나는 다급하게 관공서와 주변 사찰에 도움을 요청했지만 묵묵부답이었다. 그렇다고 방관할 수도 없어 백방으로 수소문하던 중 마침 한국으로 여행을 왔다가 노동자들의 현실을 보고 한국에 정착하게 된 스리랑카 와치싸라 스님과 연결되었다. 그분께 구미의 상황을 전하고 도와 달라고 청했다. 이것이 인연이 되어 2005년, 스님의 소개로 고고학을 전공한 산뜨시리 스님을 만났다. 자국에서 온 스님이 가까이 계시다는 사실만으로도 이주노동자들은 한결 위로받는 분위기였다. 이후 2010년 캄보디아 스님도 초청해서 자국민을 도와주는 역할을 맡게 하니 이주민 지원 사업이 보다 효율적으로 진행되었다.

한번은 캄보디아 노동자가 기계 속에 들어가 청소를 하는데 갑자기 기계가 오작동해 다리가 말려들어 사망하는 사건이 있었다. 본국의 어머니와 자녀들이 도착할 때까지 시신을 보관해야 하는데 그 비용 때문에 고민이 많았다. 다행히 지역 의료기관의 도움으로 시신을 잘 보관했다가 가족들에게 인계해줄 수 있었다. 이처럼 가족이 직접 시신을 확인하지 않으면 장례를 치를 수 없는 문화권의 이주노동자들에게 사고가 생길 때마다 외국인 스님들이 염불(念佛) 기도와 상담을 맡아주어 고인과 가족에게 실수를 하지 않을 수 있었다. 사실 이주노동자와 언어 소통이 되지 않으면 불필요한 오해가 생기게 된다. 그들이 무엇을 필요로 하는지, 어떤 어려움에 처해 있는지 정확한 소통이 중요했다.

이 밖에도 이주노동자들이 도움을 필요로 하는 경우는 많다. 특히 남녀 노동자끼리 연애를 하면서 원하지 않는 임신을 할 경우 낙태를 하는 경우가 꽤 있다. 그런데 아이를 낙태하려면 불법이라서 수술비가 비싸고, 수술 시기를 놓쳐 아이가 태어나면 일하는 곳을 그만두어야 했다. 고향에 돌아가기 위한 비용이 없어 찾아오는 이런 젊은 이주여성노동자들을 도울 방도를 고민하기 시작했다. 남녀가 서로 사랑해서 생긴 결과임에도 아이의 출산과 양육은 온전히 여성이 혼자 감당해야 하는 상황은 여전히 숙제로 남아 있다.

"사장님! 저번에도 월급 준다고 하셨잖아요. 노동자도 계속 힘들어요. 언제 주실 거예요?"

산뜨시리 스님의 체불임금을 처리하라는 목소리가 오늘도 사무실에 크게 퍼진다. 그러나 수화기 저편의 사업주 역시 뭔한 사람이 성낸다고 대응이 만만치 않은 모양이다.

"그래, 너희 때문에 공장에 차압이 들어왔는데, 나도 뭐 이판사판이야. 어차피 내 명의도 아니고 가져가려면 가져가봐. 오늘 당장 시청에서 보자, 까짓것. 내가 그놈 돈 주고, 불법 노동자로 신고해서 잡아가게 만들 테다."

자기의 잘못된 행동에 대해 부끄러움을 느끼지 못하는 사람을 어떻게 해야 하나 생각해볼 때가 있다. 부처님의 자비가 과연 이런 양심불량의 중생들에게도 필요할까. 스님도 인간이어서 이성적으로 문제 해결이 안 될 때가 있다. 소위 머리에서 김이 펄펄 나는 일과 마주할 때마다 새삼 속세에서 사는 게 더 힘든 수행이라는 생각이 든다.

미등록 노동자, 소위 불법 노동자라 불리는 사람들은 범죄자가 아니다. 규정에 맞지 않아 대한민국이 비자를 연장해주지 않은 사람들일 뿐이다. 공장에서 한국인에 의한 폭행으로 사업장을 이탈한 사람들을 우리는 너무 쉽게 불법 노동자라고 부른다. 미인가 시설과 불법 시설은 뉘앙스가 다르다. 우리가 일상에서 사용하는 용어부터가 폭력적이지 않은지 생각해봐야 한다. 예전에 우리 동네에서는 말 못하는 사람을 벙어리라고 불렀지만, 지금은 언어장애인이라고 지칭한다. 이주노동자들과 관련해서도 마찬가지로 적합한 용어가 사용돼야 할 필요가 있다.

아무리 우리가 세계 정상들을 한자리에 모으는 G20을 유치한 선진 민주 국가라고 외쳐도 이면에 이처럼 힘없는 사람들을 무시하는 시스템이 작동한다면 그것은 공허한 외침이 된다. 사람의 존재와 가치를 화폐로 따지는 사회에서 우리가 얼마나 행복할 수 있을까. 자신이 행복하고 단단해야 어려운 사람들에게 손을 내밀 여유가 생긴다.

"스님, 또 오토바이 사고예요. 어쩌죠."

어제도 비자 연장이 안 돼 단속반을 피해 도주하다 치아와 머리가 깨져 병원에 누워 있다는 이주노동자의 소식을 들었다. 이들은 범죄자가 아니었다. 현장에서 만난 그들은 우리 국민 대신 험한 일을 해주고 오히려 적은 임금을 받고 있었다. 만약 이들에게 투표권이 있다면 이렇게까지 인권이 유린당할까 생각해보게 된다. 권리가 없으니 정당하게 누릴 인권마저 없는 건 아닐까. 이주노동자들 중에는 지식수준이 높은 뛰어난 인재가 많다. 국내에서 박사 공부를

1부. 만행, 나는 달린다

57

마친 한국인이 미국으로 건너가 세탁소나 슈퍼마켓에서 아르바이트를 하는 것과 다르지 않은 상황이다. 경제적으로 우리보다 못한 나라에서 왔다고 무조건 반말과 막말을 하는 것이 정당한가. 한국에서의 첫날 노동자들은 "안녕하세요." 다음으로 "사장님, 부장님 월급주세요!"를 암기한다. 이런 모습을 목격할 때면 우리 사회의 일면을 보는 것 같아 부끄러워진다.

언젠가 그들이 고국으로 돌아갔을 때 가족에게, 이웃에게 한국에 대해 어떻게 이야기할까? 코리안 드림의 허상에 대해 무어라고 말하게 될지 걱정이다. 우리는 모두 하나의 심장을 가졌고 따뜻한 피가 흐르는 같은 사람인데 말이다.

스리랑카에서 온 스님과
다국적 부처님

불교 문화권에서 온 이주노동자 대부분은 스님을 모시고 기도할 수 있는 환경을 중요
하게 생각했고 고마워했다. 이들 나라에서 스님의 기도와 축원은 멀리 있는 가족의 건
강과 현재 하는 일의 무사고를 기원하는, 그리고 아픈 누군가에게는 위로를 주는 든든
한 의지처가 되기 때문이다.

구미 마하이주민센터 3층에는 법회(法會)를 열 수 있는 공간이
마련되어 있다. 앞뒤로 크게 난 창 덕분에 볕이 잘 들고 환기도 잘
된다. 나지막한 천장에 연등을 달고 불단에는 나라별 국기를 둘렀
다. 바람 부는 날 창밖 대숲에서 고향의 소리가 들린다는 노동자도
있다. 고향의 소리가 들리는 듯하고 마음을 편하게 내려놓을 수 있
다니 부처님의 자비가 깃들었지 싶다.

불단에는 각국의 부처님이 다양하게 모셔져 있다. 스리랑카 노
동자들이 있어서 스리랑카 부처님, 캄보디아 노동자가 있어서 캄보

디아 부처님, 중국 노동자들을 배려해서 중국에서 부처님을 모셔왔다. 이외에도 태국, 인도, 티베트, 베트남에서 모셔온 부처님이 계시다. 불교 문화권에서 온 노동자들은 자신의 나라에서 온 불상을 보고 매우 반가워한다. 하루 일과를 끝내고 혹은 사고를 당해 아픈 몸을 이끌고 이곳에 와 두 손을 모으고 고향에 두고 온 가족에 대한 그리움을 푸는 모습을 보면 가슴이 시큰해진다.

부처의 상은 넓은 의미에서 보살상, 천왕상, 나한상 등을 모두 포함하는데, 우리나라에서는 석가모니불, 아미타불, 약사불(藥師佛), 비로자나불(毘盧遮那佛) 등을 볼 수 있다. 이곳에 모신 부처는 손바닥만 한 크기부터 유치원 아이만 한 크기까지 다양할 뿐더러 얼굴만 있는 경우도 있다. 명상하는 결가부좌상, 의자에 앉아 오른쪽 다리를 왼쪽 다리에 얹은 반가상, 일어선 채 맞이하는 입상, 두 다리를

교차해 앉은 교각상, 누워 있는 와상 등 다국적 부처님을 바라보고 있으면 이 작은 공간이 이주민 전용 법당이라는 것이 느껴진다.

어떤 이들은 한국의 부처님 상만을 모셔도 될 것을 굳이 힘들게 각 나라의 불상을 모실 필요가 있느냐고 묻는다. 물론 부처님은 다 같은 분이지만, 모습이 다르다 보니까 때론 낯설게 느끼기도 한다. 1997년, 지리산에서 구미로 건너와 1년을 포교사 활동으로 지내고 잠시 헝가리에 다녀온 일이 있다. 동국대학교 졸업 동기였던 정목 스님이 넓은 세상을 보는 것이 중요하다고 권하기도 했고 다른 나라의 불교는 어떤 모습일지 궁금하기도 했다. 그렇게 배낭여행을 떠나게 되었다. 부다페스트에서 3시간 거리에 떨어져 있는 쩔러싼또 지역의 작은 마을에 머물며 당시 한국인이 세운 유럽 최대의 종 모양 탑을 보았다. 동유럽에 전래된 불교는 마음을 안정시키는 명상 불교로 자리를 잡아가고 있었다. 그곳 절에서 만난 한국 부처님이 어찌나 정겹던지 절로 두 손을 모았던 경험이 있다. 역지사지(易地思之)라는 고사성어가 와 닿는다. 나는 노동자들과 생활하며 이들에게 익숙한 부처님을 모셔오는 일을 차근차근 진행했다. 먼저 외국에 나가는 스님들께 부탁을 드렸다. 그리고 소셜 네트워크를 통해 현지 사찰에 모셔진 부처님을 한국 불상과 맞교환했다.

또한 모국어로 근심을 털어놓을 수 있는 스리랑카 산뜨시리 스님, 캄보디아 쏘페악 스님이 있어 이주노동자들이 마음의 위로를 받고 있다. 특히 산뜨시리 스님이 이곳 센터와 맺은 인연은 벌써 9년이 되어간다. 스님은 스리랑카로 유학했던 한국 스님의 초청으로 여행을 왔다가 동두천에서 스리랑카 노동자들을 만나 도와준 것이 계기가 되어 안산, 파주에서 이주노동자들과 함께 지냈다. 이후 외국인 스님을 찾는다는 소식을 듣고 2005년 나와의 만남이 계기가 되어 이곳 구미로 오게 되었다. 센터에는 한국어에 서툰 노동자들이 각자의 억울한 사연을 갖고 찾아온다. 반면에 한국어를 잘하는 이주노동자들은 양질의 정보를 공유하며 대우가 좋은 일자리를 찾아 이동하기도 한다.

법당 왼편에는 사망한 노동자 사진이 안치되어 있다. 동료들은 틈틈이 이곳을 찾아 향을 꽂고 기도를 드린다. 현재 산뜨시리 스님과 쏘페악 스님이 사망 노동자의 장례와 제사를 맡고 있다. 노동자의 사망 소식을 듣고 힘겹게 한국을 찾은 유가족들이 영단(靈壇)에 모셔진 남편이나 자식의 사진을 확인하고 주저앉아 숨죽여 흐느끼는 모습은 언제 보아도 마음 아픈 일이다. 이들은 스님 앞에 무릎을 꿇고 죽은 이들의 마지막이 외롭지 않게 염불해주어 고맙다며 두 손을 합장(合掌)하고 몇 번이나 고개를 숙인다.

불교 문화권에서 온 이주노동자 대부분은 스님을 모시고 기도할 수 있는 환경을 중요하게 생각했고 고마워했다. 이들 나라에서 스님의 기도와 축원은 멀리 있는 가족의 건강과 현재 하는 일의 무사고를 기원하는, 그리고 아픈 누군가에게는 위로를 주는 든든한 의

지처가 되기 때문이다. 사실 사업장에서 이런 환경을 만들어주면 좋은데 사업주들은 드러내놓고 싫어하는 경우가 있다. 센터와 먼 곳에 있는 노동자들은 모든 업무가 끝난 늦은 시간에 스님을 모시고 법회를 개최한다. 내가 법회를 보러 간 어느 사업장에는 변변한 의자 하나가 없었다. 그래서 사업장에서 가장 높은 곳이나 깨끗한 위치에 하얀 천을 깔고 무사고 기원 법회를 하곤 했다.

현장에서 제때 월급을 받지 못하거나, 아픈데 병원에 가지 못하고 일하는 노동자들이 많다는 이야기를 전해들으면 한국인으로서

미안한 마음이 앞선다.

"할로우, 스님?"

센터에 어지럽게 울리는 전화의 대부분이 하루 일과를 마치고 산뜨시리 스님을 찾는 스리랑카 노동자들이다. 스님을 중심으로 노동자들이 센터로 모여들기 시작했다. 스님은 이곳 센터에 24시간 머물며 스리랑카 노동자들의 대부 역할을 해주고 있다. 아프다고 하면 병원에 데려가고 봄에는 여행을 가을에는 체육대회를 열어 이주노동자들의 고된 한국 생활을 위로한다. 이주노동자들이 가장 가고 싶어하는 곳은 용인에 있는 에버랜드다. 그리고 바다에도 가고 싶어한다. 특히 경주 석굴암과 문무대왕 수중릉은 한국 역사를 이해하는 좋은 여행이 된다.

스리랑카는 교육제도가 아주 잘 되어 있는 국가다. 산뜨시리 스님은 고고학을 전공한 학승으로 3년 전에는 구미대학교에서 유아특수보육을 공부하고, 졸업 후 사회복지사 자격증을 취득했다. 그리고 6년 만에 한국 국적도 취득했다.

산뜨시리 스님이 든든하게 센터를 지켜준 덕에 나는 해외구호사업 차원에서 캄보디아를 방문했다. 나는 그곳에서 한국에 와서 노동자들의 고충을 듣고 그들을 위로해줄 캄보디아 스님을 모셔오고 싶었고, 캄보디아 불교 종단에 청을 넣어 다행히도 뜻을 함께하겠다는 스님을 만났다. 바로 쏘페악 스님이다. 잠을 재워주고 밥을 해주는 일은 어떻게 보면 쉽고 간단한 도움이다. 그러나 낯선 타국에서 노동자들이 진정으로 원하는 건 동정이 아니라 관심이다. 그리고 믿고 속내를 털어놓을 자국 출신의 스님이 있다는 것은 굉장한 위안이 된다. 두 분 스님이 이 역할을 해주고 있어 참으로 감사하다. 나 역시 이분들이 있기에 이주노동자에게 보다 가까이 다가갈 수 있고 그들의 어려움을 조금이나마 이해하고 도와줄 수 있다. 민간외교가 이루어지고 있는 것이다.

5월이면 초파일 행사를 앞두고 모든 사찰이 사람들로 북적인다. 이곳 구미 마하이주민센터 법당도 예외가 아니다. 노동자들이 휴일에 모여 한지를 오리고 풀칠을 해서 정성껏 연등을 만든다. 자기 나라 국기에 별이 있는 노동자들은 별 모양의 등을 만들기도 했다. 그

런데 한국의 부처님오신날과 태국, 스리랑카 등지의 부처님오신날은 날짜가 다르다. 남방불교에서는 UN 베삭데이(Vesak day) 축제가 열린다. 스리랑카는 불교 국가 가운데 초파일 밤을 가장 아름답게 즐기는 민족이다. 스리랑카 노동자들은 대나무를 가져다 치수를 재 자르고 모터를 달고 끈으로 묶었다. 땀을 뻘뻘 흘리며 뭔가 복잡한 전선을 연결하고 끊기를 반복하더니 사람보다 세 배나 큰, 모터로 돌아가는 탑을 완성시켰다. 나무와 한지로 완성된 커다란 연등을 켜자 화려한 빛을 발하며 돌기 시작했다. 스리랑카에서는 집채만 한 크기의 '와삭구두(燈)'를 만들어 밤새도록 불을 켜놓고 석가의 일대기를 암송한다고 한다. 그 이야기만으로도 부처님오신날의 행사 규모가 얼마나 크고 화려할지 상상이 되었다.

불교라는 문화를 바탕으로 이렇게 하나가 되고 마음의 시름을 덜 수 있으니 마음을 나누는 일이 얼마나 중요한지 새삼 깨닫는다. 이곳 구미에 있는 이웃종교인들 역시 이주노동자들을 돕는 활동에 발 벗고 나서는 분들이 있다. 일전에는 목사님, 신부님들과 함께 친목을 다지는 자리를 갖기도 했다. 이렇게 여러 행사를 치르며 느끼는 점은 부처님을 모시는 절의 문턱이 이웃종교보다 약간 높다는 점이다. 아무래도 바쁘게 돌아가는 현대 사회에서 시간을 내어 산속에 있는 절까지 찾아가는 일은 쉽지 않은 것이다.

66   "스님, 무슨 일이에요?"

새벽 2시에 대둔사(大芚寺)로 전화가 걸려왔다. 아주 다급한 일이 분명했다.

"스님! 큰일 났어요. 심장마비로 여성이 죽었어요. 병원에 있는데 빨리 인도네시아로 시신 보낼 준비를 해야 하는데, 어떻게 해요?"

센터를 운영한 지 얼마 안 되었을 때는 왜 장례를 치르지 않고 시신을 항공으로 옮겨야 한다는 건지 의아했다. 그때는 나라별 장례 문화를 몰랐기 때문이다. 스리랑카와 인도네시아는 반드시 고향으로 시신을 보내서, 가족이 눈으로 시신을 확인해야 장례를 치르는 문화를 갖고 있었다. 다른 나라들은 유가족이 한국으로 들어오기도 했지만, 이 두 나라는 반드시 고향에서 장례를 치러야 했다.

이주노동자들의 사망 사유는 교통사고와 갑작스런 심장마비가 높은 비율을 차지한다. 특히 심장마비로 판정받는 비율이 높다. 왜 심장마비로 인한 죽음이 많을까? 내 생각에는 더운 나라에서 온 이주노동자들이 힘든 일을 계속하다 보니 신체적으로 감당하기 어려운 과부하가 누적되기 때문인 것 같다.

"산뜨시리 스님, 그럼 어떻게 해야 하는데요?"

"시신을 항공으로 보내려면 복잡해요. 항공료도 비싸요. 돈 많이 필요해요."

머릿속이 하얗게 비워지는 기분이었다. 일단 그 나라에 서류를 만들어 보내서 위임장을 받아야 했다. 그러기 위해 대사관에서 도장을 받고 서류를 번역하는 등 500만 원가량의 비용이 들었다. 최근 캄보디아 노동자가 서울에서 사고로 사망한 일이 있었다. 서울에서 구미로 시신을 옮기는 일을 두고 장의사 쪽에서 가격을 흥정해왔다. 시신을 화장하는 데 400만 원이 든다고 한 것이다. 동행한 이주노동자와 외국인 스님이 뭘 알겠나 싶었던 모양이다.

"부장님, 한국사람도 화장하고 이동하는 비용이 이렇게 많이 나오질 않는데 너무하잖아요. 200만 원으로 해요."

한참을 입씨름한 뒤에야 구미로 시신을 옮기고 화장하는 수순을 밟았다.

한국에 와서 음식과 물이 맞지 않아 위와 심장이 안 좋은 노동자들이 꽤 많다. 맹장과 탈장으로 고생하는 사람도 있다. 어떤 노동자는 하루 8시간 이상 25킬로그램짜리 철근을 옮기는 일을 하다가 탈장이 심해져 한동안 일을 하지 못했다.

이주노동자들은 억울하고 아픈 마음을 법당에 와서 위로받는다. 그러나 한국에서의 생활에 즐거움이 전혀 없는 것은 아니다. 팔리어로 법회를 마친 스리랑카 노동자들 중에는 마음이 맞는 젊은이들끼리 모여 기타를 치며 여담을 즐기는 이들도 있다. 캄보디아 노동자들은 그들대로 조리실에서 요리를 하며 휴대전화로 다운받은 캄보디아 노래를 틀어놓고는 따라 부른다. 편지를 쓰는 사람, 밀린 세탁을 하는 사람, TV를 시청하는 사람 등 이들은 한국어를 공용어로 소통하며 센터에서 지낸다. 아침이면 부처님 앞에 향 하나를 꽂고 고향의 가족들에게 안부를 전한다. 그러고는 손을 흔들며 자전거를 타고 혹은 버스를 타고 일터로 향한다. 또 몇몇은 다른 일자리를 찾기 위해 인터넷을 검색하기도 한다.

우리는 겨울을 앞두고 바빠지는데 특히 노동자들이 추운 겨울을 날 수 있는 옷가지를 구하는 데 전력을 다한다. 주위 분들이 중고 옷가지를 기부해주거나, 서울에서 세일을 마치고 떨이로 구미까지 온 옷들을 박스에 눌러 담는다.

일부 한국인들은 이주노동자들이 게으르고 일하기 싫어서 도망치는 게 아니냐고 말한다. 하지만 내가 만난 사람들, 그들에게 들은 것, 그리고 직접 눈으로 확인한 현실은 소문과 많이 달랐다. 더운 나라에서 살았던 사람들은 분명 한국의 문화가 낯설 수밖에 없다. 그러니 우리가 먼저 그들의 문화에 관심을 갖고 이해를 넓혀야 소통이 되고 불필요한 갈등을 줄일 수 있다.

현장 근로자들이 머무는 기숙사에 가보면 숨을 제대로 쉴 수가 없다. 벽에는 곰팡이가 까맣게 슬어 있고 이불은 쓰레기통에서 주워왔는지 낡고 악취가 심했다. 식당에선 이들이 전혀 익숙지 않은 김치를 반찬으로 주고, 주말에는 알아서 식재료를 사다가 조리해 먹으라고 한다. 적은 급여를 받는 사람들이 고향에 보낼 돈을 생각하다 보면 대충 끼니를 때우게 된다. 식사를 줄이니 자연히 몸이 약해져 질병에 노출되기 쉽다. 공장에서 일할 때도 회사에서 안전장비를 챙겨주지 않아서 사고를 당하는 경우가 있다. 이곳에서 그들이 대면한 모욕적인 언사와 행동은 한국에 대한 첫 이미지가 된다. 이주노동자들이 공장을 옮기는 이유는 단지 1~2만 원을 더 벌기 위해서가 아니다. 자신의 이름을 불러주는 곳이 좋아서 혹은 사람의 향기가 그리워 떠나는 사람도 있다. 어려운 사람의 마음을 헤아릴 줄 아는 것, 그것이 진정한 나눔이다.

• 그대가 꽃보다 예쁘다 •

신부들에게 잘해주세요

다급한 순간에도 쓰지 못하고 품속에 넣고 다녔을 50달러, 도망치듯 나오던 순간에도 이 50달러만큼은 손에서 놓지 못했을 그녀의 심정이 느껴졌다. 가족을 위해 모아둔 그녀의 눈물이 배어 있을 그 돈 앞에서 어머니는 소리 없는 눈물을 흘렸다. 꼬깃꼬깃해진 그 50달러는 "엄마, 사랑해요.", "엄마, 보고 싶어요."라고 말하고 있었다.

"스님, 우리 집에 갈 거예요? 엄마에게 이것 좀 전해주세요."

캄보디아로 출발하는 내게 씽팔라는 신문지로 여러 차례 꽁꽁 싼 뭉치 하나를 건넸다.

"이게 뭐예요?"

"별거 아니에요. 우리 엄마에게 꼭 전해주세요. 그리고 제가 시어머니에게 맞았다는 얘기는 하지 마세요. 시댁에서 떠난 것도요. 스님, 나쁜 이야기는 하면 안 돼요. 잘 지낸다고 그렇게만 전해주세요."

씽팔라가 왜 그런 부탁을 하는지 이해한 나는 그렇게 하겠다고 약속하고 캄보디아로 떠나는 여정에 올랐다. 우리나라에 씽팔라와 같은 피해 여성들이 증가하고 있다. 비행기 속에서 착잡한 내 마음은 석양의 아쉬움만큼 깊었다.

행복을 기대하며 온 땅, 그러나 이들에게는 어려운 시련이 기다리고 있었다. 좋은 남편을 만나 잘 정착하고 살아가는 여성도 있지만 그렇지 못한 경우가 더 많은 것이 현실이다. 폭행이나 폭언에 무방비로 노출된 이주여성들을 만날 때마다 나는 이 현실을 더 아프게 느꼈다.

씽팔라는 계속되는 시어머니의 구박에 결국 가정폭력 피해 이주여성과 동반 아동을 위한 보호시설을 찾았다. 더욱이 그녀가 낳은 아이는 태어날 때부터 호흡기에 의존해야 하는 장애를 가지고 있었다. 자신은 물론 아이까지 버림받지 않을까 두려웠던 씽팔라는 집을 나오는 것밖에 별다른 방법이 없었다. 모든 것을 다 포기하더라도 아이만은 자신이 키우겠다며 아이를 꼭 껴안는 눈물겨운 모성을 지켜보자니 더욱 가슴 아팠다.

캄보디아에 도착한 나는 약속대로 씽팔라의 고향 집을 찾았다. 씽팔라가 어린 시절을 보낸 마을은 깊은 산을 몇 구비 돌아 차로 6시간을 달린 뒤 마지막으로 배를 타고 들어가야 겨우 도착하는 구석진 오지 마을이었다. 시골 인심이 그렇듯이 이웃 간에 소박한 정이 흘렀다. 동네 사람들에게 씽팔라의 집을 묻자 하나둘 나서서 친절하게

가르쳐주었고, 호기심에 가득 찬 아이들은 일행의 뒤를 졸졸 따라다
녔다. 콧물을 흘리면서 맨발로 돌아다니는 아이들을 보면서 내 어린
시절을 떠올리기도 했다. 그동안 이주노동자들과의 만남 때문인지
어느새 낯설지 않게 된 땅, 캄보디아의 첫인상은 정겨웠다.

씽팔라네 살림살이는 예상했던 것보다 더 가난했다. 그녀에게는
무척이나 그리운 집일 것이라는 생각에 가족사진을 여러 장 찍었
다. 한국으로 돌아가 고향 소식을 전해줘야 한다는 의무감이 들었
기 때문이다. 집에는 빗물을 받아서 먹는 물로 쓰는 항아리가 한 개
있었다. 캄보디아에서는 그 항아리의 크기와 숫자에 따라 그 집안의
재산 정도를 알 수 있다고 한다. 그저 엉성하게 엮은 나뭇가지에 천
을 둘러 안과 밖을 구분한 것이 그들의 집이었다. 1미터 높이에 가
족이 사는 공동공간이 있고, 그 아래에 닭과 개가 함께 살고 있었다.

딸의 소식을 전하기 위해 찾아왔다고 하니 어머니의 주름진 얼
굴이 환하게 펴졌다. 평생 한 번도 가보기 어려운 곳, 그곳으로부터
온 딸 소식이 얼마나 반가울 것인가.

"씽팔라가 이걸 어머님께 꼭 전해 달라고 했습니다."

"어꾼!"

그녀는 몇 번이나 감사하다는 인사를 건넨 뒤 조심조심 뭉치더
미를 풀기 시작했다. 둘둘 만 신문지를 벗겨내자 이번에는 꽁꽁 감
싼 비닐이 나왔다. '누가 읽어서는 안 될 편지인가.' 싶었지만, 그 속
에서 나온 건 달러였다. 나는 순간 눈시울이 붉어지고 말았다. 다급

한 순간에도 쓰지 못하고 품속에 넣고 다녔을 50달러, 도망치듯 나오던 순간에도 이 50달러만큼은 손에서 놓지 못했을 그녀의 심정이 느껴졌다. 가족을 위해 모아둔 그녀의 눈물이 배어 있을 그 돈 앞에서 어머니는 소리 없는 눈물을 흘렸다. 꼬깃꼬깃해진 그 50달러는 "엄마, 사랑해요.", "엄마, 보고 싶어요."라고 말하고 있었다.

"걱정 마세요. 따님은 잘 지내고 있습니다. 똑똑한 여성이라 앞으로도 잘 지낼 거예요."

그제야 씽팔라의 어머니는 눈물을 훔쳤다. 그러고는 연신 "어꾼!"이라며 두 손 모아 감사의 마음을 표현했다.

6년의 시간이 흘렀지만 나는 지금도 그 50달러에 담긴 눈물겨운 사연을 잊을 수가 없다.

"때리지 마세요."

이 말은 이주노동자는 물론 이주여성들이 가장 하기 싫어하는 한국말이다. 꽃으로도 때리지 말라는데 이와는 무관하게 현실에서는 구타가 끊이지 않는 듯하다. 이름을 부르지 않고 욕을 호칭으로 쓰는 한국사람도 더러 있다.

폭력에 시달리는 이주여성들은 누군가의 귀한 딸이다. 우리가 알지 못하더라도 누군가의 소중한 누이이며 동생이다. 고향에 있는 엄마에게는 사무치도록 그리운 딸이며 멀리 떠나보낸 까닭에 손가락 중에서도 가장 아픈 손가락일 것이다. 자신보다 나은 삶을 살라고 혹은 어려운 집안 형편 때문에 어쩔 수 없이 떠나보낸 딸이기에 더욱 그렇다. 두려움 속에서도 잘살아보겠다고 희망을 품고 온 그녀들을 향해 어떤 이들은 '너를 데려오기 위해 우리가 돈을 얼마나 썼는지 알아!'라며 마음의 상처를 주기도 한다. 그래서 한국어를 이해할 정도가 되면 이주여성들은 뒤늦은 모욕감으로 우울증을 겪기도 한다. 언어가 통하지 않는다는 이유로 무시하고, 문화적 차이를 오해해 주먹질을 하는 것은 그 어떤 이유로도 정당화될 수 없다. 이런 현실을 마주할 때마다 나는 분노를 넘어 좌절감마저 들곤 한다.

쉼터를 찾는 이주여성들은 대부분 참고 참고 참다가 더 이상 버티지 못하고 피신한 사람들이지 가출한 것이 아니다. 여전히 이주여성들에게 가해지는 폭력이 사라지지 않는 현실 속에서 좀 더 참고 살아보라는 말은 한국인 입장에서만 바라본 것이다. 그것은 이주여성의 생존을 고려하지 않는 또 다른 폭력이다.

"응앗! 왜 맞았다고 생각해요?"

"국제 전화요금이 많이 나왔다고 했어요. 전화비가 많이 나올까봐 금방 끊었어요."

이주여성들은 대꾸를 하지 않았다고, 부르는데 빨리 오지 않았다고, 시어머니를 공경하지 않는다고, 말귀를 못 알아듣는다고 등등, 다양한 이유로 언어폭력은 물론 구타에 시달리고 있다. 머리채를 잡고 흔들거나 뺨을 때리거나 밤새 잠을 재우지 않고 벌을 서게 하는 등 셀 수 없이 많은 인권유린이 일어나고 있다. 세상에 매맞을 이유가 어디 있는가?

"남편이 아이까지 때려요. 낫 들고 죽이겠다고 달려오는데 너무 무서웠어요."

여성들은 끝까지 아이를 보호하기 위해 최선을 다한다. 그래서 모든 것을 포기하더라도 아이만은 자신이 기를 수 있도록 해달라고 호소한다.

나는 이런 이주여성들의 모습에서 과거 우리의 모습을 떠올렸다. 무뚝뚝하고 권위적인 아버지들과 함께 살면서 우리의 어머니들 또한 숨을 죽이고 살았다. 내 어머니만 해도 아버지가 술을 마시고 늦게 들어오신 날은 이웃집으로 잠시 몸을 피하기도 했다. 아버지가 주먹을 휘두른 적은 없어도 거친 말 한 마디, 성난 눈빛 한 번에 움츠러들던 어머니의 모습이 아련히 남아 있다. 엄마가 피신할 때면 우리는 숨죽이며 난장판이 커지지 않기를 바랐다. 때로 장독대 뒤에 숨어 "아버지 주무시니?" 하고 묻던 어머니의 모습이 주마등처럼 스쳐갔다. 안 좋은 일이 벌어지면 이주여성들은 갈 곳이 없다. 세상이 달라져 이제는 여성 상위 시대라고들 하지만 여전히 소외된 여성들이 있음을 외면해서는 안 된다.

"처음에는 한국말을 모르니까 '너 데려올 때 얼마 들었다.' 이런 말이 무슨 뜻인지 몰랐어요. 그런데 점차 한국말을 익히면서 그 말 뜻을 알게 됐죠. 그땐 정말 죽고 싶을 만큼 수치스러웠어요."

76   한국에서 생활한 지 2~3년쯤 된 이주여성들은 남편과 시댁으로

부터 가끔 이런 모욕적인 말을 듣는다고 했다. 그리고 그때마다 가난이 서러웠다고 한다.

"한국에 올 때까지만 해도 저는 인간이었는데, 여기서는 물건이 되었어요."

이 말을 하는 후이빗참의 표정은 몹시 어두웠다. 우리나라는 1990년대에 들어서면서 결혼 시기를 놓친 남자들이 외국인 신부를 맞이하기 시작했다. 처음에는 조선족이 주를 이뤘고, 1995년 이후부터는 중국, 베트남, 캄보디아 등 아시아권 여성들과의 국제결혼이 폭발적으로 늘어났다. 그리고 2005년도부터는 우즈베키스탄, 네팔, 몽골 등 점차 그 나라가 다변화되었다. 하지만 여전히 이런 이주여성들에 대한 제대로 된 보호장치는 전무한 실정이다. 무엇보다 문제인 것은 사람들의 인식이다. 남편이나 시댁 쪽에서는 그 여성을 데려오기 위해 큰돈을 들인 것을 강조한다. 하지만 정작 그 여성이나 가족들에게 돌아가는 것은 그 돈의 10분의 1도 되지 않는다. 중간에서 알선하는 사람들이 비용의 대부분을 가져가는 것이다.

이주여성들의 선택은 가족을 위한 희생이면서 동시에 보다 나은 삶을 살고자 하는 자신의 희망을 위한 것이다. 불행해지기 위해 온 사람은 아무도 없다. 더구나 그들의 나라에는 아버지나 형제로부터 이유 없이 구타를 당하는 문화가 없다. 중국, 베트남, 캄보디아는 우리나라에 비해 여성의 지위가 더 높다. 이런 문화 차이를 고려하지 않고 우리의 남존여비 문화를 강요하는 것은 또 다른 불행을 부를 뿐이다. 특히 조금 굼뜨기만 해도 멍청이라고 하거나 그들이 알 아듣지 못할 거라고 생각해 '빨리 너희네 나라로 돌아가.'라고 하는 것은 여성들에게 큰 상처가 된다. 신랑과 평균 열두 살 이상의 나이 차이, 언어소통 부재, 부부 갈등, 시부모와의 갈등은 이주여성들이 반드시 넘어야 할 현실의 거대한 산인 셈이다.

"내 마누라 내놔. 여기 있는 거 다 알고 왔어."

어떻게 알고 왔는지 쩌렁쩌렁한 목소리가 주변을 울렸다.

"내 마누라, 내 새끼 데려가겠다는데 당신들이 왜 막아!"라며 내

멱살을 잡았다. 한동안 실랑이가 벌어졌다. 욕설과 고함, 폭력이 난무하면 결국 경찰을 부를 수밖에 없다. 긴급 피신한 여성은 아이를 지키겠다며 울고, 남편은 막무가내로 아이를 데려가려고 하니 난감한 상황이었다. 이런 경우에는 출동한 경찰관이 중재에 나서서 남편과 의견 조율에 들어간다. 우선 남편이 원하는 게 무엇이고 여성이 바라는 것이 무엇인지를 서로 이야기하게 한다. 그러면 처음에는 대부분의 남편들이 변명으로 일관한다. 하지만 그 정도도 양보하지 않으면 누가 집에 들어가겠느냐고 되물으면 그제야 한 발 물러선다. 남편이 아내의 역할을 도와주는 양성평등 문화에서 자란 여성과 보수적인 남성 중심 사회에서 자란 남성은 문화적 차이에서 오는 갈등을 겪을 수밖에 없다. 그래서 이 문제만 극복되어도 원만하게 합의하고 가정으로 돌아가는 이주여성이 적지 않다. 정답은 문화적 차이를 인정하고 서로가 조금씩 배려하는 것이다. 하지만 술로 인한 문제는 쉽사리 해결되지 않는다. 술에 취해서는 인사불성으로 행패를 부렸다가 다음 날이면 순한 양이 되는 남자들이 있다. 그렇다고 밤새 아내를 괴롭힌 상처와 흔적까지 사라지는 것은 아니다. 이주여성들이 남편에게 바라는 점을 들어보면 아주 사소한 것들이다.

"술을 자주 먹지 않았으면 좋겠어요."

"담배 좀 그만 피웠으면 좋겠어요."

"밤늦게 들어오지 않았으면 좋겠어요."

"한 달에 한 번 시장에 갈 때 같이 가면 좋겠어요."

"결혼할 때 매달 조금씩 친정으로 돈을 보내기로 약속했잖아요. 이 약속을 지켜주면 좋겠어요. 만약에 힘들다면 내가 나가서 돈을 벌 수 있도록 해주면 좋겠어요."

일반 가정에서는 이런 바람들이 크게 문제가 되지 않는다. 밖으로 나돌아 다니면 가출할지 모른다는 걱정에 몇 년씩 여성을 집 안에 가둬두는 경우도 있었다. 앞으로 한국 땅에서 자녀를 키우고 살 사람이니 상냥하게 대해주면 될 일이다. 그런데 괜한 걱정으로 여성을 옴짝달싹 못하게 하니 그게 더 큰 오해를 불러일으키게 된다. 먼 곳에서 자신을 믿고 따라와준 용기 있는 신부들에게 조금 더 따뜻하게 손을 내미는 마음, 그 마음이면 꼬이고 헝클어진 실타래도 천천히 풀어갈 수 있다.

고맙다는 말, 고생했다는 말, 사랑한다는 말, 함께 노력하며 더 즐겁게 살아보자는 말. 남편들이여, 이 말부터 연습하고 표현해보자. 마음에 담아두고 있다는 것은 변명이다. 표현하지 않는 것은 없는 것과 마찬가지기 때문이다.

산부인과에 가다

•우리 곁으로 찾아온 천사•

나는 여성의 배앓이가 얼마나 많은 원인들로 인해 일어나는지 이들을 만나기 전에는 알지 못했다. "배 아파요.", "어디가 어떻게 아파요?" 마치 소아과 의사 선생님이 말을 막 배우기 시작한 아이를 상대하듯 단어 하나하나 주의깊게 경청했다.

모자를 벗어 손에 쥐고는 눈을 들어 하늘을 보다가 또 금세 땅을 내려다보았다. 좌우를 살피며 병원 입구에서 서성거렸다. 가던 걸음을 멈추고 나를 쳐다보는 시선들이 느껴졌다. 나는 굳게 마음을 먹고 큰 걸음으로 병원 문을 열고 들어섰다.

구미의 한 산부인과 병원 안으로 들어서자 한 손은 부른 배에 얹고 한 손은 허리에 댄 임신부들이 눈에 들어왔다. "음, 음." 당장 눈을 어디에 둬야 할지 몰라 헛기침이 나왔다. TV 다큐에서나 보았던 산부인과 모습이 바로 눈앞에 펼쳐져 있었다. 마침 한 남자가 만삭의 아내를 부축하며 접수계로 다가서다 나와 눈이 딱 마주쳤다. 눈빛에 '스님이 무슨 일로 산부인과에?' 하는 의구심이 담겨 있었다.

"안녕하세요. 대둔사 주지 진오라고 합니다. 원장 선생님을 뵐 수 있을까요?"

나는 진료실 앞에서 차례를 기다렸다. 태아 사진이 들어 있는 진료 카드를 들여다보며 이런저런 대화를 나누던 앞 순번의 임신부들이 흘끔흘끔 승복을 쳐다본다. '스님이 산부인과에는 웬일이지? 혹시 사고 친 거 아니야?' 라는 소리가 들리는 듯해서 민망한 순간이었다.

이윽고 원장 선생님과 마주 앉았다. 나를 웃으며 반겨준 그분은 먼저 편하게 용건을 꺼낼 수 있도록 기다려주었다. 발걸음을 떼는 일이 쉽지 않았던 만큼 내게는 꼭 이곳에서 해결해야 할 문제가 있었다.

갈 곳 없는 이주노동자들이 센터에 모여들면서 자연스럽게 여성 이주노동자들도 늘어났다. 그런데 이 여성들 대부분은 홀몸이 아니었다. 남자친구를 만나고 이런저런 과정을 거쳐 임신하게 되면 일하는 곳에서 눈치를 받아 그만두게 되고, 그러면 마땅히 갈 곳이 없는 딱한 처지로 이어졌다.

"나 돈 없어요. 아기 낳으려면 250만 원 달라고 했어요. 나 집도 없어요."

아직 한국어가 서툰 필리핀 여성이 자신의 처지를 설명하며 참았던 눈물을 쏟아냈다. 지금이야 익숙해져서 담담히 대처할 수 있지만 처음에는 임신중독으로 온몸이 탱탱 부은 여성을 어떻게 대해야 할지 몰라 눈앞이 캄캄했다. 또 울음을 터뜨린 여성들을 진정시키는 일이 익숙하지 않아 겨우 옆에서 수건이나 건네 눈물과 콧물을 닦도록 해주는 게 전부였다. 한참을 흐느끼던 여성의 어깨가 무거워 보여 그냥 앉아 있을 수가 없었다. 빨리 대책을 마련해야 한다는 생각에 누구에게 전화를 걸지 고민했다.

나는 아이를 낳는 데 그렇게나 큰돈이 든다는 사실을 그때 처음 알았다. 그것도 순산의 경우가 그렇고, 수술을 하면 비용이 더 든다는 것은 산부인과 상담을 받고 나서야 알게 되었다. 이제까지 나와 전혀 무관했던 세상과 만나게 된 순간이었다. 처음 한두 번은 어떻게 출산비용을 만들까만 고민했다. 하지만 이런 일이 결코 한두 번으로 끝나지 않으리란 생각이 들었다. 청춘남녀가 만나 가정을 꾸리고 아이를 갖는 일은 자연스러운 세상 이치가 아닌가. 다만 이주여성노동자들은 가정을 꾸리는 일이 뜻대로 이뤄지지 않는다는 것이 문제였다. 결국 출산 비용을 할인받기 위해 산부인과를 찾았던 것이다. 새 생명이 탄생하는 순간, 엄마와 아기의 안전이 무엇보다 소중했기 때문이다.

시뻘겋게 달아오른 얼굴로 전후 사정을 전하고 나니 속이 후련했다. 그리고 다행히도 병원과 그곳의 의사 선생님 모두 지역사회 문제에 큰 관심을 갖고 있어서 지속적인 도움을 약속해주셨다. 그야말로 천군만마를 얻은 기분으로 병원 문을 나섰다. 물론 출산 비용이 적게 든다고 해서 모든 문제가 말끔하게 해결되는 건 아니었다.

나는 여성의 배앓이가 얼마나 많은 원인들로 인해 일어나는지 이들을 만나고서야 알았다.

"배 아파요."

"어디가 어떻게 아파요?"

마치 소아과 의사 선생님이 말을 막 배우기 시작한 아이를 상대하듯 단어 하나하나 주의깊게 경청했다. 통역해줄 외국인 스님이 온 후 한숨 돌리는가 싶었지만 스님 역시 임신한 여성을 어떻게 대해야 할지 몰랐다. 연애도 모르고, 결혼도 안 해본 스님이 속세에서 만난 인연들을 챙기려니 알아야 할 것들이 한두 가지가 아니었다. 우리는 한동안 임신과 출산 책으로 공부를 했다. 보통 남성의 배앓이 원인이 서너 가지라면 임신한 여성은 서른 가지가 넘었다. 대부분의 이주여성들은 병원에서 아이를 순산했다. 하지만 일부는 아이를 잃는 아픔을 겪었다.

임금체불 상담과 생필품 지원으로 시작했던 구미 마하이주민센터는 이주노동자 상담과 쉼터의 기능까지 하게 되었고, 더 나아가 오갈 데 없는 이주여성노동자의 출산을 돕는 역할도 담당하고 있다. 우리에게 그 일을 담당해달라고 권한 이는 아무도 없었지만 누군가는 해야 할 일이었다. 사랑하는 사람과 가족을 이룬다는 것은 축복받아야 할 일이다. 하지만 코리안 드림을 꿈꾸고 찾아온 이주여성들은 외로운 상태에서 쉽게 깊은 연애에 빠지곤 했다. 상황이 이렇다 보니 이주여성의 임신과 이에 따른 출산의 어려움은 쉼터에 큰 문제로 자리잡았다. 어려운 형편 때문에 낙태를 하려 해도 비용이 만만치 않았다. 우리 사회에서 낙태는 불법이고, 그래서 의료혜택이 없었다. 우리는 산모가 아이를 낳고 기운을 차릴 수 있게끔 쉼터에서 생활할 수 있도록 도움을 주고 싶었지만 규칙상 아기와 여성노동자가 오래도록 머물 수 있는 여유 방이 없었다.

여전히 여성과 아이들은 사회적 약자이다. 특히 이주여성노동자는 일자리 부족과 저임금 그리고 성희롱에 노출되어 있다. 우리의 도움으로 산부인과에서 출산한 한 인도네시아 여성은 쉼터로 이동하는 차 안에서도 숨죽여 울며 아이를 꼭 끌어안았다. 입을 열어 말하지 않아도 아이와 떨어지지 않겠다는 간절한 모성이 느껴졌다.

아기를 기르려면 돈을 벌어야 한다. 하지만 아기가 있으면 여성을 받아주는 작업장이 없다. 이 사실을 숨기고 직장을 구한다 해도 아이 때문에 마음 편하게 일하지 못한다. 결국 고향으로 돌아가야 하는데 모아놓은 돈이 없으니 그것도 쉬운 결정이 아니다.

몇 년 전에는 스리랑카 노동자 부부가 임신 7개월째에 쌍둥이를 조기출산했다. 인큐베이터에서 사경을 헤매는 어린 생명을 바라보며 엄마는 애닲게 울었다. 태어나자마자 한 아기가 죽고 1개월 만에 다른 아기마저 세상을 떠났다. 우리는 죽은 쌍둥이 아기를 대둔사 언덕의 소나무 아래에 묻어주고 밤새 환한 호롱불을 밝혀주었다.

남자들만 우글거리던 이주민센터는 여성노동자의 입주로 분위기가 달라졌다. 일단 공간 배치가 분명해졌다. 지하와 1층에 남성노동자 방과 주방을 두고, 스리랑카와 캄보디아 스님들이 계시는 2층에 여성 전용 공간을 만들었다. 그리고 3층에는 다국적 법당을 마련했다. 2층 강당에는 컴퓨터와 책이 비치된, 한글 공부를 할 수 있는 넓은 공간이 있었고, 체력 단련실도 꾸몄다. 주기적으로 스님들이 한글 교실을 열고, 매달 두 번씩 의료 진료도 이루어진다. 첫째 일요

일은 한방 진료, 셋째 일요일은 양방 진료로 센터가 북적인다. 6년째 순천향대학 구미병원 의료봉사단 의사 선생님과 간호사들이 방문해주고 있는데 이주노동자와 다문화 모자가족들에게 얼마나 고마운 일인지 모른다. 나도 다음 생에는 의사로 태어나고 싶다는 생각을 이때 했다.

여성 노동자를 위한 방은 하나다. 밤 11시면 무조건 취침하고 아침 6시에 기상한다. 이주노동자 쉼터는 모든 것이 무료다. 적막하던 센터에 아이 울음소리가 들리게 되면서 다분히 개인주의적이던 분위기가 여성과 아이를 배려하는 분위기로 흘렀다. 여성노동자를 위해 비구니(比丘尼) 스님이 필요했는데, 마침 복지 활동을 해보고 싶다는 스님을 만났다. 어느덧 외국인 스님과 비구니 스님, 사회복지사 그리고 통역 담당 이주여성까지, 모두 합쳐 8명의 일꾼이 센터에서 이주민들의 애환을 돌봐주고 있다.

"쏘페악 스님, 여기 산부인과는 우리를 도와주는 곳! 아기 나오도록 도와주는 곳이에요."

오랜만에 승복을 입은 세 사람이 빠른 걸음으로 산부인과 병원에 들어섰다. 산뜨시리 스님이 한국에 온 지 얼마 안 된 쏘페악 스님에게 산부인과 병원에서 산모와 관련해 어떤 일을 도와주고 마음을 써야 하는지 한국어로 알려주었다.

손짓발짓으로 산뜨시리 스님이 설명을 하고 쏘페악 스님이 안경을 올려 쓰며 열심히 경청하는 모습에 절로 웃음이 나왔다. 출산에 대해서는 아무런 경험도 지식도 없는 스님들이 이주여성들을 돕기 위해서 정보를 교환하는 것을 보니 세상이 참 많이 달라졌다는 생각이 든다.

오늘은 중국인 노동자 부부가 출산한 아이를 보러 왔다. 매번 올 때마다 얼굴이 부끄러워지는 공간이다. 서둘러 원장 선생님을 만나 산모와 아이의 건강을 물었다. 빈손으로 가는 것이 미안스러워 녹차 한 봉지를 얼른 책상 위에 내려놓았다. 이렇게나마 감사인사를 전하고 싶었다.

오랜 산고로 지쳤을 텐데도 우리를 발견한 산모가 수줍게 웃으

며 강보에 쌓인 아기를 보여줬다. 여자아이였다.

"꽁시니~! 꽁시니~!"

중국어로 축하한다고 말했더니 아기 엄마가 잇몸을 드러내며 웃었다. 침대 옆에 서 있는 아기 아빠에게 미역과 아기 옷을 선물했다. 행복은 가족이 만들어지면서 시작되는 것임을 느꼈다. 원장 선생님을 만나 병원비까지 할인받았으니 앞으로 무슨 일을 못할까 싶어 빙그레 웃음이 나왔다. 산모와 아이 모두 건강하니 오늘 하루도 허투루 지나가지 않았다는 감사의 마음이 들었다. 그런데 아기의 웃음은 어쩌면 이렇게 평화로울까? 세상의 모든 아빠들이 아이의 잠자는 모습을 보고 세상 근심 걱정을 잊게 된다는 말이 이해되는 순간이었다.

● 낮은 곳으로 향하는 마음이 자비다 ●

새마을금고 잔고 0원

방마다 꺼진 전등도 다시 살피고 세탁한 물도 다시 받아 걸레 헹구는 데 사용하는 사정을 전혀 모르는 사람은 "아니 스님이 무슨 돈이 있어서 베트남까지 가서 달린대? 후원금을 비행기 삯으로 쓰는 거 아냐?" 하는 의심을 한다고 한다.

"따르릉. 따르릉."

봄비가 부슬부슬 내리는 오후, 모처럼 센터 마당에는 흙을 뚫고 올라오는 연초록 싹이 보였다. 마침 산뜨시리 스님이 센터 가족들과 현장 법회를 가고 없는 때여서 실로 오랜만에 가지는 조용한 시간이었다. 그때 휴대전화가 울렸다. 서너 번 벨이 울리자 2층에 있는 2개월 된 아기가 울음을 터뜨렸다. 행여 낮잠을 자는 산모가 깰까 부랴부랴 현관문을 열고 뛰어들어갔다.

"네, 진옵니다."

평소 센터와 거래하는 새마을금고에서 걸려온 전화였다.

"이자가 이틀 미납되어 전화 드렸습니다. 은행잔고가 0원이네요."

나는 무의식적으로 꾸중 듣는 학생처럼 수화기를 부여잡고 조심스럽게 말했다. 눈앞에 은행직원이 있기라도 한 것처럼 식은땀이 났다.

"벌써요? 그러면 며칠 여유를 줄 수 있나요?"

센터를 운영하는 입장에서 가난한 집 제사 돌아오듯 찾아오는 것 중 으뜸을 꼽으라면 다달이 찾아오는 대출금 이자 갚는 날이다. 부랴부랴 책상 서랍을 열어 통장을 꺼냈다. 문제의 통장은 각종 전기세와 가스비, 전화세 등의 공과금과 통일청소년 학원비 등이 고정으로 빠져나가는 것이었다. 매달 돈이 빠져나가는 통장은 한두 개가 아니다. 이주민센터, 이주여성쉼터, 오뚜기쉼터, 달팽이 모자원까지. 제각각 통장으로 해당 후원금이 모이고 관련 공과금이 빠져나갔다. 모르는 사람은 무슨 스님이 이렇게 통장을 여럿 갖고 있느냐, 왜 하나같이 잔고가 부족하느냐고 물을지 모르겠다. 나도 어쩌다 출가하여 머리 깎고 승복을 입고서 빚 독촉을 받게 되었나 생각해볼 때가 있다. 바로 오늘이 그런 날이다.

다른 사람이 보기에는 사서 하는 고생이니 뭐라고 하소연할 곳도 마땅치 않다. 이 또한 인연에 의해 시작된 일이니 하기 싫다고 쉽사리 도망갈 수도 없다. 예기치 않은 순간에 찾아온 인연들, 그 한

사람 한 사람은 가벼이 보아 넘길 수 있는 인연이 아니었다.

　2004년 어느 겨울날, 금오종합사회복지관에서 복지사업에 매진하며 지내고 있을 때 생후 1개월 된 아기를 데리고 몽골 여성이 찾아왔다. 몹시 지치고 초라한 행색이었다. 일단 따뜻한 공간이 필요한 상태여서 대둔사 부처님 품에서 보살핌을 받게 하였다. 그런데 잊을 만하면 한 번씩 응급상황이 일어났다. 모유도 잘 먹고 잠도 잘 자던 아기가 종종 갑작스럽게 불덩이로 변했고 그때마다 절간은 초비상이었다. 울음을 그치지 않는 아기를 안고 고무신이 벗겨질 정도로 급하게 시내 병원으로 차를 몰았다. 아이를 키워보지 않았으니 갓난아기가 얼마나 쉽게 열이 나고 배앓이를 하는지 알 턱이 없었다. 어린 아기를 위해서라도 도심에 보호공간이 필요했다. 그리고 아이를 낳은 산모가 마음 편하게 산후조리를 할 수 있는 공간도 꼭 필요했다. 절간에 있는 방은 모두 창호지 문이고 나무로 지어져 소리와 바람이 잘 통한다. 그래서 산모가 아기를 재우고 숨죽여 우는 일이 잦다는 걸 알 수 있었다. 고향의 엄마가 얼마나 보고 싶을까, 무엇보다 무정하게 아이와 자신을 버린 연인에 대한 심사 또한 복잡할 것이었다. 깊은 밤 잠 못 드는 아기 엄마의 마음을 아는지 모르는지 대둔사를 지키는 흰돌이가 자꾸 짖었다.

"이놈아! 시끄럽다. 애기 보살 깰라. 그만~ 쉿!"

이날부터 앉으나 서나 이주여성들을 위한 공간을 구상했다. 막상 사업으로 추진하려고 생각하니 예산 확보가 우선이었다. 나는 경상북도와 구미시에 사업의 필요성을 설명했다. 사업계획서와 예산이 통과되면 쉼터 운영비와 인건비 지원을 받을 수 있을 것이었다. 적어도 3~4층 정도의 공간이 필요했다. 하지만 자금이 많이 들었다. 고민 끝에 개인 통장을 꺼내들었다. 군법사 장교로 재직하다 큰 부상으로 제대할 때 받은 퇴직금과 보상금을 모아둔 돈이었다. 마치 이날을 예견했던 것처럼 잠들어 있던 5,000만 원을 인출했다. 정말로 소중한 곳에 쓰려고 묻어두었던 자금이었다. 하지만 부동산중개소를 통해 알아본 3층 건물을 구입하기에는 부족해도 한참 부족한 액수였다.

이날 이후 공양(供養)을 하면서도, 센터의 바닥을 물걸레질하면서도 머릿속은 온통 남은 금액을 어떻게 마련하느냐로 무겁게 채워졌다. 그리고 고민 끝에 국가유공자 자격으로 받은 아파트가 떠올랐다. 그 집은 둘째 누님이 부모님을 모시고 살고 있는 곳이었다. 여차하면 집을 팔아야 했다. 두 분 형님과 형수님을 만나 어렵게 입을 열었다. 집을 담보로 은행에서 대출을 받고 형제들이 갚아나가면 어떻겠느냐고 제안했다.

그렇게 해서 아파트를 담보로 2억 원을 대출받아 3층 건물을 매입했다. 그리고 2005년 6월부터 이주노동자들을 상담하는 마하이주민센터와 숙식을 제공하는 외국인쉼터의 두 가지 기능을 전문으로 담당하기 시작했다. 이렇게 센터를 만듦과 동시에 조계종단에 재산등록을 했다. 출가자이기 때문에 개인 재산을 바탕으로 구입한 공간이지만 사찰로 등록하는 것이 공적인 의미가 있다고 보았다. 사찰 이름은 '마하붓다'사로 정했다. 'maha'는 크다는 의미로 한문의 大에 해당되며, 'buddha'는 말 그대로 깨달은 부처님을 뜻하는 팔리어에서 유래되었다. 외국인들에겐 한문보다는 마하붓다가 훨씬 더 친근한 명칭이었다. 이로써 내 사유 재산은 하나도 없다. 재산등록을 마친 뒤 홀가분한 마음으로 이주민 복지사업에 전념할 수 있었다. 통장의 돈은 몸의 부상으로 잠시 잠깐 내게 와서 머문 재물이었는데 더 크게 쓰이게 되니까 이 또한 좋은 일이라 여겼다.

갈 곳이 마땅치 않은 남녀 이주노동자들이 이곳에서 24시간 숙식을 제공받으며 체불된 임금을 해결하고 병원 치료를 받으러 다닐 수 있어 묵었던 체기가 쑥 내려간 것처럼 속이 시원했다. 마침 외국인 스님이 머물게 되면서 상담 기능과 쉼터의 기능이 원활해졌다. 그야말로 센터 명칭에 걸맞은 이주민 복지 현장이 마련된 것이다.

그런데 얼마 후 필리핀 여성이 맨발에 찢긴 옷차림으로 두 아이를 힘겹게 안고 문을 두드리는 일이 일어났다. 문을 열었을 때 직감적으로 이 사람들을 무조건 안으로 들여야겠다는 생각이 들었다. 쪼그려 앉은 모녀는 울음소리도 크게 내지 못하고 불규칙적으로 숨을 들이쉬고 내쉬기를 반복했다. 소녀는 여덟 살 정도였는데, 엄마와 마찬가지로 얼굴이 온통 눈물 자국이었다. 상황은 몹시 안 좋아 보였다. 머리가 심하게 헝클어진 틈으로 혈흔이 보였고 눈에도 멍 자국이 있었다. 나는 여성 사회복지사와 함께 긴장 상태의 모녀를 방으로 들이고 따뜻한 유자차를 권했다. 다행히 여성은 한국말을 어느 정도 알아들었다. 이를 시작으로 차츰 알게 된 결혼 이주여성의 가정폭력 피해는 심각한 수준이었다. 그 인연으로 나는 2008년 김천시 다문화가족지원센터의 센터장을 맡았다.

마하이주민센터와 외국인 쉼터에 이어 가정폭력 피해 이주여성의 인권을 지켜주는 보호시설을 마련했다. 사실 출가한 몸으로 모아둔 돈이 없었기에 후원금을 모으고 부족한 돈은 대출을 받았다. 같은 주택이라도 은행은 대출금이 적었고, 새마을금고는 대출금이 많은 대신 매월 갚아야 할 이자율이 높았다. 원금은 그대로 있고 매달 이자만 통장에서 빠져나가게 된 것이다. 센터는 한번 속도가 붙자 하루하루 처리해야 할 일이 걷잡을 수 없이 늘어갔다.

가정폭력 피해 이주여성 쉼터에서는 법적으로 2년간 보호를 받게 되어 있다. 합의나 재판을 통해 이혼을 하게 되면 그 기간에 관계없이 퇴소해야 한다. 하지만 이주여성들은 한국말이 서툴고 숙련된 기술도 없다 보니 자립할 수가 없었다. 그들이 아무리 머리핀에 큐빅을 붙이고, 리본을 접어도 방 한 칸 구하는 데 필요한 수천만 원의 목돈을 만들기란 쉽지가 않았다. 보호시설에서 머무는 기간을 좀더 늘리고 싶었지만 행정 절차상 어려운 일이었다. 가정폭력 피해를 입은 이주여성뿐만 아니라 남편의 사망으로 혼자가 된 이주여성들은 시댁 식구로부터 '니가 잘못 들어와 내 아들이 죽었다.'는 억울함까지 덧씌워졌다. 이들이 선택할 길은 출국 외에는 없었다. 하지만 그들은 한국에서 살고자 했다. 그래서 자립 능력을 기를 때까지 머물 수 있는 공간이 필요했다. 그런데 가정폭력 피해 외국인 시설은 비영리 법인만 운영할 수 있도록 법에 정해져 있었다. 풀어가야 할 매듭이 한두 가지가 아니었다. 나는 고민했다. 이 일이 내가 꼭 해야 할 일인지. 대출을 더 받으면 감당할 수는 있을지.

모든 문제는 돈을 모으면 해결되겠다 싶었다. 그러다 2011년 2월 희망제작소에서 모금 전문가 학교 수강생을 모집한다는 안내문을 접했다. 10회에 100만 원이라는 다소 비싼 강의료였지만 당장 필요한 돈을 모금할 수 있겠다는 생각에 매주 서울로 올라갔다.

역시 강사들은 경험이 풍부했다. 내가 모금하고자 하는 목표는 1~2억 원이었는데, 그들은 수십억에서 수백억을 모금한 노하우를 설명했다. 박원순 서울시장님을 처음으로 만난 것은 그때였다. 당시 그분은 희망제작소 상임이사로 활동하고 있었다.

"모금이 뭐라고 생각하세요? 돈을 모으는 것이 아닙니다."

나는 첫 강의서부터 할 말을 잃었다. 뭐라고? 모금이 돈을 모으는 게 아니면 뭐란 말인가? 돈을 모금할 방법을 배우러 온 나의 기대감이 무참히 무너졌다. 100만 원이나 투자해서 올라온 건데 이게 뭐람.

박 시장님 특유의 허허실실 작전을 깨닫게 된 것은 교육 중반 즈음이었다.

"왜 스님에게 돈을 줘야 합니까? 스님이 아니어도 나눔을 실천할 곳은 정말 많지 않나요?"

답답했다. 나를 지지해줄 것으로 알았는데 왜 나여야 하느냐는 질문을 던지다니…. 하지만 그 질문은 내게 큰 화두가 되었다.

"사람의 마음을 모으는 것이 중요합니다. 투명하게 쓰여야 합니다. 아무리 적은 금액이라도 감사의 표시를 해야 합니다."

그렇다. 나는 모금에 집착하고 있었다. 사람들에게 진심으로 무엇 때문에 돈이 필요한지 설명하지 못했다. 나는 주변 사람들에게 기쁘게 보시하기보다 억지로 뺏기는 느낌을 준 것이 부끄러웠다.

내가 얻은 답은 모금 명분과 목표 금액을 알리는 것이었다. 그렇게 1킬로미터마다 100원씩 기부받는 마라톤 모금이 탄생했다. 진심으로 호소했다. 금액의 많고 적음을 떠나 내 몸을 던져 100킬로미터, 200킬로미터를 달릴 테니 정성껏 기부해 달라고 SNS에 호소했다.

나는 마라톤 모금을 위해 지난 3년간 약 5,000킬로미터를 달렸다. 그리고 이런 과정을 지켜보며 많은 사람들이 힘을 보태주었다. 때로는 너무 힘들어 포기하고 싶을 때도 있었다. 개인의 힘만으로 복지사업을 이끌어가는 것은 매우 어려운 일이다. 앞으로 정부 혹은 지방정부가 다문화 한부모가족을 위해 적극적으로 찾아가는 행정을 펼쳐야 한다. 왜냐하면 그들도 우리와 같은 한국인이기 때문이다.

은행에서 이자 독촉 전화가 걸려오면 이러려고 출가한 것이 아닌데 하는 회의가 밀려들곤 한다. 나라도 구제하지 못하는 다문화 문제를 내가 나서서 해결할 수 있는 것도 아닌데 하면서 말이다. 하지만 알면서 행하지 않으면 더 나쁘다고 설법하신 은사 스님 말씀을 되새긴다.

방마다 꺼진 전등도 다시 살피고 세탁한 물도 다시 받아 걸레 헹구는 데 사용하는 사정을 전혀 모르는 사람은 "아니 스님이 무슨 돈이 있어서 베트남까지 가서 달린대? 후원금을 비행기 삯으로 쓰는 거 아냐?" 하는 의심을 한다고 한다. 매달 지급되는 국가유공자 연금으로 개인 경비를 사용해왔는데 이런 황당한 이야기가 들려올 때면 너무 화가 났다. 이외에도 소액이지만 대학 강의나 대둔사 주지로서 불공을 올리면 생기는 보시금을 차곡차곡 모아두었다가 마라톤 참가 비용으로 쓰거나 통일청소년 검정고시 학원비로 사용했다.

어쩌다 "스님, 용돈 쓰세요." 혹은 "기름 값 하세요."라며 봉투를 주는 분들이 있다. 이때는 절대 내가 쓰지 않고 주신 분의 이름으로 기부가 필요한 통장에 입금한다. 그것이 더 큰 공덕(功德)이 되는 길이기 때문이다.

대한불교 조계종에서는 사회복지법인을 만들어 전국에 300여 개의 사회복지시설과 기관을 운영하고 있다. 다들 어려운 가운데 묵묵히 불교의 사회적 역할 증대를 위해 노력하고 있다.

처음 노숙자 쉼터를 운영하면서 왜 이렇게 힘든 사람이 많고 이분들에게 어떤 도움을 줄 수 있는지 배우고 싶어 나는 대학원에 진학했다. 복지의 사전적 의미는 '만족스러운 상태, 안녕, 번영, 건강'이다. 한마디로 건강과 행복의 조건이 충족되는 상태를 말한다. 인류사에서 복지 국가란, 모든 국민이 인간다운 생활을 영위할 수 있는 최소한의 소득을 보장받을 권리가 있다는 이념에서 출발한다. 우리의 역사를 살펴보더라도 형편이 어려운 이웃이 보다 나은 생활을 할 수 있도록 돕는 풍습이 있었다. 《삼국유사》를 보면 신라의 귀족 화랑이나 승려가 어려운 백성을 구제한 구휼(救恤) 사례가 나온다.

하루는 한 화랑이 화백회의에 늦게 참석했다. 높은 사람이 늦은 연유를 물으니 화랑은 긴 한숨을 내쉬며 이야기를 했다. 말을 타고 달려오는 길에 잠시 멈춰 우물가에서 목을 축이는데 엉엉 우는 소리가 들렸다. 소리를 따라 한 집에 들어서니 장님 어미와 딸이 서로 끌어안고 있었다. 딸이 어미에게 따뜻한 밥을 배불리 먹이기 위해 남의 집 몸종으로 일해 곡식을 얻어 식사를 마련했는데 어미가 이렇게 말했다.

"우리가 예전에는 없는 살림에 거친 음식을 먹어도 마음이 편안했는데 지금은 입으로 부드러운 쌀밥이 들어와도 마음이 편치 않구나."

어머니는 딸이 힘들게 남의 집에서 일하는 것이 마음 아파 눈물을 흘리고 딸은 어머니의 마음을 헤아리지 못한 것이 후회되어 눈물을 흘리는 참이었다. 화랑은 그 장면을 지켜보느라 늦었다고 했다. 이 이야기를 들은 화랑들은 십시일반 곡식과 돈을 걷어 그 집을 찾아가 전달했다. 그리고 그 화랑이 집으로 돌아가 부모님께 이야기를 드리니 그 부모는 의복 지을 옷감을 챙겨주었다고 한다. 우리나라 고대 사회에서 상류 계급이 민간의 어려움을 간과하지 않고 소리 없이 도왔다는 사실이 흥미롭다.

이밖에도 《삼국유사》 9편의 〈효선〉을 보면 가난한 집 효자에게 왕이 집과 재물을 하사했다는 내용이 있다. 왕은 좋은 집을 하사하고 도움받은 이들은 살던 집을 '효가원(孝家院)'이라 이름 지어 마을 노인을 모시는 공간으로 활용하도록 했다는 내용이다. 오늘날 자녀가 아버지에게 신장 이식을 한 사실이 언론을 통해 알려지면 이에 감동한 사람들이 장학금을 모아 전달하는 미담과 비슷하다. 나는 이처럼 고대 사회에서 왕과 화랑, 승려 등의 상류 계층이 사회복지를 실천했으며, 원래 살던 집은 노인을 모시는, 지금으로 치면 노인복지시설로 활용되었다는 사실에 착안하여 '한국 고대 사회의 사회복지사업'이란 제목의 석사 논문을 쓰기도 했다.

"처사님, 왜 밥이 없어요?"

며칠째 국수만 삶아주는 처사님에게 물어보니 절에 쌀이 떨어졌다고 한다. 나는 왜 쌀이 떨어졌느냐고 물었고 처사는 잠시 한숨을 쉬더니 마지못해 나의 기억을 되살려주었다.

"스님께서 쉼터로 다 가지고 내려가셨잖아요."

기가 찰 노릇이었다. 대둔사에 쌀이 떨어졌다면 이해할 사람이 있을까? 나는 그제야 안살림을 안 챙기고 공양물을 나눠줬던 것을 반성했다.

당시 절 식구라고는 주지인 나와 처사, 두 사람이 전부였다. 상황이 이렇게 될 정도로 지난 10년간 쉼터를 꾸려오는 일이 만만치 않았다. 센터로 찾아오는 사람들을 먹이고 입히려면 쌀 한 톨이 아쉬웠다. 하지만 그들이 입고 먹는 게 아깝다고 느낀 적은 없다. 한 숟가락을 먹어도 눈칫밥이 아니길 바랐다. 가난한 사람일수록 잘 먹어야 힘을 얻고 그래야 일을 하고 가족의 생계를 꾸려갈 수 있지 않은가. 몸과 마음이 건강해져 우리 모두 웃으며 살아가길 기원해 본다.

공수래 공수거(空手來 空手去)!

• 철인3종 경기로 철인 스님이 되다 •

스님도 고기를 드세요?

어느 날 운동을 끝내고 식당에 갔는데 동행한 분이 "스님, 먹어야 합니다."라면서 숟가락 위에 고기 한 점을 놓아주었다. 순간 이걸 먹어야 하나, 말아야 하나 고민이 되었다. 그 사람과 나밖에 없는 자리라 눈치 볼 사람도 없고 해서 그 한 점을 맛있게 먹었다. 그날 나는 그 사람이 고마웠다. 힘든 운동을 한 뒤 체력이 바닥 난 상황에서 고기 한 점은 마치 스펀지에 물이 빨려 들어가듯 내 육신에 필수 영양분을 채워준 느낌이었다.

별난 스님, 달리는 스님, 철인 스님으로 조금씩 알려지기 시작하면서 내가 왜 달리는지 궁금해하는 사람들이 늘어났다.

"스님 왜 달리세요?"

"건강을 위해 달립니다."

처음에는 사람들의 질문에 가급적 간결하게 답하다가 요즘 들어서는 조금 길게 설명하는 편이다. 내가 하는 일을 알리기 위해서다. 그리고 스님들도 마라톤을 할 수 있다는 것을 보여줌으로써 사람들의 오해나 편견을 줄여보자는 바람도 있다. 우리는 알게 모르게 여

러 편견과 오해 속에서 살아간다. 보지 않은 일일수록 카더라 소문
에 의해 사실처럼 부풀려지기도 한다.

그동안 "스님이 목탁이나 두드릴 것이지."라고 비아냥대는 사람
도 없지 않았다. 하지만 이런 말에 매여 있을 시간이 없었다. 2005
년 비영리민간단체 '꿈을이루는사람들'을 만들고 난 후 나는 더 정
신없이 바쁜 삶을 이어가고 있다.

1998년 말, 나는 두 번째로 구미행 기차에 올랐다. 1994년 종단
개혁 이후 조계종 총무원장 비서실에서 6개월 정도 일을 맡은 적이

있는데, 그때 종회 의원이던 법등 스님께서 일하는 내 모습을 눈여겨보셨던지 구미로 부르셨다.

"구미에 복지관을 꾸리려고 하는데 진오 스님이 함께해주면 좋겠네요."

나는 한동안 지리산 실상사 화엄학림에서 공부를 하다 잠시 구미에서 1년 정도 포교활동을 했다. 이후 헝가리로 건너가 6개월 정도 머물며 유럽 문화를 체험하는 배낭여행을 했다. 귀국 후, 금오종합사회복지관 개관 작업을 맡았다.

당시의 나는 사회복지 활동에 관한 준비가 전혀 되어 있지 않았다. 나를 제외하고는 다들 사회복지사 자격증을 갖고 있었다. 1999년 2월 복지관을 개관하고 난 뒤 2학기부터 야간대학원에 등록해 사회복지학 석사 공부에 매진했다. 낮에는 복지관 사업을 하고 밤에는 공부를 하는 등 여러 가지 일을 병행하자 몸 상태가 급격히 나빠지기 시작했다. 병원에 가니 간염이라는 진단이 내려졌다. 그동안 몸을 소홀히 한 대가였다.

"스님, 저와 같이 저녁에 운동장을 뛰는 건 어떻겠습니까?"

복지관에서 도시락 배달 봉사를 하던 정정하 씨의 권유로 함께 운동장을 걷기 시작했다. 그러다 그분이 마라톤 대회에 나간다기에 응원을 하러 갔다가 엄청난 인파에 놀랐다. '저기서 금오종합사회복지관을 홍보하면 되겠구나.' 하는 생각이 들었고, 마라톤 대회를 준비했다. 훈련을 시작하면서 육체적으로는 힘들었지만 복지관을 출퇴근하면서 받은 이런저런 스트레스가 정화되었다. 온몸이 땀으로 흠뻑 젖을 만큼 달리고 나면 신기하게도 몸의 독소들이 빠져나갔고, 깊은 명상에 잠기기라도 한듯 마음이 가벼워지는 것을 느꼈다. 그런데 한 가지 걸리는 문제가 있었다. 달리기를 하다 보니 사람들과 목욕탕을 자주 가게 되었는데 그 비용이 만만치가 않았다. 하루는 같이 뛰는 사람이 한 가지 정보를 알려주었다.

"스님 이왕 뛰시는 거, 철인3종 경기를 준비해보시면 어떠세요. 철인3종은 수영이 포함되는데, 수영을 하면 달리고 난 뒤 뭉쳐진 다리 근육을 푸는 데 좋아요. 샤워도 공짜예요."

이왕 하는 운동에 수영도 하고 샤워도 덤으로 할 수 있다는 말에 끌려 철인3종에 입문했다. 나는 2002년 마라톤 대회에 처음 출전했고, 다음 해에는 철인3종 경기에도 도전했다. 그러다 보니 별난 스님으로 TV에 소개되면서 마라톤 대회에서 나를 알아보는 사람들이 생겼고 금오종합사회복지관 자원봉사활동과도 연계가 되었다. 언론 매체를 통한 긍정적인 효과는 곧바로 나타났다. 그에 힘입어 2003년 전국 종합사회복지관 평가에서 금오종합사회복지관이 최우수 등급을 받기도 했다.

운동을 시작한 뒤 1년이 지나 재검사를 해보니 어느새 간염 증상이 없어져 있었다. 마라톤과 철인3종 경기에 동참하면서 건강도 좋아졌고, 자신감이 생겼다. 물론 일상생활에도 활력이 붙었다.

나는 장애를 가진 아이들을 대상으로 수영을 가르치기 시작했다. 그러던 중 수영장 사무실에서 아이들을 데려오지 말아 달라는 연락을 받았다. 아이들이 괴성을 지른다거나 소란스럽게 행동해 주변 사람들이 항의한다는 것이다. 한편으로 이해가 되는 부분도 있었지만, 장애 아동들이 물놀이를 신나게 접할 즈음이라 물러날 수는 없었다. 비록 장애가 있다 해도 누구나 자유롭게 수영장을 이용할 자격이 있기 때문에 나는 강력하게 항의했다.

"왜 데려오지 말라는 겁니까? 이 아이들은 평생 처음 수영장을 접해보는 겁니다. 우리가 좀 더 주의를 주면서 가르칠 테니 걱정하지 마세요. 그리고 낮 시간대에 수영장 한쪽 라인만 쓸 테니 조금만 양보해주세요."

이 일로 한때 격론이 벌어졌지만 나는 물러서지 않았다. 나는 진정한 복지는 사회적 약자에 대한 배려에서 시작되어야 한다는 나름의 신념이 있었다. 사람들이 많이 오지 않는 시간을 이용하기로 합의하고 나는 아이들에게 계속 수영을 가르칠 수 있었다. 수영에 이어 자전거와 달리기까지 가르쳤다. 운동을 통해 아이들은 생기가 돌았다. 자폐아 판정을 받은 아이가 조금씩 변화되는 모습을 보이기도 했다. 나는 이 과정을 통해 복지와 스포츠가 연결되면 상생작용을 하게 된다는 것을 깨치게 되었다.

10킬로미터 달리기는 108배를 하는 것과 같고, 하프 마라톤은

500배, 42.195킬로미터 풀코스는 마치 1080배 절을 하는 것과 비슷한 효과가 있다. 풀코스의 경우 처음 5킬로미터는 즐겁지만 10킬로미터부터는 미세한 고통이 밀려든다. 하프까지는 견딜 만하지만 30~35킬로미터에서는 포기자가 속출한다. 1080배를 할 때도 처음 108배까지는 무난하게 하고 300배까지도 잘 가는데, 500배부터는 고통이 찾아온다. 700배 정도 하면 절하는 자신이 무엇을 하는지도 모르게 된다. 마라톤은 최대 고비인 35킬로미터를 넘기면 끝까지 완주할 확률이 높다. 그 과정에서 고통과 무아, 무상을 다 경험한다. 달리면서 눈에 들어오는 모든 사물에 대한 고마움, 달리는 사람들과의 경쟁심, 타들어가는 목마름, 포기하지 않는 용기 등 여러 감정을 겪으며 자신을 되돌아보는 자아성찰의 시간이 되는 것이다.

나는 마라톤에 이어 철인3종 경기에 도전하면서 처음에는 짧은 코스를 완주했고, 차츰 실력을 키워 마지막 킹코스에 도전하게 되었다. 킹코스는 바다수영 3.8킬로미터, 자전거 180.2킬로미터, 마라톤 풀코스 42.195킬로미터를 순차적으로 뛰어야 한다. 무엇보다 훈련과 체력이 뒷받침되지 않으면 할 수 없는 일이다. 꾸준한 훈련 없이 좋은 기록이 나올 수는 없는 법, 이처럼 철인3종 경기는 인과(因果)가 명확하다. 노력한 만큼 기록이 단축되기 때문이다. 아무리 잘했던 사람이라도 훈련을 하지 않으면 그 다음 대회 기록은 이전보다 좋아질 수 없다. 운동을 통해 나는 노력하는 자를 이길 수는 없

다는 것을 알게 되었고, 기술을 터득하면서 기록단축에 욕심이 생겼다.

이렇듯 기록에 욕심이 생기니까 매일 밤마다 훈련을 하게 되고, 그러다 보니 회원들과 식사를 하는 경우가 많아졌다. 자신들은 매일 고기를 먹는데 '영양분을 보충하지 않으면 안 된다.'며 고기 먹기를 슬쩍 권유하기도 했다. 하지만 그런 권유를 받았다고 해서 선뜻 육식을 할 수도 없었다.

어느 날 운동을 끝내고 식당에 갔는데 동행한 분이 "스님, 먹어야 합니다."라면서 숟가락 위에 고기 한 점을 놓아주었다. 순간 이걸 먹어야 하나, 말아야 하나 고민이 되었다. 그 사람과 나밖에 없는 자리라 눈치 볼 사람도 없고 해서 그 한 점을 맛있게 먹었다. 그날 나는 그 사람이 고마웠다. 힘든 운동을 한 뒤 체력이 바닥 난 상황에서 고기 한 점은 마치 스펀지에 물이 빨려 들어가듯 내 육신에 필수 영양분을 채워준 느낌이었다. 그 뒤로도 사람들과 회식 자리가 있을 때면 그분이 나서서 스님도 이런 거 드셔야 된다면서 고기를 권했다. 내 건강을 염려한 배려였다. 그때 누군가 질문을 던졌다.

"스님도 고기를 드세요?"

순간 아차 싶었다. 그렇다고 아니라고 할 수 있는 상황도 아니었다. 좀 더 솔직해지자 싶어 이야기했다.

"네, 일부러 즐겨 먹지는 않지만 가끔 운동 마치고 먹을 때가 있습니다."

솔직하게 이야기하고 나니 마음이 후련했다. 내가 고기를 먹을 때는 먹는다고 이야기를 하는 게 나을 듯했다. 이후로는 주변 사람들이 불편하지 않도록 먼저 이야기를 꺼냈다.

"힘든 훈련을 끝냈으니 오늘 이 기회에 조금 먹으면 어떨까요. 그렇다고 매일 먹진 않습니다. 절에서 기도하는 기간에는 삼갑니다. 운동을 하다 보니 체력이 떨어지면 먹고 싶을 때가 있어요. 그럴 때 가끔 먹습니다."

동호회분들과 참가한 마라톤 대회가 끝나고 모인 회식 자리에서는 음식을 먹으며 에너지를 보충한다. 그러다가 사람들이 맥주잔을 들고 '위하여'를 외치는데, 이때도 살짝 고민이 생겼다. 뛰고 나면 갈증이 심해 음식보다 시원한 맥주 한 모금이 더 절실할 때가 있기 때문이다.

예부터 절에서 술을 금기시한 데는 이유가 있다. 이는 과거 인도에서 유래된 것이다. 더운 나라에서는 발효음식이 알콜화되기 쉬운데 한 수행자가 발효음료를 먹고 실수를 하는 일이 생겼다. 법문을 할 때 혀가 꼬인다거나 마을사람들과 시비가 붙는 경우가 생기다 보니 "네가 무슨 붓다의 제자냐." 하는 비난이 일었고, 이를 계기로 수행자들에게 발효된 음식을 삼가게 하는 계율이 만들어졌다. 이런 개념이 중국으로 넘어오면서 안 된다는 불(不) 자가 붙어 불살생, 불투도, 불사음, 불망어, 불음주의 5계가 제정되었다. 인도에서는 삼가야 된다는 가벼운 계율이 중국에서 아니 불(不)로 번역이 되면서 꼭 지켜야만 되는 것으로 받아들여진 것이다. 계율이 곧 문화가 되고 전통이 되고 율법이 된 것이다.

원래 부처님 법에는 술이 잘못이다, 고기 먹는 게 잘못이다 그러니 절대 금한다는 계율은 없다. 하지만 붓다께서는 술을 마셔 취했을 때 벌어지는 여러 가지 흠을 지적하셨다. 술에 취하면 자기 정신을 잃게 되고, 지혜를 사라지게 하고, 남의 물건을 훔치게 되고, 여성을 강간하게 되고, 거짓말을 하게 되고, 재산을 탕진하게 되고, 남들로부터 존경을 못 받게 되는 등, 여러 인과 관계를 설명하면서 수행자는 더욱더 발효된 걸 마셔서는 안 된다는 계율을 제정하셨다. 남방불교는 불음주 계율은 매우 중요시하지만 육식은 허용한다. 스리랑카, 태국, 미얀마, 캄보디아, 베트남 스님들은 고기를 먹는다. 탁발(托鉢)문화이기 때문이다. 탁발문화에서는 내가 먹는 음식만 받고 입맛에 맞지 않는 것을 거부할 수 없다. 부처님께서도 직접 탁발을 하실 때 일곱 집 중에서 여섯 번째 집이 음식을 공양하지 않더라도 다시 여섯 번째 집을 가는 게 아니라 인연 닿는 만큼 하루에 일곱 집만 가셨다. 그리고 탁발로 얻은 음식은 거동이 불편한 노수행자들과 함께 나누어 먹으라 했다. 탁발문화권의 스님들은 사람들이 공양 올리는 음식 그대로를 먹는다. 고기를 주면 고기를 먹는다. 하지만 고기를 먹기 위해 스스로 잡아서는 안 된다.

부처님은 하루에 한 끼를 드셨고 수행자의 육식을 허용하는 예외 조항으로 세 가지를 말씀하셨다. 첫째, 약으로 먹는 경우, 둘째,

스스로 잡지 않은 경우, 셋째, 동물이 자연사한 경우이다.

20여 년 전 일본에서 젊은 스님이 술집을 열어 화제가 되었다. 사람들이 절로 찾아오지 않으니 도심 속에 작은 사케집을 차린 것이다. 하지만 이 술집은 다른 술집과는 달리 흥청망청 술을 마시는 분위기가 아니라 사람들이 술이라는 매개를 통해 편안하게 스님과 대화를 나누기 위해 마련된 곳이었다. 술 먹는 사람은 술로, 음식을 좋아하는 사람은 음식으로, 차를 마시는 사람은 차를 사이에 두고 소통한다. 이런 것을 전통과 계율의 시각으로만 보아야 할까? 생각해볼 일이다. 광장에 나가 "불교를 믿으세요."라고 소리쳐도 사람들은 절로 찾아오지 않는다. 어느새 사찰은 관광지화되었다. 수행공간은 세속인들이 방문하기 어렵게 되어 있어 절에서 스님들과 대화하기 쉽지 않은 시대가 된 것이다.

요즘 사찰마다 전통 찻집이 생겼다. 이전에는 절에서 차를 판다는 것을 의아하게 여겼지만, 요즘은 차 문화를 자연스럽게 받아들이는 분위기다. 절에 카페 공간을 만들어 더치커피 등을 팔기도 하는데 사람들에게 우리가 직접 찾아가지는 못하더라도 일부러 절을 찾아오는 사람들에게 조금이나마 친숙함을 주자는 생각에서다. 카페는 일상에서 친숙한 공간이므로, 사찰에서도 편안하게 쉬어가라는 의미가 담겨 있다. 이것은 산중불교에서 열린불교나 생활불교로 변화하는 과정이다.

나는 사람들과 어울릴 때 그들이 먹고 싶어하는 것에 맞춘다.

"된장찌개 드시겠어요?" 하면 "좋지요." 하고, 스파게티를 먹자고 하면 또 "좋지요."라고 말한다. 분위기상 술을 받아야 한다면 따라주는 사람의 마음을 이해하여 한 잔 받아두었다가 '위하여'를 외치곤 가만히 내려놓는다. 달리기를 한 후 갈증을 풀기 위해 맥주 한두 잔을 마실 땐 딱 거기까지다. 갈증을 풀 만큼 목을 축이고 내려놓는다. 그러니 술로 인한 실수가 없다. 지역 사찰의 주지스님이라서 전혀 마시지 않는 게 맞을 수도 있지만 피로가 쌓인 몸이 요구할 때는 크게 어긋나지 않는 정도에서 마시기도 한다. 그리고 굳이 이런 사실을 숨기지 않는다. 운동을 같이 하는 회원들은 나의 이러저러한 상황을 배려하여 에너지가 많이 소비되는 울트라마라톤을 하는 데다 스님이기 이전에 한 인간이기 때문에 몸의 상태를 고루 체크해야 한다고 충고한다.

"스님 몸이 쉽게 회복되지 않는 것은 빠져나간 영양분을 채워주지 않기 때문입니다. 스님이 오래 달려야 사람들을 더 도와줄 수 있으니까 드세요."

이럴 때 나는 가족과 같은 정을 느낀다. 상대에 대한 배려가 얼마나 간절했으면 내가 처한 상황을 에둘러 지지했을까? 진심어린 배려에 고마울 따름이다.

그동안 마라톤을 하면서 나와 뜻을 같이하는 소중한 인연들을 만났다. 그분들은 성심을 다해 이주민센터를 도왔다. 나는 희망을 보았다. 아직도 우리 사회에 행동하는 양심을 가진 사람들이 있다는 것, 그것이 희망이다.

• 소중하지 않은 열매는 없다 •

우리나라에서 태어나는
무국적 아이들

"스님, 우리 아기 인도네시아에 보내야 해요. 아기 키우기 어려워요." 애절한 표정으로 이야기하는 스텔라의 눈을 똑바로 쳐다보기가 어려웠다. 아이들은 존재 자체가 너무도 아름다운 열매다. 그 이유만으로도 축복받아 마땅하지만 부모가 미등록 이주노동자라는 사실 때문에 아이의 출생은 축복이 아닌 또 다른 슬픔의 이유가 된다.

하루에도 수많은 인연과 만나고 헤어진다. 나에게 특별한 만남을 말하라면 당연히 새 생명과 눈을 맞출 때다. 그리고 가장 아픈 이별을 떠올려보라면 이 아이들이 국내에서 자라지 못하고 연락 없이 떠나버린 순간이다.

6년 전 탄시르는 태어난 지 4개월 만에 엄마 친구의 품에 안겨 인도네시아로 출국해야 했다. 이 아이의 부모인 인도네시아 노동자 부부가 공장에서 월급을 제때 받지 못한 데다 엎친 데 덮친 격으로 노동비자를 연장받지 못해 미등록 노동자가 된 것이다. 사실 이들은 불법 노동자가 아니다. 나쁜 범죄를 저지른 사람이란 의미가 포함된 불법이란 용어보다 서류가 갖춰지질 않아서 행정기관으로부터 비자를 연장받지 못한 미등록 노동자라 불려야 마땅하다. 탄시르의 엄마, 스텔라는 같은 나라 출신인 아빠와 사랑을 나누었고, 준비되지 않은 상태에서 덜컥 아이가 생겼다. 아이를 나아 기르기로 생각하고 출산을 결심했지만, 출산을 앞두고 함께 기거할 수 있는 곳이 없어서 노동자쉼터로 왔다. 나는 탄시르가 태어난 일주일 뒤에 아이와 첫인사를 했다. 강보에 싸인 작고 부드러운 생명을 바라보며 쉼터 사람들 모두 조금은 흥분된 기분으로 축하 인사를 건넸다.

"슬라맛! 슬라맛!"

축복을 받는 이면에 걱정이 생겼다. 엄마와 아빠가 미등록 이주노동자인 까닭에 탄시르는 미등록 아동이 된다. 우리나라 국적법에 의하면 부 또는 모 중에서 한 명은 대한민국 국적을 가지고 있어야 자녀가 한국 국적이 되기 때문에 탄시르는 국내에서 받아주질 않는 무국적 아동이 되는 것이다.

스텔라와 남편의 얘기를 들어보니 한국으로 일하러 오기 위해 브로커에게 약 2,000만 원의 돈을 지불했단다. 물론 몇 년만 고생하면 빚을 갚을 수 있을 거란 생각으로 한국에 온 상태이기 때문에 그 돈을 다 갚기 전에는 고향으로 돌아갈 수 없었다.

세상이 뜻대로 움직여주지 않다 보니 탄시르 엄마와 아빠는 아이를 위해 어떻게 해야 할지를 고민했다. 주한 인도네시아 대사관에 출생 신고를 해야 하지만 서울까지 올라갈 시간도 경비도 여의치 않았다. 이렇듯 이주노동자 사이에서 태어난 아이들은 의료보험 혜택도 못받고, 교육도 받을 수 없다. 원칙대로라면 미등록 이주노동자에게서 태어난 탄시르는 인도네시아 대사관에 출생 신고를 하고, 관할 출입국관리소에 외국인 등록을 해야 한다. 그러나 아이의 출생 신고를 한다는 건 다른 한편으론 출국을 의미했다. 그러니 어느 누가 출생 신고를 할 수 있단 말인가.

게다가 이주노동자들이 4년 이내에 미등록 노동자로 처지가 바뀌는 것은 우리나라 제도상의 모순 때문이다. 초기에는 이주노동자들이 직장을 선택해 옮길 수 있는 권리가 3회로 한정되어 있었다. 만일 3회 이상 사업장을 옮기면 비자 불허 요건이 된다. 이 3회에는 사업주가 근로조건을 위반하거나 임금을 체불한 경우, 폭행·폭언 등 부당한 처우를 받은 경우 등 외국인근로자의 책임이 아닌 이직까지도 포함되었다. 다행히 2012년 7월부터 사업장이 휴·폐업한 경우 외에 다른 사유로 이직한 경우 즉, 사용자가 행정기관으로부터 고용허가 취소 또는 고용제한 조치를 받은 경우 역시 사업장 변경 횟수에 들어가지 않는다. 이것은 이전과 달리 이주노동자가 자기 잘못이 아닌 이유로 불이익을 받지 않도록 '외국인근로자의 고용 등에 관한 법률'의 사업장 변경 규정이 바뀐 덕분이다.

118

　"스님, 우리 아기 인도네시아에 보내야 해요. 아기 키우기 어려워요."

애절한 표정으로 이야기하는 스텔라의 눈을 똑바로 쳐다보기가
어려웠다. 아이들은 존재 자체가 너무도 아름다운 열매다. 그 이유
만으로도 축복받아 마땅하지만 부모가 미등록 이주노동자라는 사
실 때문에 아이의 출생은 축복이 아닌 또 다른 슬픔의 이유가 된다.

요즘 시골 마을에는 감나무에 감이 주렁주렁 달려도 더 이상 따
먹을 아이들이 없다고 한다. 한국인 아빠와 베트남 엄마 사이에서
태어난 아이들 중에는 부모의 갑작스런 이혼으로 홀로 엄마 나라
인 베트남으로 간 뒤 아직도 되돌아오지 못한 7세 이하의 한국 아
이들이 1,000여 명이 넘는다고 한다. 이 아이들을 데려와야 하지
않겠는가!

이러한 현상은 비단 우리나라에 온 이주민들만의 문제가 아니
다. 미국에서도 자신이 미등록 상태인 줄 몰랐다가 불법 이민자라
는 이유로 강제 추방당하는 청소년들이 생기고 있다. 미국은 부모
가 영주권을 가지고 있거나, 유학중인 학생이 아이를 낳을 경우 그
아이들이 이중국적을 가질 수 있다. 다만 미국에서는 유엔아동권리
협약에 따라 18세 이하의 아이들에게는 국적, 종교, 인종을 초월해
가장 긍정적인 방향으로 정책을 결정한다. 이 기본 원칙 아래 어린
아이들은 생존할 권리, 발달할 권리, 보호받을 권리, 참여할 권리 네
가지를 누린다. 부모의 국적을 물려받고 모국어로 된 이름을 받아
생활할 권리를 가짐으로써 자신의 정체성을 잃지 않도록 보호받는

것이다. 그러나 우리나라에 사는 이주여성들과 아이들의 상황은 이와 상당히 다르다. 이들은 외국인 엄마를 두었다는 이유로 아이들이 따돌림을 당할까 걱정되어 한국 이름으로 개명한다. 엄마 나라에 대해 이해하고 올바른 교육을 받기도 전에 이미 부끄러운 엄마로 각인되는 것이다.

부모의 체류 자격이 출생한 아이의 생존을 위협한다면, 그래서 아이가 아플 때 의료보험이 없어서 병원에 갈 수 없고, 각종 안전망의 혜택을 누릴 수 없다면, 이 땅은 부처님이 설법하신 극락세계, 이웃종교에서 말하는 천국과 가까워질 수 없다.

지금은 다행히도 무국적 아이들에게 학습권이 보장되어 학교에 갈 수 있게 되었지만 이는 무척 드문 경우다. 우리나라에서 태어난 이주여성노동자가 낳은 아이는 물론 결혼한 이주여성이 낳은 아이들 역시 이 땅에 살지 못하고 엄마 나라로 출국하고 있다. 베트남의 경우 자국 출신의 여성이 아이를 데리고 들어오면 조건을 따지지 않고 다 받아준다. 여기서 베트남의 인적 자원에 대한 개념이 우리와 얼마나 다른지 볼 수 있다.

과거 우리나라 사람들도 미국과 독일 등에 근로자 자격으로 들어가 외화를 벌어들였다. 광부, 간호사, 청소일 등을 가리지 않았고 건설현장, 세탁소, 공장 등에서 열심히 일해 어려운 일가(一家)를 일으켜 세웠다. 그중 그곳에 터를 잡고 아직까지 살아가는 사람들도 많이 있다. 이들의 값진 노동이 미국과 독일 경제에 좋은 영향을 미쳤음은 분명하다. 마찬가지로 우리나라에 들어와 있는 이주노동자들이 다양한 곳에서 우리가 꺼리는 힘든 일을 맡아주기 때문에 작은 규모의 생산 공장들이 문을 닫지 않고 돌아가고 있다. 알게 모르게 그들의 도움을 받고 있는 것이다.

얼마 전 산뜨시리 스님과 함께 찾아간 노동현장은 사람이 일하기에 적합한 환경이 아니었다. 그곳의 이주노동자들은 청결하지 않은 컨테이너 안에서 5~6명이 살고 있었는데, 그곳이 기숙사를 대신했다. 네팔인 루파는 속이 쓰리다며 저녁도 못 먹고 자리에 눕기 일쑤였다. 두통이 심하다고 하더니 눈이 잘 안 보인다며 고통스럽게 하소연했다. 급기야 피가 섞인 소변을 누는 일까지 생겼다. 현장의 유해물질을 의심하고 루파가 일하는 사업장을 찾아갔다. 폐비닐을 녹여서 화장실 변기 뚜껑을 만드는 곳이었다. 하지만 노동자들에게 마스크와 장갑은 지급되지 않았다. 이주노동자 모두 일체의 보호 장비 없이 뿌연 연기 속에서 벌겋게 달아오른 얼굴로 작업을 하고 있었다. 한국인이라면 이런 현장에서 아무도 일하지 않는데 말이다.

말로만 듣던 3D 업종이 바로 이런 것이구나 싶었다. 연기와 냄새가 심해 눈을 뜰 수 없었고, 코는 금세 마비가 되었다. 우리는 사업장에서 지켜야 할 안전장비 누락을 이유로 고용지원센터에 신고했다. 이제 우리나라는 이주노동자가 아니면 화장실 변기 하나 만들 수 없는 지경에 처해 있다. 우리는 그들에게 일자리를 베풀었다고 생각하지만 우리도 도움을 받고 있다는 것을 인정해야 한다. 그들의 도움 없이는 운영할 수 없는 중소기업들이 꽤나 많다는 것을 말이다.

1년 뒤인 2009년, 스텔라가 운 좋게 고용허가제 비자로 한국에 돌아왔다. 그녀가 걸음마를 시작한 딸의 사진을 보여주었다. 친정 부모님께 아이를 맡기고 혼자 돌아왔다. 일단 돈을 벌어서 빚을 갚는 일이 우선이라고 했다. 스텔라는 딸아이의 사진을 들여다보는 것으로 그리움을 달래며, 숙식을 제공하는 공장을 전전했다. 전해 들은 소식으로는 그후 4년간 단 한 번도 아이를 만나러 고향에 가지 못했다고 한다. 커가는 아이 사진을 국제우편으로 받아 주머니에 넣고 다니며 꺼내 보는 게 그리움을 달랠 유일한 방법이었다. 이주여성 대부분이 한국 노동자보다 저임금으로 생활하다 보니 돈을 모으기가 쉽지 않다. 보통 하루 10시간에서 14시간 동안 일을 한다. 쉬는 날에도 한푼이라도 더 벌기 위해 일을 한다. 여기에 아이와 떨어져 살아야 하는 아픔까지 더해져 자주 심신의 고통을 호소한다.

뉴스를 보니 바쁘다는 이유로 또는 아이 양육비, 교육비 등이 엄두가 나지 않아 한 아이만 낳는 도시 부부가 늘어나고 있다. 게다가 점차 혼인 연령이 늦어지고, 늦은 나이까지 미혼인 남성과 여성이 늘어나면서 우리나라는 점점 더 심각한 초저출산국으로 바뀌어

가고 있다. 그런데 우리 곁에는 아이를 키우고 싶어도 그럴 수 없는 이주노동자 엄마들이 있다. 이주노동자 엄마들이 낳은 아이들 또한 한국에서 태어난 아이들이다. 이 아이들을 그들의 고향으로 돌려보내 부모자식 간에 생이별을 하게 할 게 아니라, 우리나라의 미래를 밝히는 인재로 키우면 어떨까?

지금은 우리보다 못사는 가난한 나라에서 왔다고 베트남을 무시하는 시선으로 보지만 언제 상황이 바뀔지 모르는 일이다. 내가 이 사실을 다시 확인한 건 토안의 집을 재방문하면서다. 토안의 집으로 가는 도로는 2년 사이 2차선에서 4차선으로 바뀌어 있었다. 자연과 인적 자원이 풍부한 베트남은 무한 동력을 지닌 나라다. 어른을 공경하고 조상을 섬기는 문화 역시 우리와 많이 닮아 있다. 손님이 방문하면 상다리가 부러질 정도로 진수성찬을 마련해 대접하는 것 또한 비슷하다. 이곳 사람들의 교육 수준은 나날이 높아지고 있고 급격하게 자본의 물결이 유입되면서 앞으로도 꾸준히 성장 발전할 것이 분명하다.

베트남 탱화성 외무담당 국장은 자신들은 한국을 모델로 성장하는 중이며 30년이면 한국을 따라잡을 수 있을 것이라고 자신했다. 그런데 어느새 비포장도로가 포장도로로 바뀌었고, 가로등과 신호등이 설치되었으며, 일부 구간은 도로 확장 공사가 진행중이었고, 심지어 하노이에서 남쪽으로 고속도로를 계속 건설하고 있다. 베트남 정부에서 관공서 다음으로 신경써서 짓는 건물은 모두 다 학교

건물이다. 나는 이들의 잠재된 동력을 베트남을 방문할 때마다 느
낀다. 토끼와 거북이의 일화를 생각해보자. 왜 토끼는 거북이에게
졌을까? 토끼의 자만을 우리 사회가 갖고 있는 건 아닌지 되돌아볼
일이다.

울트라마라톤,
일본 1,000킬로미터

그날 아침에 만난 분은 일본인 할머니였는데, 우리는 각자의 어머님을 떠올리며 한목소리로 인사했다. 그런데 그 할머니가 우리 인사에 눈물을 흘리며 똑같은 말을 반복했다. 나는 할머니의 말을 휴대전화로 녹음해 숙소로 돌아와 통역을 부탁했다. "나처럼 이렇게 나이 많은 시골 늙은이에게 아침 인사를 해줘서 고맙습니다." 아주 짧고 간결한 인사였을 뿐인데, 나는 그만 아침부터 눈물을 쏟고 말았다.

"스님, 이제 날도 어두워지는데 근처에 숙소를 잡아야겠죠?"

앞서 달리던 종한 씨가 속도를 늦추며 거리를 좁혀 나와 보조를 맞추며 물었다. 첫날이고 아직 단전에 힘이 고여 있지만 이때 멈춰야 한다. 가진 힘만 믿고 달리다간 근육의 산소를 필요 이상으로 태워 다음날 무리가 올 수 있을뿐더러 시간이 지체되어 마땅한 숙소를 잡지 못할 수도 있기 때문이다. 하루 이동 거리를 살펴보니 50킬로미터가 조금 넘었다. 달리던 일행 4명이 간격을 두고 뒤따라오던 서포터용 차량에 일제히 올랐다. 철수 씨는 이번에 선택한 운동화가 조금 헐거웠는지 양말을 벗은 발바닥을 보니 큰 물집이 잡혀 있었다. 울퉁불퉁 박힌 굳은살이 눈에 들어왔다. 달리는 사람들의 발은 정직해서 조금만 체력 분배를 잘못하거나 무리를 하면 바로 경직이 온다. 오늘 동경 황거(皇居) 공원에서 출발한 후 첫날 몸 풀기에 적당한 거리를 달렸다. 마치 이때를 기다렸다는 듯 차창으로 후드득 빗방울이 떨어지기 시작했다. 행여 체온이 떨어질까 서둘러 바람막이 점퍼의 지퍼를 목까지 끌어올렸다. 매일 50～60킬로미터씩 달려동일본 대지진 피해지역인 미야기현 이시노마끼시까지 왕복 1,000킬로미터를 완주하는 것이 이번 울트라마라톤의 목표다.

요즘같이 일본의 우경화 목소리가 들려오는 때에, 우리보다 잘 사는 일본을 위해 마라톤을 하고 기부를 하느냐며 불편한 심기를 드러내는 사람들이 있다. 아베 정권의 출범과 함께 극우파의 목소리가 커졌고 재일동포의 입지가 줄어들었다. 정치는 물론 민간단체의 교류까지 한일관계가 부쩍 꼬여만 간다. 일본은 현재 우리와 지리적으로 가깝지만 마음의 거리로 따지면 지구상에서 가장 먼 나라가 아닐까 싶다. 여전히 일본이 독도 영유권과 위안부 사과 문제 등과 관련해 불행했던 과거 역사에 대해 반성을 하고 있지 않기 때문이다. 그런데 이런 한국과 일본 사이에서 고통스러워하는 사람들이 있다. 바로 한국인과 결혼해 살고 있는 일본인 여성과 남성들이다.

3·1절과 8·15 광복절이면 전국 각지에서 한복과 기모노를 입은 일본 출신 이주여성들이 관공서 입구나 큰 공원에 모여 반성하지 않는 일본 정부를 대신해 사죄의 절을 올린다. 이들은 '한일역사를 극복하고 우호를 추진하는 모임'을 만들어 자신들의 조국을 대신해 한국인들에게 꾸준히 사과하고 있다. 한번은 영하의 추운 날씨 속에서 독립운동을 하다 희생된 선열들께 사죄를 하는 모습이 언론에 보도된 적도 있다.

언젠가 이 사죄운동에 깊은 감동을 받은 한 중년 남성이 "일본의 총은 미워하지만 평화를 사랑하는 당신들은 존경합니다."라고 쓴 종이를 들고 있는 사진을 보고 눈물이 핑 돌았다. 아마 현장에 있었던 많은 사람들 역시 같은 심정이었을 것이다. 이 일본 여성들 중에는 위안부 할머니들이 계신 '나눔의 집'으로 음식과 후원물품을 챙겨 보내는 사람도 있다고 한다.

"미안합니다. 우리는 한국에 오기 전까지 몰랐습니다. 역사 시간에 배운 적이 없어요. 우리 아이는 중학교에서 엄마가 '쪽바리'라고 반 아이들에게 놀림을 받았어요."

양쪽 나라의 입장은 이해하지만, 일본인이면서 대한민국 국적의 아이를 낳아 키우는 자신이 어떻게 처신해야 할지 모르겠다고 고민을 털어놓는다. 신문을 보며 내가 이런 사람들을 까맣게 모르고 있었다는 사실에 미안했다. 한국사람으로서 이분들에게 자긍심을 심어줄 수 있는 일을 하고 싶었다. 그래서 2013년 5월과 7월 두 차례에 걸쳐 일본으로 답사를 다녀왔다.

차량 안내를 도와줄 수 있다는 일본에 사는 교포분과 연결되었다. 히로시마 원폭 피해지역에서 일본의 수도 동경까지 기부 마라톤을 하려던 계획을 바꾸었다. 현재 일본에서는 후쿠시마 원전사고와 쓰나미 피해로 인한 슬픔이 가장 큰 국민적 관심사라고 들었기 때문이다. 동경에서도 일황이 거주하는 황거 공원을 출발지로 선택했다. 마지막 코스로 염두에 둔 쓰나미 피해지역인 미야기현 이시노마끼시 해변마을을 돌아보며 '힘내라 일본' 마라톤의 완주를 다짐했다. 한국인으로서나 종교인으로서나 2만여 명이 사망하거나 행방불명자가 되어, 눈물이 마르지 않는 일본에 도움을 주는 것이

미래의 한일 우호증진에도 도움이 될 거라는 생각에서였다. 아침에 눈을 뜨니 게스트하우스와 100미터 떨어진 곳에 사찰이 있었다. 서둘러 식사를 마치고 그곳을 방문했다. 일본 사찰인데도 분위기가 낯설지 않았다. 대웅전에 들어서니 신라 시대 때 전래된 우리나라 부처님을 모시고 있었다. 이게 무슨 인연인가! 아무것도 알지 못하고 찾아온 곳에 천년이 넘은 오래된 인연이 기다리고 있었다니 놀라울 따름이었다. 게다가 이곳 스님들은 신라 부처님을 모시고 있다는 사실을 자랑스러워했다. 마침 사찰 옆에 묘지가 있어 둘러보니 '2011년 3월 11일 오후 2시 46분 동일본 대지진 피해자의 비'라고 쓰인 묘비가 보였다.

"주지스님, 저는 한국에서 왔습니다. 한국사람의 마음을 모아 이곳을 반환점으로 마라톤을 하고 싶습니다. 그리고 한일 합동 위령재(慰靈齋, 죽은 사람의 영혼을 위로하고 명복을 비는 불공)를 지낸 뒤 다시 왔던 길을 되짚어갈까 합니다."

그런데 내 얘기를 들은 주지스님이 그렇게 반기는 기색이 아니었다. 통역에게 왜 그러는지 이유를 물어봐달라고 했다.

"고맙습니다. 하지만 이곳에서는 쓰나미 피해로 부모를 모두 잃거나 한부모와 사는 어린아이들을 위한 보육시설을 짓고자 합니다. 그쪽을 도와주면 더 좋겠습니다."

그제야 납득이 갔다. 사실 내가 일본에서 마라톤을 하려는 이유는 동일본 대지진 사고 직후에 일본에 도움을 준 적이 없었기 때문이다. 국내에 결혼으로 이주해온 일본 여성과 그들의 자녀를 만나기 전까지 나는 그들을 나와 무관한 사람들로 생각했다. 그래서 이번 기회에 힘든 사람들에게 조금이라도 도움을 주고 싶었다. 나는 다시 찾아올 것을 약속하고 사찰을 나와 피해지역을 좀 더 둘러보았다. 해변에는 여전히 부서진 주택이 즐비한 가운데 복구를 위한 중장비가 먼지를 일으키고 있었다. 임시 주거시설에서 생활하는 사람들도 만났다. 마을 여기저기에 '힘내라! 일본'이라는 플래카드가 걸려 있었다. 마을 전체에 흐르는 슬픔이 감지되었다. 되돌아 나오는데 작은 절 하나가 눈에 들어왔다. 법당에 들어가 향을 사르고 주지스님을 찾았다. 한국에서 왔다고 하니 반갑게 맞으며 차를 대접해주었다. 이 스님은 나와 비슷하게 지역사회복지에 관심이 높고, 쓰나미 피해복구협회장과 청소년 장학사업을 펼치고 있어 금세 공감대가 생겼다. 스님은 우리의 마라톤 계획에 큰 관심을 보였다. 나는 차담을 나누며 스님이 진행하는 청소년들의 장학금 사업 이야기를 경청했다. 짧은 시간이었지만 현장에서 움직이는 사람 특유의 동지애를 느낄 수 있었다. 나는 이 답사를 통해 이시노마끼 불교협회를 포함해 모두 세 곳에 기부금을 모아 전달한다는 목표를 정하고 한국으로 돌아왔다.

일본 답사 이후 고민이 생겼다. 1,000킬로미터를 달려야 한다는 육체적 한계보다 세 곳에 기부를 한다고 한 약속 때문에 '모금 목표가 부족하면 어떡하지…'라는 부담이 커져버린 것이다. 1킬로미터에 100원의 기부금으로 한 곳당 50만 엔씩, 우리나라 돈으로 1,650만 원을 어떻게 만들까. 또 일본의 높은 물가를 감안할 때 숙식 비용은 어떻게 해결해야 하나 고민이 되었다. 나는 대둔사 부처님께 하소연을 올렸다. '부족한 저를 보살펴주십시오.'라 되뇌며 무조건 절을 했다. 땀에 젖은 승복이 체온을 떨어뜨렸지만 머리는 차갑고 가슴은 활활 타올랐다. 내가 잘할 수 있는 일이기 때문에 더 간절해졌다.

그리고 일주일 후 기적 같은 소식이 전해졌다. 구미에 들어와 있는 일본 투자기업 (주)도레이새한에서 기분 좋게 1,000만 원을 기부하겠다고 연락이 온 것이다. 한국 스님과 한국 마라토너들이 쓰나미 피해지역에서 위령재를 지내고 성금을 모아 기부를 하러 간다는 소식을 듣고 좋은 일이라며 도움을 주기로 했다고 한다. 이렇게 뛰기도 전에 기부금의 삼분의 이가 들어와 얼떨떨했다. 바보처럼 뛰기밖에 못하는 사람이지만 그 뜻을 깊이 이해해주는 분들이 있다는 사실에 마냥 기분이 좋았다.

차가 덜컹거리더니 전화로 예약한 숙소 앞에 도착했다. 5킬로미터를 이동하는 그 짧은 시간에도 몸에서 열량을 보충하라는 신호가 왔다. 체온이 떨어지고 손발이 물에 젖은 솜처럼 무거웠다. 잘 먹고 잘 자야 내일 또 달릴 수 있을 터였다. 먼저 음식을 배급하는 조가 차에서 짐을 내렸다. 어느새 라면 냄새가 솔솔 풍겨왔다. 열심히 달린 뒤 외국에서 먹는 라면 한 그릇은 그 어떤 음식보다 별미였다.

"짹짹짹."

산사에서 듣는 소리만큼은 아니지만 이른 아침 맑은 새소리에 눈이 떠졌다. 마라톤을 시작한 지 7일, 연일 화창한 날씨가 이어졌다. 오늘은 후쿠시마시에서 센다이시까지 60킬로미터를 이동할 계획이다. 몸 여기저기가 결리고, 무릎이 아플 정도로 강행군이 이어졌다. 그런데 이날은 발가락에 잡혔던 물집이 터지면서 피가 계속 흘러 달리기가 곤란했다. 하는 수 없이 달리던 걸음을 멈추고 얇은 거즈로 발을 감쌌다. 운동화에 발이 들어가지 않아 한 시간가량 마라톤이 지연됐다.

다행이 동행하는 이들은 마라톤 경력을 갖고 있어 큰 무리 없이 달리고 있었다. 참 고마운 인연이다. 함께 달려주는 것만으로도 힘이 되는데 한국사람은 밥을 먹어야 한다며 동행한 마라토너의 부인까지 함께 와서 식사를 담당해주는 부부도 두 쌍이나 있었다. 그리고 한국인의 모금 마라톤에 공감하는 일본인 하시모토 씨도 같이 뛰겠다며 찾아왔다.

하루는 아사히신문에서 달리는 우리 소식을 듣고는 취재를 위해 기다리고 있었다. 쓰나미 피해지역 사람들이 조금이라도 용기를 갖길 바라며, 한국과 일본이 미래의 발전을 위해 서로 힘들 때 도움을 줄 수 있는 관계가 지속돼야 한다는 데 방점을 두고 인터뷰를 했다. 하시모토 씨와 일본인 남편을 만나 시집온 박영희 씨가 번갈아가며 통역을 맡아주어 소통에 어려움이 없었다. 우리가 달리는 이유가 전달되어 기뻤다. 우리는 신문기사를 확대하고 코팅해서 가방에 걸고 뛰었다. 푸른 신호등을 기다리는 횡단보도 앞에서도 일본사람이 있으면 그걸 보여주었다. 누군가 왜 뛰느냐고 물었을 때도, 생수를 사기 위해 슈퍼에 들어갔을 때도 기사를 보여줬다. 번번이 우리가 하는 일을 설명하지 않아도 돼서 매우 유용했다. 기사를 읽은 이들 대부분이 눈을 크게 뜨고 우리를 다시 보았다.

"스고이데스네! 간밧데구다사이!"

그들은 "대단하십니다! 힘내세요!"라는 말을 전하며 격려를 아끼지 않았다. 손을 흔들며 웃어주는 사람들은 나쁜 일본사람이 아

니었다. 시골 인심은 어디나 후해서 과일을 사면 하나라도 덤으로 주려 했다. 지방에서 만난 일본인들은 무척 수줍고 한국에서 온 우리에게 우호적이었다. 아이들은 낯선 이방인들이 달리는 모습을 보고 할머니 뒤에 혹은 나무 뒤에 숨어 손을 흔들어주었다. 청소년들은 등하교를 할 때 하나같이 자전거를 타는데 등에는 책을 넣은 가방을 메고, 자전거 앞이나 뒤에는 야구 배트, 축구공, 죽도 등이 담겨 있었다. 그야말로 마음껏 뛰어놀며 청소년 시절을 보내고 있다는 증거였다.

우리가 달리는 이유에 대해 일본의 한 스님은 자신의 나라에서는 생각도 못할 일이라며 놀라워했다. 개인주의가 만연화된 일본에서는 누군가를 위해 헌신하는 일이 생소하다는 것이다.

"진오 스님, 두 나라의 관계가 안 좋으니 일본에서 장사하는 교포들이 위축되고 있어요. 심지어 한국으로 돌아가라며 부정적으로 대하는 사람들이 늘었습니다. 그래서 결국 귀화를 하지요. 특히 젊은 청년들이 그래요. 그들은 대한민국이 자신들에게 해준 것이 없다고 말합니다. 오히려 국력이 더 약한 북한에서 조선인 학교를 지원하고 있어 더욱 그런 모양입니다."

일본 스님의 말을 들은 사람 모두 귀밑이 빨갛게 변했다. 우리가 고도성장을 하고 있을 때 고생스럽게 정체성을 지켰을 교포들이 결국 일본으로 귀화하는 현실이 안타깝고 부끄러웠다. 일본에서 자라

는 조선인 학교에 다니는 아이들은 민족의 자긍심을 갖고 있지만 재일동포 민단 쪽 아이들은 한국말을 더 못한다고 한다. 아이들이 사회적 차별을 받다 보니 귀화를 할 수밖에 없는 것이다. 우리의 아이들이 마주한 현실을 생각하니 마음이 쓰렸다.

한번 받은 상처는 쉽게 아물지 않는다. 쓰나미 피해지역 역시 슬픔이 지속되고 있었다. 한일관계가 화해와 협력으로 가기 위해서는 과거사 문제 못지않게 현재의 꼬인 정국이 해결되어야 한다.

"여기 과일과 물 좀 주세요. 우리 잠시만 땀을 식힙시다!"

내일은 쓰나미 피해지역으로 들어가기로 한 날이다. 전화를 넣어 도착 예정 시간을 일본 스님께 알리니 기다리고 있다고 한다. 500킬로미터를 달리는 동안 틈틈이 일본에서의 여정을 SNS에 생중계했다. 그리고 힘내라는, 한발 한발 조심히 떼라는 응원의 댓글을 보며 피로를 잊었다.

다음 날 우리는 위령재를 앞두고 기부할 세 곳을 차례로 방문했다. 보육시설을 짓는 신라 부처님이 모셔져 있는 동원원(洞源院) 사찰과 청소년장학금 사업을 하는 법음사(法音寺), 그리고 구미 불교 사암연합회와 함께 합동 위령재를 지내기로 한 이시노마끼 불교연합회를 찾아 약속대로 마라톤을 해서 방문했다.

동원원에 도착했을 때는 저녁 6시 즈음. 주위가 어둑어둑했다. 위령재를 위해 절로 향하는데 멀리서부터 단번에 시선을 끄는 아름다운 풍경이 있었다. 법당으로 향하는 계단을 따라 등불 수백 개가 환하게 불을 밝히고 있었다. 500킬로미터를 뛰어 지칠 대로 지쳐 있던 일행을 환영하는 이곳 사람들의 마음이 느껴져 눈시울이 붉어 졌다. 법당에 다다르자 종소리와 함께 "오하이요 고자이마스!", "도 떼모 고자이마스!"라며 연신 허리를 굽히는 일본 불자들의 환대에 콧끝이 찡했다.

위령재를 준비하면서 나는 그곳의 스님과 신도들에게 제안을 하 나 했다.

"여러분 진심으로 우리를 환영해주셔서 감사합니다. 옛날부터 한국에는 원하지 않은 죽음을 맞은 영가(靈駕)의 영혼을 위로하는 춤이 있습니다. 원혼을 달래는 살풀이춤을 위령재와 함께 진행하면 어떨까 합니다."

위령재에 참석한 사람 모두 조용히 고개를 끄덕였다. 김천에서 이곳 위령재를 위해 참석한 최동선 씨가 흰 천을 천천히 바닥에 풀 고 구음가 소리에 맞춰 춤을 추기 시작했다. 살풀이춤은 다음 날 쓰 나미 피해지역인 오나가와 바닷가 마을에서도 재연되었다. 소복 차 림에 쪽진 머리를 한 한국여성이 바닷가에 나타나자 사람들이 몰려 들었다. 처음에는 호기심에 술렁거렸지만 춤이 시작되자 곧 숙연한 분위기가 되었다. 이심전심(以心傳心)이었을까? 춤이 계속되는 동안 쓰나미로 가족을 잃은 사람들이 흐느껴 울기 시작했다. 나는 반야 심경(般若心經)을 외며 이곳 영가들이 모두 좋은 곳으로 가시길 축 원했다. 그렇게 1박 2일 위령재를 마치고 우리가 떠날 채비를 하자

함께했던 그곳의 사람들은 남은 길 조심히 가라며 자주 허리를 굽혔다.

"정말로 조심히 가세요. 조심히 가세요."

일본에서 12일째 800킬로미터를 지날 무렵, 발목이 쓰라렸다. 작은 물방울이 생겨나더니 점점 번져 나갔다. 동행하는 분들이 걱정할까봐 말없이 걸었다. 뒤처진 나의 걸음걸이를 보고 사람들이 걱정했다.

"스님, 이제 차를 타시죠."

나는 안 된다고 했다. 남은 200킬로미터를 걸어서라도 출발지로 되돌아가겠다며 고집을 피웠다.

"이만큼만 해도 스님은 최선을 다한 겁니다. 욕할 사람 없습니다."

마음이 흔들렸다. 그리고 눈물이 났다. 내가 이렇게까지 해야만 하나….

그때 구미에서 김기중 씨로부터 전화가 걸려왔다. 그는 2013년 6월, 12일간 자전거로 미국 대륙 4,308킬로미터를 횡단하면서 모은 약 4,000여만 원을 다문화모자원 건립 비용으로 기부한 사람이다. SNS에 올라온 우리 일행의 일본에서의 여정과 나의 발목 상처를 보고 계속 모른 체하면 평생 스님을 마주할 수 없을 것 같다며 비행기 예약을 해놓았으니 필요한 것을 말하라고 한다.

그는 상처 난 부위의 사진을 의사에게 보여주고 처방을 받아오

겠다고 했다. 또 그동안 나를 비롯해 몸에 과부하가 걸려 이곳저곳
이 탈났던 일행들에게 필요한 영양제와 약품을 챙겨온다고 했다.
목소리를 들으니 아프던 몸의 통증이 시원하게 풀리는 듯했다.

다음 날 그는 우리에게 필요한 약품만 가져온 게 아니었다. 자신
이 가지고 있던 카메라를 팔아서 부족한 경비에 쓰라며 200만 원을
챙겨왔다. 감동적이고 놀라운 일이다. 과연 나라면 남을 도우려고
아끼던 카메라까지 덥석 팔 수 있었을까? 그리고 송금만으로도 충
분했을 텐데 직접 일본까지 와서 봉사할 생각이나 했을까? 내겐 큰
감동이었다.

그래, 아무도 우리를 몰라줘도 된다. 다만 언젠가 일본사람들은
우리를 기억할 것이다. 진오 스님은 잊혀져도 한국 스님과 한국인
다섯 사람이 일본 민족을 위해 1,000킬로미터를 달렸다고 언젠가
되뇔 날이 올 것이다. 그러면 한일 우호증진을 위한 노력은 헛된 것
이 아니다. 후들거리는 무릎을 일으키며 다시 반드시 완주하겠다는
각오를 다졌다. 출발을 알리는 호루라기 소리를 들으며 운동화 끈
을 단단히 조여 맸다.

42.195킬로미터가 일반적인 마라톤 풀코스라면 지금처럼 장거
리로 달리는 걸 울트라마라톤이라고 한다. 울트라마라톤은 두 가
지 타입으로 나뉘는데 특정 거리 달리기와 제한된 시간 동안 달리
기가 있다. 우리는 일본에서 1,000킬로미터를 달리는 먼 거리를 선
택했다.

2003년 철인3종 경기에 입문해 울트라마라톤으로 넘어오기까지 내게는 2년의 휴식이 있었다. 2010년 8월 철인3종의 킹코스 대회를 준비하려고 자전거를 타고 한적한 시골 내리막길을 가던 중, 브레이크를 잡지 못해 오른쪽 손목이 골절되고 어깨와 허리를 다치는 큰 사고로 병원에 입원했다. 그후 나는 사고로 인한 트라우마를 극복하기 힘들었고 결국 자전거 타는 일이 무서워졌다. 그래서 조금은 안전한, 그러나 긴 거리를 달리는 마라톤을 시작했다. 그리고 이번이 최장거리 기록이 될 터였다. 체력적으로 한계에 부딪혔지만

그때마다 우리 한국인의 따뜻한 정과 강한 의지를 보여주기도 했다. 지나가는 트럭 운전사가 음료수를 건네주기도 했다. 한번은 자전거를 타고 누군가 우리 뒤를 쫓아왔다.

"안녕하세요. 여러분 사연을 들었습니다. 정말 수고가 많으십니다. 제가 지금 가지고 있는 돈이 이것뿐입니다. 커피라도 사 드세요."

우리는 그 일본 청년이 건네준 300엔을 아끼다가 마침내 여비가 떨어진 마지막 날 꺼내서 사용했다. 위령재가 있던 날은 자신의 친구들과 성금을 모아 차량으로 5시간을 달려 찾아온 일본인도 있었다. 그들은 한국을 좋아하는 사람들이었다. SNS를 통해 우리 일정을 서로 공유하고 있었다. 달리는 우리 일행에게 진심을 담아 한 끼 식사비를 흔쾌히 성금으로 내주는 시민도 있었다. 일본에 살고 있는 동포들 역시 의미 있는 일이라며 응원을 해주었다.

일본인 남편과 해변에서 사는 미진 씨는 공항에서부터 우리를 차로 픽업해준 것을 시작으로 1,000킬로미터 달리기를 하는 동안 코스마다 음식을 지원해주었다. 그녀의 남편이 우리를 도와주라고 보낸 경우였다.

"여보, 당신 나라에서 우리를 위로하러 오는데 당연히 누군가는 도움을 드려야죠. 우리가 차로 모시러 공항에 가는 게 좋겠어요."

이 일로 우리 교포들이 자긍심을 느낄 수 있는 계기가 되었다면 정말 다행이라고 생각한다. 처음에는 한국으로 시집온 일본인 이주 여성과 한국인 남편들 그리고 그 자녀들을 위해 우리가 할 수 있는 작은 실천을 보여주려는 걸음이었는데, 그 의미가 더 커진 셈이다.

길에서 정말 많은 사람들을 만났다. 후쿠시마에서 만난 노인 한 분은 특히 오래 기억에 남는다. 체구는 작지만 눈에 위엄이 있었다.

"임진왜란 때 우리 조상이 한국 민족에게 저지른 잘못을 제가 대신 사과합니다."

고개를 숙여 우리에게 사죄한 노인의 다음 질문이 날카로웠다.

"그런데 우리는 이런 사죄를 언제까지 해야 하는 겁니까? 우리 후손들에게도 계속 사죄를 요구할 겁니까?"

당황스러웠다. 하지만 그 말에는 진심이 담겨 있었다. 그는 일본 정치인들의 우경화에 한국 민족이 흔들리면 안 된다고 말했다. 모든 일본인들이 아베 정권을 지지하는 건 아니라고도 했다. 많은 이들이 한일관계가 정치적인 다툼으로 꼬여간다면 이번처럼 민간 차원에서 서로 교류해야 한다는 데 뜻을 모았다.

남은 거리를 되짚어가는 막바지 길은 힘들고 고단했다. 솔직히 웃어야 할지 울어야 할지 모를 만큼 여러 우여곡절이 있었다. 특히 저녁 7시나 8시가 되어야 입실할 수 있는 일본의 숙박업소 규칙은 우리를 더욱 지치고 배고프게 했다. 2인 1실이 기준인 데다 30분이라도 먼저 숙소에 들어가면 추가 비용을 내야 했다. 적어도 6시에는 식사팀이 먼저 들어가 달려오는 사람들의 허기를 채울 저녁식사를 준비해야 하는데, 추가로 내는 숙박비가 아까워 미리 들어가지도 못하고, 서포터 팀들의 마음고생이 이만저만이 아니었다. 비가

1부. 만행, 나는 달린다

내리는 날이면 점심 준비를 위해 물과 전기를 구하러 다니느라 애태운 적도 있었단다. 달리는 나로서는 당연히 그 일을 알 턱이 없었고, 모두 나중에 들은 추억담이다. 넉넉지 않은 주머니 사정을 고려해 당시에는 아무도 이런 고충을 얘기하지 않았다. 솔직히 한국에 비해 물가가 비싼 일본에서의 마라톤은 다시는 추진하고 싶지 않을 정도다. 하루는 숙소에 3인씩 들어가 방에서 밥을 지어먹다 쫓겨난 일도 있었다. 잠만 자는 곳이지 밥 먹는 곳이 아니란다. 말은 맞는데 제대로 씻지도 먹지도 못한 우리가 늦은 시간에 어디로 간단 말인가? 결국 방 하나를 더 구해 말없이 식사했던 그날의 착잡한 심정은 잊혀지지도 않는다.

그런데 어느 시골 지역의 모텔 사장님은 방 하나를 추가 비용 없이 6시에 열어주는 호의를 베풀어주었다. 일본 문화에서 찾아보기 힘든 인정이라 그 고마움은 더욱 컸고, 우리는 준비해간 김치로 주인에게 감사를 표했다. 오는 게 있으면 가는 게 있는 법, 한국인의 정을 나누었다. 그리고 아침 6시 마라톤 팀은 아침을 서둘러 먹고 걸어서 숙소를 출발했다. 아침부터 뛰기에는 몸이 버거웠기 때문이다.

"오하이요 고자이마스!"

우리는 항상 일본사람들을 만나면 먼저 인사를 했다. 태극기와 일장기를 들고 뛰었기 때문에 한국인이라는 것을 알 수 있도록 했다. 수줍게 맞절을 하는 분이 있는가 하면 주변을 둘러보고 자신에게 향한 인사라는 걸 알고 순박한 웃음을 터트리는 분도 있었다.

그날 아침에 만난 분은 일본인 할머니였는데, 우리는 각자의 어머님을 떠올리며 한목소리로 인사했다. 그런데 그 할머니가 우리 인사에 눈물을 흘리며 똑같은 말을 반복했다. 나는 할머니의 말을 휴대전화로 녹음해 숙소로 돌아와 통역을 부탁했다.

"나처럼 이렇게 나이 많은 시골 늙은이에게 아침 인사를 해줘서 고맙습니다."

아주 짧고 간결한 인사였을 뿐인데, 나는 그만 아침부터 눈물을 쏟고 말았다. 홀로 사시는 시골 할머니의 적적한 마음에 위로가 되었다니 오래도록 기쁨이 가시질 않았다. 일본에 잘왔다고. 울고 웃었던 1,000킬로미터 대장정 후 나에게는 또 다른 사람들의 삶이 눈에 들어왔다.

나무아미타불 관세음보살!

2부

이주민
공동체의
꿈

• 세상에서 가장 가슴 벅찬 말 •

아빠 스님

한 생명에게서 듣는 아.빠.라는 그 크고 가슴 벅찬 말. 이 귀중한 말의 의미를 지키기 위
해 얼마나 많은 세속의 아빠들이 힘을 내어 일을 하는지 모르겠다. 좋은 아빠가 되는
일이 참으로 어렵다는 것을 알게 된 이후 나는 그런 아빠들에게 존경심을 갖게 되었다.

"일어나라!"

"싫어요!"

"학교 갈 시간이야. 버스 놓친다니까."

"…."

"이노무 자식들, 빨리 일어나서 학교 갈 준비 안 해!"

큰소리를 툭 던지자 부스스 까치집처럼 헝클어진 머리 꼴을 하
고 마지못해 일어나는 3명의 남자아이들, 아침부터 한숨이 새어 나
왔다. 남자아이들 셋이 모여 있다 보니 잘했다, 고맙다 하는 소리보

다는 야단치는 소리를 더 많이 하게 됐다. 어찌나 이유가 많고 고집들이 센지 내 속을 몇 차례나 철렁하게 했다. 사내아이들 키우기가 어렵다던 엄마들 심정을 충분히 이해할 수 있었다.

　나는 한동안 승재, 재호, 재민이 이렇게 세 아이의 보호자인 '아빠 스님'으로 통했다. 재호와 재민이는 형제지간인데 두 녀석에게는 특히 더 많은 인내와 손길이 필요했다. 아버지의 따뜻한 부성애를 느끼지 못하고 자란 아이들이라 나 또한 여러모로 고민이 많았다. 어떻게 해야 이 아이들의 결핍을 채워줄 수 있을지 고민이 되어 '아빠 학교'에라도 나가봐야 하나 싶었다. 좋은 수행자가 되는 것과 좋은 아빠가 되는 것은 또 다른 문제였다. 아이를 낳아 키워본 경험이 없는 데다 남자이다 보니, 아이들을 양육한다는 게 쉽지 않았다. 더구나 사춘기를 눈앞에 둔 남자아이들에게는 세심한 배려와 따스한 손길이 필요했다. 여러모로 아빠 역할을 하기에는 부족함이 많았다. 하지만 처음 만난 아이들의 슬프고 지친 얼굴이 마음을 아프게 했다. 더구나 엄마 혼자 아이들을 돌보며 경제적인 문제까지 해결하려면 힘에 부칠 수밖에 없는 상황이었다. 그래서 두 아이의 엄마가 어느 정도 안정을 찾을 때까지 재호, 재민이 형제를 대둔사에서 돌보기로 했다. 물론 쉽지만은 않은 결정이었다.

　"재호 아버지 되십니까?"

152　　하루는 차분한 목소리의 한 남자에게서 전화가 걸려왔다.

"네, 제가 그 아이의 보호자인데요."

"여기는 재호가 다니는 학교입니다. 한번 오셔서 학부형 상담을 받으셔야 할 것 같습니다."

아침부터 걸려온 전화에 마음이 복잡했다. '우리 재호가 학교에서 또 무슨 잘못을 한 걸까?' 처음으로 학부모 입장이 되어 초등학교 교장 선생님께 불려갔다. 나를 마주한 교장 선생님은 난감한 표정으로 어렵게 말을 꺼내셨다.

"스님, 아이를 다른 학교로 전학시키셔야 할 것 같습니다."

교장 선생님의 이야기를 들어보니 재호 녀석이 제법 큰 잘못을 저질렀다. 아이들은 자라면서 한두 번쯤 다른 친구가 가진 물건에 샘을 내, 자신에게 없는 장난감을 빼앗아 망가뜨리거나 숨겨버리곤 한다. 재호도 몇 차례 그런 적이 있었다. 하지만 이번처럼 선생님이 컴퓨터실에서 게임을 못하게 한다고 가위로 컴퓨터 자판 선을 다 잘라버리는 것은 심각한 문제였다. 그것도 컴퓨터 열 대를 모두 그렇게 망가뜨려놓은 것이다. 입이 열 개라도 할 말이 없는 상황이었다. 속에서 열불이 난다는 표현을 나는 이때 실감했다.

"교장 선생님, 한 번만 선처를 부탁드립니다. 간신히 여기에 적응하고 있는데 또 옮겨가면 이제까지의 힘든 과정을 다시 반복해야 됩니다."

이 말을 하는데 갑자기 눈물이 주르륵 흘러내렸다. 도저히 말을 이어갈 수가 없었다. 이게 무슨 창피란 말인가. 그러나 교장 선생님 바짓가랑이라도 붙잡고 늘어져야 했다.

"가정 폭력으로 상처가 많은 아이예요. 엄마 혼자 키우기 어려워 대둔사와 인연이 된 아이인데, 앞으로는 이런 일이 없도록 제가 좀 더 관심을 갖겠습니다."

그날 밤 재호와 이야기를 나눴다. 하지만 재호는 두 귀를 막아버린 것처럼 대꾸도 없고 반응도 없었다. 나중에서야 재호가 엄마와 떨어지는 것을 두려워하는 분리불안을 겪고 있음을 알게 되었다. 나는 불안을 제대로 다스려주지 못한 것 같아 미안하고 안타까웠다.

아빠가 되는 일은 정말 쉽지 않았다. 더욱이 좋은 아빠가 되는 일은 세상에서 제일 어려운 일처럼 느껴졌다. 처음 절에 아이들을 받아들일 때, 내가 잘하면 아이들도 잘 따라주겠거니 생각했다. 그런데 현실은 달랐다. 내가 아무리 잘한다고 해도, 그것은 내 기준일 뿐이고 받아들이는 아이들의 기준은 달랐다. 그 차이를 인정하기까지 적잖은 속앓이의 시간이 있었다. 한 달 용돈을 주면 며칠 만에 PC방에 가서 게임하는 데 다 써버리거나, 일주일 내내 방 청소 한 번 하지 않는 일이 빈번했다. 결국 나는 자주 잔소리를 하게 되었다. 좀 더 세련되고 유연한 방법으로 대처했어야 하는데 지나치게 정공법으로 나간 것이 문제였다.

"재호야, 신발 뒤축 꺾어 신지 말고 단정하게 신고 다녀."

"아휴, 스님이 무슨 학생 주임이에요?"

"이 녀석, 말버릇이 왜 그래."

아무튼 한 녀석이 잠잠하다 싶으면 다른 녀석과 부딪쳤다. 복장부터 생활습관에 이르기까지 하나씩 제대로 가르쳐야 한다는 욕심에 더 자주 주의를 주게 되었다.

"너희 방을 보면 귀신 나오겠다. 햇볕 좋을 때 이불 좀 내다 널으렴."

그러면 형과 동생 것은 놔두고 제 것만 갖다 걸쳐놓았다.

"이 녀석아, 이불 널어놓은 꼴이 이게 뭐냐? 쫙 펼쳐놔야지, 이렇게 구겨져 있으면 골고루 햇살을 못 받잖아."

'잘했다. 이것 좀 도와주면 안 되겠니?' 이런 훈훈한 말이 오고 가야 하는데 자꾸 잔소리가 늘어나니 답답한 심정이었다. 아무나 부모 노릇을 하는 게 아니구나, 부모에게도 자격이 필요하구나 하는 걸 비로소 실감하게 되었다. 아이를 키우는 일은 내가 예상했던 것보다 훨씬 더 많은 인내를 요구했다. 정말 아이 한 명을 키우기 위해 얼마나 많은 것을 참아야 하는지….

한번은 시내에서 일을 보고 있는데 재민이에게서 전화가 왔다.

"스님, 저녁에 올 때 치킨 사다 주세요. 먹고 싶어요."

"어, 그래. 알았어."

말은 그렇게 했지만 승복을 입고 치킨집에 들어가는 것은 참 민망한 일이었다. 그래서 아는 사람에게 치킨 한 마리만 사다 달라고 부탁했다. 내가 미안해하자 그는 절에 있는 애들도 먹고 싶은 게 많을 테니, 언제든 부탁하라고 했다. 흔쾌히 부탁을 들어준 것도 고마운데 다음에 또 이런 심부름을 해주겠다니 고마웠다. 아이들이 신나서 반길 거라는 상상을 하며 절에 도착해보니, 아이들은 누가 업어가도 모를 정도로 깊이 잠들어 있었다.

"애들아, 치킨 먹자!"

"아, 됐어요."

"뭐? 너희가 치킨 먹고 싶으니 사오라고 했잖니. 어렵게 사왔는데 따뜻할 때 먹어야지. 하나만 먹어봐. 이게 얼마나 맛있는데."

"아, 됐다니까요!"

아이들은 이불을 확 뒤집어쓰고 다시 쿨쿨 자기 시작했다. 이럴 때는 "그럼 냉장고에 둘 테니 내일 먹어라." 해야 하는데 내 정성을 몰라주는 아이들에게 화가 먼저 났다.

매주 토요일은 아이들과 함께 목욕탕에 가는 날이다. 때도 밀고 맛있는 자장면도 먹고 아이들과 친밀한 시간을 갖고 싶어 함께 가자고 했다. 아이들만 목욕탕에 보내면 대충 씻고 남는 시간은 PC방 같은 곳에서 놀기 일쑤였다.

"얘들아 오늘은 목욕하고 자장면 먹으러 가자!"

처음에는 몹시 귀찮은 표정을 지으며 따라나섰는데, 외식을 한다는 걸 안 이후로는 그다지 싫지만은 않아 보였다. 그런데 목욕탕에서 사내 녀석들의 때를 밀어주는 것은 보통 힘든 일이 아니었다. 한 놈도 아니고 세 놈씩이나. 거기다가 징그럽게 말도 안 듣는다.

"때를 불려야 하니 물에 가서 5분만 있다가 나오자."

일단 작은 아이부터 씻길 요량으로 녀석의 손목을 잡고 "조금만 더 있어, 몸을 좀 불려야 되지 않겠니?" 하면 그 사이 큰 녀석은 화장실에 간다고 나가서는 감감무소식이다. 그래서 큰 녀석을 잡으러 돌아다니면 이번에는 작은 녀석이 또 딴 데 가 있다. 속세말로 정말 속이 터졌다. 나에게 아빠 노릇은 인내의 연속이었다. 아이들을 다 씻기고 힘이 빠져 "이제 내 등 좀 밀어봐." 하면 "아휴, 힘들어." 하면서 뺀질거리기만 했다.

하루는 또래 아이들을 키우는 보살님께 푸념을 하니 자기도 남편과 아이들이 얄미워 죽겠다며 자기들 생일은 꼬박꼬박 챙기면서 엄마 생일에는 미역국 한번 끓여주는 사람이 없다는 하소연이 돌아왔다. 정말 그 말에 나 또한 백번 공감했다. 아이들은 생일이 되면 친구들과 파티를 해야 하니 용돈을 더 줘야 한다고 떼를 썼다. 내가 아이들 기죽는 게 싫어 "애들 다 데리고 와. 내가 중국집에서 자장면 사줄게." 하면 "스님은 빠지세요."라며 자기들끼리 놀겠다고 했다. 자녀의 생일날 친구를 불러 모아서 맛있는 것을 사주면 자녀와 가까워질 수 있다고 해서 나름 노력을 한 것인데 아이들의 반응은 예상과 달랐다. 그런 아이들의 태도가 서운해 한번은 "나는 뭐 현금지급기냐? 너희가 달란다고 다 줘야 되냐고!" 화를 냈다.

이렇게 말이라고는 도통 안 듣는 재호가 어버이날이라고 큰 카네이션을 만들어왔다. 아마도 학교에서 부모님께 직접 만든 것을 달아드리라고 시킨 듯했다. 정말 어른 주먹만큼 큰 카네이션이었지만 내 생애 처음으로 손수 키운 아이들로부터 카네이션을 받으니 기분이 좋았다.

"와, 근데 이거 너무 크지 않니?"

"달기 싫으면 말아요!"

팩 토라지는 녀석의 등 뒤에 대고 얼른 말을 바꿨다.

"너도 참, 내가 언제 안 단다고 그랬어."

나는 얼른 핀을 꽂아 그날 종일 달고 다녔다. 그랬더니 이번에는 몹시 창피해했다. 아이들은 절에 사는 것이 부끄러운 모양이었다. 그 마음을 알게 되자 계속 아이들을 데리고 같이 살아야 하는지 고민이 되었다. 아무리 진심으로 잘해줘도 내가 친아빠가 될 수는 없었다. 게다가 시간이 지날수록 아이에게는 아빠의 역할과 엄마의 역할을 골고루 해줄 사람이 필요하다는 것을 절감했다. 이제는 내가 감당하기 어려운 지점까지 왔구나 싶어 아이들 엄마에게 전화를 걸었다. 조금 사정이 나아졌으면 어머님이 키우시는 게 좋겠다고 조심스레 뜻을 전했다. 그 순간 마음이 몹시 착잡했다. 어느새 미운 정 고운정이 다 든 아이들이었다. 하지만 엄마 품이 그리운 아이들

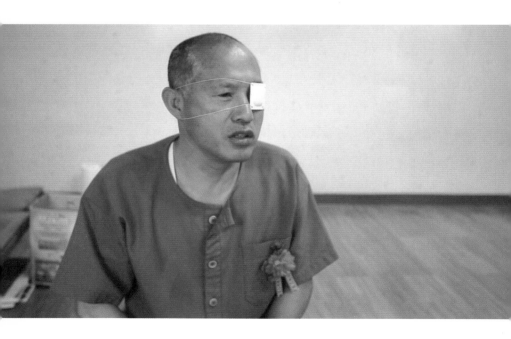

을, 절에서 산다는 것을 부끄러워하는 아이들을 붙잡고 있을 수는 없었다. 나는 아이들에게 마음속으로 이야기했다.

'카네이션을 달아줘서 참 고맙구나.'

아이들을 키우면서 나는 세속에 사는 사람들이 보살임을 알게 되었다. 보살은 보리살타(菩提薩陀)의 준말로 '위로는 부처님의 법을 받들고 아래로는 중생에게 이로운 행동을 하는 자'를 말한다. 불교에는 여러 보살이 있는데 대표적인 보살이 관세음보살이다. 관세음보살은 자비의 화현(化現)으로 불린다. 관세음보살에게는 어머니의 마음이 있어 보통 절에서 여성 신도들을 부를 때 보살이라고 한다. 지금은 여성 불자들을 부르는 보통 명사가 되었지만, 원래는 관세음보살의 마음으로 살아가라는 의미가 담긴 말이다. 보살이 되기 위한 첫 번째 과정은 참는 것이다. 참을 인(忍) 자를 가지지 않으면 보살이 될 수 없기 때문이다. 또한 보살이 되려면 남에게 베풀 줄 알아야 한다. 심지어 베푼다는 생각조차 하지 않아야 진정한 보살이 된다는 가르침이 있다. 그런데 이 땅의 수많은 어머니들은 남편과 자식을 위해 이런 보살의 마음으로 살아간다. 자식 때문에 참고, 남편 때문에 참는다. 자연스럽게 수행의 과정을 거쳐 보살이 되는 셈이다. 조용히 산사에 머물 때는 몰랐는데 아이들을 키우다 보니 그동안 내가 쌓은 공부가 세속의 어머니 보살들에게 미치지 못함을 느꼈다. 그리고 자식을 향한 부모의 무한한 사랑을 알게 되었다는

점에서 나는 아이들을 키우면서 큰 깨달음을 얻은 셈이었다.

　아이들을 데리고 목욕하고 영화도 한 편 보고 자장면을 먹는 날이면 자연스레 오뚜기쉼터에 있는 통일청소년들이 떠올랐다. 아이들은 한창 나이여서 그런지 햄버거를 사줘도 뒤돌아서면 금세 배가 고프다고 했다. 그런 아이들의 배를 채워주는 것도 보통 일이 아니었다. 3,000원짜리 자장면이라 해도 10여 명의 아이들에게 다 사주려면 몇 만 원은 있어야 했다. 그런데 꼭 탕수육을 먹고 싶다는 아이가 있었다. 그러면 나는 얄팍한 주머니 사정을 걱정하며 아이들 몰래 지갑을 들여다보았다. 자식이 먹고 싶어하는 걸 사주지 못하는 가난한 아빠의 마음이 십분 이해되었다. "오늘은 너희가 먹고 싶은 거 마음껏 먹어. 탕수육도 시켜라!" 해야 하는데 "오늘은 그냥 다들 똑같은 거 먹자."고 할 때 가슴 한켠이 욱신거렸다. '애들이 먹고 싶어하는 탕수육 한 접시를 못 사주나….' 하는 마음 때문에 말이다.

간혹 내가 아이들을 키우는 걸 알고 자장면 값을 받지 않는 중국집 사장님도 있었다. 그럴 때면 민망하면서도 한편으로는 고마웠다. 이주여성이 아이를 낳아 분유가 필요하다고 했을 때, 제일 좋은 고급 분유 대신 한 단계 아래인 분유를 사면서 '내가 진짜 아빠였어도 이랬을까, 진짜 아빠라면 제일 좋다는 분유를 사지 않았을까.' 하는 자책이 들기도 했다. 처음부터 그랬던 건 아니다. 비싼 분유를 사다 보니 언제부터인가 그 비용이 부담이 되기 시작했다. 사다 준 지 얼마 안 된 것 같은데 금세 분유가 떨어졌다는 연락이 왔다. 갓 태어난 아기들 먹성이 보통이 아니라는 것을 그때 알았다. 그래서 고등학교 친구들에게서 가끔씩 들었던 "아이들 키우는 게 장난이 아니다."라는 말의 진짜 의미를 비로소 공감하게 되었다.

출가 후 수행에 정진하는 스님들은 평생 아빠라고 불릴 일도 없고, 분윳값을 걱정할 일도 없다. 생전 처음 아빠 역할을 하게 되어 승복을 입고 분유를 사러 슈퍼에 갔을 때 나는 무엇을 골라야 할지 알 수가 없어 당황스러웠다. 절에서 몇 차례 아이들을 맡아 키운 이후 나는 더 이상 아이들과 인연을 맺지 않기로 했다. 아이들에게는 '스님 아빠'보다 친아빠, 친엄마의 보살핌이 더 따뜻할 것이기 때문이다. 이 작은 경험을 통해 나는 아빠 되는 것이 얼마나 어려운 일인지, 그리고 처음으로 아이에게서 '아빠 스님'이라고 불렸을 때 얼마나 가슴이 벅찼던지 기억하고 있다. 한 생명에게서 듣는 아.빠.라는 그 크고 가슴 벅찬 말. 이 귀중한 말의 의미를 지키기 위해 얼마나 많은 세속의 아빠들이 힘을 내어 일을 하는지 모르겠다. 좋은 아빠가 되는 일이 참으로 어렵다는 것을 알게 된 이후 나는 그런 아빠들에게 존경심을 갖게 되었다. 내 곁을 떠나간 녀석들아, 언젠가 나에게 연락 한번 다오. 보고 싶다!

• 나누고 보살피는 아름다움 •

복지사 자격증을 딴
연꽃 같은 스님들

세상이 돌아가게 하는 데 있어 바람직한 사람은 자신과 남을 함께 살피는 사람이다. 불교에서는 이런 심성을 가진 사람을 '보디사트바', 즉 '보살'이라고 부른다. '보디'는 깨달음을, '사트바'는 사람을 뜻한다.

"자, 스님들. 여기 보시다가 하나 둘 셋 하면 '화이팅!' 하면서 웃으세요."

인상 좋은 사진사의 말에 21명의 스님들이 웃음을 터트렸다. 오늘은 청암사(靑巖寺) 승가대학에 재학중인 비구니 스님들이 구미대학교에서 2년간의 사회복지 과정을 모두 마치고 졸업사진을 찍는 날이다. 2012년 2월, 절 밖 출입이 제한된 스님들이 승복을 입고 사립대 학사모를 썼다. 학인 스님들이 일반 대학에서 단체로 위탁교육을 받고 졸업하는 건 우리나라 승가대학에서는 처음 있는 일이었다.

"지형 스님, 이제 우리 스님들도 전문성을 갖춰야 불교의 사회적 역할 확대에 도움을 줄 수가 있어요. 현재의 4년 교육과정 속에 사회복지사 자격증을 취득하는 교과과정을 연결하면 어떨까 합니다. 사회복지 활동이 증가하는 시대에 스님들이 자격증을 갖고 사회 참여를 하는 것과 자격증 없이 참여하는 것은 천지 차이일 겁니다."

김천에 있는 청암사 승가대학, 이곳에서는 천년고찰의 이미지와 다르게 2010년부터 전자수업 강의를 진행하고 있다. 또한 청암사 참살이라는 앱을 개발해 전통 사찰음식의 조리법과 명상법, 발우(鉢盂)공양, 사찰예절법, 태극권 등을 교육하고 있었다. 선배 스님들이 젊은 스님들을 위해 새로운 교육 환경을 적극 받아들이고, 사찰의 문턱을 낮추어 대중들 곁으로 다가서려는 노력이 인상적이다.

내가 스님들이 자격증을 갖고 직접 복지활동에 나서는 것이 중요하다고 생각한 데는 마하이주민센터에 계신 산뜨시리 스님의 영향이 컸다. 개인적인 시간 없이 24시간 이주노동자들의 고충을 해결하기 위해 항상 휴대폰을 켜두고 생활하는 외국인 스님이 효율적으로 일하는 모습을 보았기 때문이다. 스님은 2년간 사회복지 관련 과목을 이수하고 한국에서 사회복지사 자격증을 땄다. 그 결과 자신 있게 한국사람들을 만나고, 여러 자원을 연결해 이주노동자를 효과적으로 도와줌으로써 센터의 존재 이유가 분명해지는 계기를 마련해주었다. 현장에서 일하다 보니 체계적인 이론과 현장성을 모두 갖춘 전문 인력이 아쉬웠다. 이런 부분에서는 청암사 승가대학 학장이신 지형 스님의 생각도 비슷했다. 특히 운신의 폭이 좁은 비구니 스님들에게 절 밖으로 나가서 공부하도록 배려해주신 것은 혁신적인 선택이었다.

지형 스님과 차를 나누던 어느 날, 두 번째 찻잔을 비울 즈음 스님은 큰 결단을 내리신 듯 말문을 여셨다.

"말씀대로 체계적인 교육으로 국가자격증을 취득하고 그래서 불교사회복지사 스님을 양성하는 일이 좋다고 봅니다. 지금부터 훌륭한 인재를 양성하는 것이 불교의 미래를 준비하는 길이라고 생각해 그렇게 결정했습니다."

그후 구미대학교는 매주 한 번씩 스님들의 통학을 위해 학교 버스를 보내주었고, 청암사 스님들은 배움의 기쁨을 얻었다. 나도 2년 동안 매 학기마다 비구니 스님들의 수업을 맡아 진행했다.

"여러분, 이번 학기에 사회복지학개론과 지역사회복지론을 맡은 진오입니다."

진지한 눈빛으로 스님들이 합장을 했다. 20대부터 40대까지 연령층이 다양했다.

"여러분, 사회복지는 기본적으로 가난하고 어렵고 힘든 사람을 우선 대상으로 합니다. 불교사회복지는 마음과 물질을 나누는 데

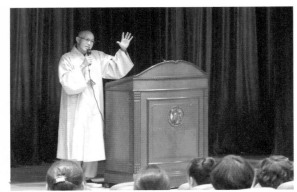

있어 베풀었다는 생각조차 갖지 않아야 한다고 강조하지요. 우리는 도움을 주는 사람에게는 베풂을 칭찬해야 합니다. 도움을 받은 사람은 그 배려에 감사할 줄 알게 하고 나중에 자립할 수 있도록 이끄는 것을 목표로 사회복지를 실천해야 합니다. 당연한 이치죠? 그런데 문제는 우리 사회에는 어떤 형태로든 우선순위에서 밀리는 현장이 있다는 겁니다. 적절한 복지가 이루어지지 않은 채 경제 성장에만 매달려서는 건강한 선진국이 될 수 없어요. 그래서 앞으로 스님들의 역할이 중요합니다."

젊은 스님들은 주의를 기울여 경청했다. 중생이 살아가는 삶의 현장에서 만나는 여성과 노인 그리고 장애인과 청소년들에게 앞으로 자신들이 어떤 역할을 해야 하는지 진지하게 고민할 수 있도록 화두를 던졌다.

"스님들, 현재 한 달에 얼마씩 저축을 하나요?"

여기저기서 입을 가린 채 하하하 웃는 소리가 들렸다. 저축을 하고 있는 스님은 겨우 다섯 손가락 남짓이었다. 몇몇은 무소유를 실천해야 할 학승이 왜 돈을 생각하고 미래를 위해 저축을 하느냐는 반응이었다.

"스님들, 지금부터 적금을 들어 한 달에 2~3만 원씩 본인 이름으로 모으세요. 만약을 위해섭니다. 10년간 차곡차곡 모으면 얼마나 될까요. 우리는 노후를 스스로 준비할 줄 알아야 합니다. 그러지 않으면 출가를 후회하는 순간이 찾아올 수도 있습니다. 하지만 반드시 자신의 노후를 위해서만은 아닙니다. 적금을 들어두면 나중에 어려운 사람을 만났을 때 요긴하게 보시할 수 있을 겁니다."

비구니 스님들은 자립해서 살라는 충고를 해주는 선배가 없던 차에 적금을 붓고 스스로 미래를 개척하라는 나의 말이 신선한 충격인 듯했다. 몇몇은 고개를 끄덕였지만 대다수의 스님들은 여전히 납득하기 어렵다는 표정이었다.

"제가 복지사업을 시작한 지 10년이 지났어요. 그런데 저를 도와주는 사람들 중에 불교인은 대략 40퍼센트 정도 됩니다. 왜 우리는 절에 보시하라는 말을 합니까? 법당을 지을 때도 우리는 너무나 당연히 신자들에게 보시를 청합니다. 그러면 많은 신자들이 이에 응답하지요. 그런데 이웃을 위한 모금에 참여하는 불교신자들이나 스님들의 숫자는 적습니다. 그 까닭을 진지하게 고민해야 합니다."

가끔 센터를 운영하기가 벅찰 때 나는 복지사업에 도움을 주지 않는 종단에 서운한 생각이 들었다. 하지만 누구나 같은 시선으로 세상을 볼 수는 없다. 큰살림을 하는 스님들이 작은 도시에서 일하는 나와 반드시 같은 의견을 가질 수는 없는 법이다.

"불교복지 철학으로 상구보리 하화중생(上求菩提 下化衆生)을 기억하세요. 기존의 해석은 '깨달음을 구하고 중생을 제도한다.'이지요. 하지만 저는 '위로는 부처님의 가르침을 깨달으며 아래로는 중생을 제도한다.'라고 한 글자만 바꿔봤습니다. '~하며'와 '~하고'는 아주 많은 차이가 있습니다. '깨달음'과 '구제'가 동시에 굴러가야 온전한 보살행이 됩니다. 하지만 어떤 사람들은 불교의 깨달음을 상위개념에 두고 중생의 제도를 하위개념에 둠으로써 오로지 자기 수행만 신경쓰고 사회의 고통을 외면하기도 합니다. 그러면 수행하고 난 뒤 무엇을 해야 합니까? 수행이 마지막 목적이 된다면 소승불교가 됩니다. 저의 주장에 공감이 간다면 오늘 강의는 여기서 끝!"

우리 종단은 55퍼센트가 비구니 스님이다. 그런데 이들의 목소리는 종회의원 81명 가운데 단 10명이 대변하고 있다. 종회의원은 세속의 국회의원처럼 종단 법을 제정하는 역할을 하기 때문에 최근에는 비구니 종회의원 수를 늘려야 한다는 목소리가 힘을 얻고 있다. 그러기 위해서는 비구니 스님들이 자신들의 역량을 충분히 발휘할 필요가 있다.

"스님들, 졸업하고 스승님 절에 가서 은사 스님 밑에 안주하려고 하지 마세요. 독립적으로 살아갈 준비를 지금부터 해야 합니다. 그러려면 지금 하고 있는 공부가 아주 큰 도움이 될 것입니다."

나는 젊은 스님들과 함께 이주노동자의 인권, 가정폭력 피해 이주여성의 어려움, 북한이주민의 현실 등 새로운 주제들에 대해 이야기를 나누었다. 사실 이주노동자나 결혼이주여성, 북한이주민은 큰 테두리에서 보면 우리 사회의 아웃사이더라는 공통점이 있다. 우리 사회에 정책적으로 어떤 변화가 필요하고 불교가 중생의 삶에 대해 구체적으로 어떤 답을 줘야 하는지, 나의 강의는 기존의 승가대학에서는 배울 수 없었던 내용들이었다.

학인 스님들은 평소에 청암사에서 전통불교 경전을 공부하고 구미대학교에서는 사회복지 이론 수업과 실습 과정을 이수해야 자격증을 취득할 수 있다. 그리고 종종 어린이집, 노인시설, 다문화가정, 장애인시설 등에 현장 실습을 다녔다. 청암사에서는 때마다 스님들이 주관하는 행사가 많다. 태극권 심사부터 사찰요리 강좌 등 시간을 꾸리느라 고되고 힘들지만 한 명의 낙오자 없이 전원이 사회복지사 과정을 이수했다.

2013년 11월, 사회복지사 자격증을 가진 비구니 스님 두 분이 김천의 중증장애인 시설을 운영하게 되었다. 만일 청암사에서 비구니 스님들에게 사회복지 공부의 길을 터주지 않았더라면 당장 필요한 사업이 다가왔을 때 아무런 역할도 할 수 없었을 것이다. 한 사람의 올바른 결정 덕분에 비구니 스님들은 사회복지 현장에 헌신할 수 있는 자격을 얻었고, 지역사회는 유능한 사회복지 인재를 얻게 된 것이다.

나는 매주 젊은 스님들과 만나는 수업 시간이 즐거웠다. 그때마다 베트남 전쟁, 108 해우소 프로젝트, 토안의 이야기, 다문화 한부모가족, 영어권 외국인과 검은 피부의 외국인에 대한 차별 등을 주제로 이야기를 나눌 수 있었다. 그리고 한국 불교가 어떻게 부처님의 가르침을 현실에 적용시킬 것인지, 왜 스님들이 사회복지에 앞장서야 하는지 열변을 토했다.

"우리가 불교의 가르침을 전할 때 상대의 눈높이에 맞추는 작업이 필요합니다. 예를 들어 어린이 법회를 개설할 때도 나이별, 학년별로 따로 모임을 갖는 게 좋습니다. 엇비슷한 학년으로 보여도 자존감을 더 세워줘야 할 학년이 있어요. 초등학교 고학년이 그렇습니다. 5학년과 6학년은 3~4학년과는 생각의 차이가 무척 큽니다. 네 살과 다섯 살 아이들 역시 따로 어울리도록 하는 게 좋습니다. 이웃 종교는 유아 예배실이 따로 있다고 합니다. 좋은 것은 배워야 합니다."

나는 비구니 스님들이 가능하면 더 많이 사회복지 현장에서 활동하기를 바란다. 가톨릭의 경우 수많은 수녀님들의 헌신이 신자들의 자긍심을 높여주고, 실제 신자 증가율에도 영향을 미치고 있다. 인도로 향한 수많은 여행자들이 각자의 종교와 크게 상관없이 경건한 마음으로 마더 테레사의 집에 들러 봉사하는 것은 아마도 테레사 수녀님의 영향력 때문일 것이다. 한국 불교의 비구니 스님들도 수행과 봉사를 겸한다면 삶의 의미를 찾기 위해 사찰에 머무는 사람들에게 희망을 보여줄 수 있을 것이다.

세상이 돌아가게 하는 데 있어 바람직한 사람은 자신과 남을 함께 살피는 사람이다. 불교에서는 이런 심성을 가진 사람을 '보디사트바,' 즉 '보살'이라고 부른다. '보디'는 깨달음을, '사트바'는 사람을 뜻한다. 즉 '깨달은 중생'이라는 뜻이다. 이러한 보살은 비록 자신이 부처의 지위를 얻더라도 그 자리에 머물지 않고 가난하고 어렵고 힘든 사람을 깨달음의 세계로 인도하기 위해 중생계에 몸을 나눈다.

세상은 혼자 힘으로 살아가는 것이 아니라 그물망처럼 서로 도우며 살아가야 함을, 확실히 깨우칠 때 비로소 부처와 중생의 구분이 무너진다. 마치 수레의 두 바퀴처럼 부처와 중생은 공존해야 한다.

나는 착한데 주위에 나쁜 사람이 많아서 사회가 어수선하다는 것은 어리석은 변명이다. 아직도 말없이 어두운 곳에서 등불이 되고 남몰래 선행을 베푸는 사람들이 우리 주변에 많다. 나는 그들에게서 희망을 본다.

넘어져도 괜찮아,
오뚜기쉼터

국경에는 먹잇감을 노리는 하이에나와 같은 브로커들이 숨어 있다. 이 중에는 고위직 탈북자를 남으로 보내지 않고 다시 북으로 돌려보내는 첩자도 있고, 술집이나 힘든 노역이 있는 곳으로 커미션을 떼고 북한사람을 넘기는 전문 사냥꾼도 있단다. 이런 상황을 알면 알수록 아이들이 뚫고 온 극한의 상황이 놀라웠다.

학교에 적응하지 못하고 떠돌다가 8년 만에 전과 7범이 된 스물네 살의 북한 출신 청년에 관한 신문기사가 아침부터 마음을 아프게 했다. 거주지를 마음대로 이동할 수조차 없는 곳에서 온 사람들. 그들이 이제껏 보고 배운 삶과 전혀 다른 문화와 시스템을 가진 사회에 적응하기란 쉽지 않은 일일 것이다. 하다못해 음식점에서 설거지를 하려고 해도 북에서 왔다고 하면 따가운 눈초리가 쏟아진다. 차라리 조선족 출신이라고 하면 불필요한 관심을 갖지 않고 넘어간다. 우리 사회에 아직 북한이주민과 함께 살아가야 한다는 의식이 채 자리잡지 못했다는 증거가 아닌가 싶다. 이곳 구미에는 270여 명의 북한이주민이 있다. 이들은 법적으로 북한이탈주민으로 정의된다. 탈북자 혹은 새터민으로도 부르고 있지만 나는 이들을 북한이주민이란 이름으로 불러 부드러운 이미지를 안겨주고 싶다. 그리고 그들의 자녀는 탈북청소년이 아니라 통일청소년 혹은 북한이주민 자녀로 불리길 바란다. 어쩌면 이들은 우리 앞에 이미 와 있는 작은 통일일지 모른다. 그러니 더 큰 통일을 이루려면 이들이 남한에 잘 정착해서 통일 자원으로서 제 역할을 다할 수 있도록 지원해주어야 한다.

북한이주민 중에는 혼자 북한을 탈출해 중국이나 제3세계를 떠돌다 남한으로 들어온 무연고 청소년도 있다. 이들은 의지할 곳이 없는 외로운 통일청소년이다. 나는 이들이 또래 집단에서 소외되지 않고 무탈하게 사회에 융화되었으며 하는 마음에서 오뚜기쉼터를 만들었다.

"보람아, 못 본 사이 키가 훌쩍 컸구나. 이리 와서 키 좀 재보자."

"스님, 희망이보다 제 키가 더 많이 자랐어요."

"그래? 보람이가 더 컸네. 이야~ 내 키를 곧 따라잡겠구나."

한 달 가까이 일본 울트라마라톤 행사로 정신없이 지낸 후, 다시 만난 아이들은 단단한 흙을 뚫고 올라오는 봄날의 새싹처럼 키가 한 뼘씩 자라 있었다. 나는 아이들을 벽에 똑바로 세우고 키 높이에 눈금을 그리고 날짜를 표시하려 했지만 쑥스러움을 타는 여학생들은 까르르 웃으며 손사래를 쳤다.

혜림이가 서울의 한 외국어대학에 입학해 상경한 이후 새로운 여학생이 들어왔고 그저께 또 한 여학생이 입소해 현재 오뚜기쉼터에는 7명의 아이들이 생활지도 담당 선생님 두 분과 합숙을 하고 있다. 이 아이들은 공통적으로 홀로 혹은 부모와 함께 국경을 넘었다. 힘들게 한국에 온 만큼 의지도 강하다. 특히 남학생들에 비해 여학생들은 학교 적응이 빠르고 대학 진학에 대한 목표가 뚜렷하다. 하지만 감성적인 면이 강해 쉽게 상처를 받아 때로는 마음의 문을 굳게 닫아버리기도 한다.

이 때문에 나는 어린 여학생들 앞에 서면 상냥한 스님이 되기 위해 노력한다. 하지만 매번 느끼는 건 여학생이란 존재가 마치 다른 행성에서 온 존재 같아 알다가도 잘 모르겠다는 사실이다. 절에서 세 아이를 키울 때도 힘들었는데 쉼터의 여학생들은 소년들과는 또 많이 달랐다. 행여 목소리가 크고 거칠면 마음에 상처를 줄까봐 내 나름대로 애써 부드러운 목소리를 냈다. 그래도 처음 얼마간은 나에게 마음을 주지 않았다. 생각을 쉽게 드러내지 않았고 낯을 심하게 가려 가까워지기가 무척 어려웠다. 그러나 시간이 약이라는 말대로 이제는 아이들이 먼저 반갑게 인사해준다.

생활지도 담당 선생님 중에는 이들보다 먼저 남한에 정착한 북한이주민 출신도 있는데 아이들을 이해하는 데 많은 도움을 준다.

177

어쩌면 같은 곳에서 살았던 경험이 아이들을 더 잘 멘토링할 수 있도록 해주는 것이 아닐까 싶다. 덕분에 아이들도 이제는 남한 선생님과도 사이가 좋아져 익숙지 않은 영어나 신종 유행어들을 물으며 이야기꽃을 피우기도 한다. 처음 만났을 때와 달리 해바라기처럼 활짝 피어나는 아이들을 보고 있으면 절로 뿌듯한 마음이 든다. 이 아이들이 공부를 더 하고 싶다고, 좋은 대학에 가고 싶다고, 악기를 배우고 싶다고 할 때 나는 좀 더 적극적으로 그들의 꿈을 이루어주기 위해 노력했다. 하지만 지역사회의 지원은 쉽게 이루어지지 않

았다. 그렇다고 이주노동자나 결혼이주여성처럼 드러내놓고 홍보
할 수도 없는, 보이지 않는 어떤 장벽이 있었다.

"스님, 수학이 어려워서 도저히 못 좇아가겠어요. 학원에 다니면
안 될까요?"

끄응, 다달이 30만 원 이상 하는 학원비를 마련하려면 요모조모
따져야 할 게 많다. 일단 아이들이 양껏 먹고, 하고 싶은 공부를 할
수 있도록 지원하는 것이 오뚜기쉼터가 만들어진 목적이니 방법을
찾아야 했다.

"알았어. 빨리 알아볼게. 학원 종류가 많고 지현이 실력에 맞는
곳을 알아보려면 시간이 좀 걸릴 테니 조금만 참고 학교에 다니고
있어라."

이곳 아이들을 보면 나이가 어릴수록 주위 환경과 학교생활에
빨리 적응했다. 그러나 열여섯 살 내지 열입곱 살 즈음에 남한으로
온 학생들은 북에서나 중국, 제3국에서 배웠던 교과과정과 우리나
라의 교과과정이 너무나 달라 따라가기 힘들어했다. 사정이 이렇다
보니 자연히 반 아이들과도 잘 어울리지 못했다. 쉼터에서 함께 생
활하는 또래라도 우수한 아이가 있는가 하면 학습과정을 따라가지
못해 방황하는 아이도 있다. 이런 아이들의 편차를 줄여주는 일이
쉼터의 중요한 또 하나의 과제가 되었다.

현재 쉼터에는 열두 살에서 스물세 살의 청소년들이 자매애로

2부. 이주민 공동체의 꿈

179

똘똘 뭉쳐 또래의 고민을 공유하며 생활한다. 이 여자아이들은 아직 어린 나이의 소녀들이다 보니 남자 연예인에 관심이 많고 패션이나 악기에도 호기심이 많다. TV에 자주 등장하는 서울의 동대문 시장과 홍대, 부산 해운대 등에 가고 싶어하고, 여드름을 어떻게 없앨까 거울을 들여다보며 씨름하기도 한다. 그리고 자신이 좋아하는 연예인을 두고 설전을 벌일 때도 있다.

"노래는 역시 빅뱅이 최고야. 스타일도 좋고."

"여자는 효리 언니가 제일 멋있어! 씨엔블루도 좋아. 목소리도 좋고 잘생겼잖아."

이럴 때는 여느 또래 아이들과 다른 점을 찾아볼 수가 없다.

이곳 쉼터 아이들은 중국에서 태어난 미영이와 은수를 제외하고 모두 북한에서 태어났다. 아이들 대부분은 급식비, 프로그램비, 학비, 학습지 비용 등을 지원받는 보호 대상이다. 하지만 미영이와 은수는 북한 국적의 엄마가 중국으로 건너가 중국인 아빠와 결혼해서 태어났기 때문에 많은 혜택을 받지 못하는 비보호 대상이다. 중국에서 자란 아이들은 한글을 전혀 모르는 상태로 넘어오기 때문에 '기역, 니은'부터 한국어 선생님과 일대일 수업을 받은 후 학교에 진학한다. 북한에서 온 아이들은 주체사상 교육 외에 이렇다 할 교과를 배운 적이 없어 어느 정도의 학습능력이 있는지 테스트한 후 멘토를 붙여 적응 훈련을 시키고 이후 학교에 진학한다.

180   중국어만 할 줄 알던 미영이와 은수는 이런 과정을 거쳐 올해 중

학교에 입학했다. 그런데 몇 개월 사이에 한국의 여느 여중생처럼 떠들고 장난친다. 쉼터의 막내들이라 언니들이 열심히 공부하는 모습을 옆에서 지켜보고 다양한 소식을 들으며 이곳 문화를 자연스럽게 익히게 된 것이다.

사단법인 꿈을이루는사람들 산하 북한이탈 무연고 청소년 그룹홈은 2011년 7월 14일 오뚜기쉼터라는 명칭으로 개소되었다. 2010년 11월, 다문화 한부모가족을 위한 모자원 건립을 위해 고군분투했지만 구미시의 인색한 변명으로 모자원 건립이 무산된 상태였다. 당시 애써 준비한 두툼한 서류가 하루아침에 쓸모없어져 씁쓸해하고 있는데 2011년 4월 눈에 번쩍 띄는 공고가 보였다. 북한이탈주민지원재단에서 북한이탈 청소년 그룹홈 운영자를 모집한다는 내용이었다.

그런데 통일청소년들이 처한 환경은 다문화 한부모가족과 몹시 흡사했다. 남한에서 딱히 갈 곳이 없다는 점, 낯선 한국사회에 적응해야 하는 점, 그리고 여성이라는 점이 공통분모였다. 이들은 울타리 안에서 일정 기간 보호와 도움이 필요한 사람들이었다. 대부분의 공모 사업이 그렇듯 짧은 기간만 지원해주는 내용이었다. 전세자금을 지원받았다가 3년 뒤 되돌려주는 방식을 선택했다.

서류에서 '결혼이주여성 한부모가족'을 '북한이탈 무연고 청소년 그룹홈'이라 고치고, '모자원'을 '오뚜기쉼터'로 수정해 신청서를 넣었다. 그리고 사월 초파일 다음 날 서울 여의도에 위치한 북한이탈주민지원재단으로 면접을 보러 갔다. 승복을 입은 사람이 문을 열고 들어서자 면접관들이 놀라는 표정이었다.

"스님께서 어떻게 북한이탈 청소년 그룹홈을 하려고 생각하셨습니까?"

"네, 저도 오늘처럼 북한에서 온 사람들과 인연이 닿을 거라곤 생각하지 못했습니다. 그런데 북한에서 온 청소년들을 안정적으로 돌봐줄 기관이 필요하다는 소식을 들으니 가만 있을 수가 없더군요. 문득 제가 지원해야겠단 생각이 들었습니다. 저는 구미에서 이주노동자와 결혼이주여성을 돕는 활동을 하고 있는데, 대상자만 다를 뿐 북한 청소년 그룹홈은 제가 하는 이주민 복지사업과 크게 다르지 않다고 생각합니다. 그리고 제가 이 사업을 잘 이끌 수 있는 첫 번째 이유는 한번도 이 사업을 해보지 않아 이 일에 집중할 수 있다는 점입니다."

다른 면접관이 왜 쉼터 이름을 오뚜기라 지었느냐고 물었다.

"이 학생들이 남한에서 혼자 자립하기까지는 많은 어려움이 있을 겁니다. 때로는 힘들어 삶을 포기하고 방황할 겁니다. 당연히 넘어지겠지요. 오뚜기처럼 이 아이들도 다시 일어서라는 의미로 오뚜기쉼터로 불러봤습니다."

182　　이름 때문에 후한 점수가 나왔는지 여학생 쉼터는 구미로, 남학

생 쉼터는 전라도 지역으로 결정되었다. 그렇게 8,000만 원 전세자금을 지원받아 오뚜기쉼터가 시작되었다.

이 아이들과 인연이 닿기 전까지 나는 구미 지역에만 북한이주민이 270여 명이나 산다는 사실을 전혀 알지 못했다. 대부분 모습을 드러내지 않아 우리 주변에는 없다고 생각했는데 사실은 그렇지가 않았다. 이들을 주민으로 보지 않는 탓에 사회복지과에서 담당하지 않고 총무과와 경찰서에서 관리 위주로 정책을 펼쳤기 때문에 이들이 일반 사회복지 대상자에서 멀어져 있었던 것이다.

북한이주민이 하나원을 나올 때 딱 세 가지가 지급된다. 이불, 수저, 전기밥솥. 성인인 경우에는 주택이 배정되고, 정부로부터 700만 원의 정착금을 4회에 걸쳐 지급받는다. 먼저 받는 400만 원은 브로커에게 넘겨지는 게 보통이고, 나머지 300만 원은 분기별로 나누어 지급된다. 주택을 배당받아도 가구 하나 없으니 휑한 공간에서 새로운 삶을 시작해야 한다.

나는 이 사실을 알게 된 이후 북한이주민을 만나면 당장 필요한 식기류와 TV 또는 가구를 선물했다. 전문기술이 없는 그들은 대부분 일자리를 찾아 이동한다. 주민등록상 숫자와 실제 거주자 수의 차이는 이 때문에 발생한다. 65세 이상이면 국민기초생활보장법에 의해 43만 원의 생계비와 노령연금 9만 원이 나오지만 이 돈에서 주택임대료 20만 원과 각종 공과금을 제하면 하루 1만 원으로 살아가야 한다.

자녀가 있는 경우는 돈을 조금이라도 더 벌기 위해 부모가 급하게 생활전선에 뛰어들다 보니 방치되는 아이들이 생긴다. 엄마와 함께 단 둘이 남한에 온 경우 어린 자녀들은 집에 갇혀 고립된 시간을 보낸다. 나는 이런 청소년들이 밝게 자라도록 돌봐주는 기관이 더 늘어나야 한다고 생각한다. 남자아이들의 경우는 일탈에 빠지는 경우가 많아 부모들은 노심초사하게 된다. 보통의 한국 가족과 다르지 않다. 그래서 남자아이들을 위한 별도의 개구리쉼터를 만들까 고민 중이다.

"문수야, 여기 와서 좋은 게 뭐야?"
"허락받지 않고 다니는 거요. 자유요."
"그리고?"
"누구든 마음만 먹으면 뭐든 할 수 있는 기회가 있는 거 같아요."

북에서 나고 자란 오뚜기쉼터 아이들은 자신이 태어난 곳과 이곳의 차이를 확실히 알고 있다. 아이들은 하나원에서 6개월 동안 교육을 받으며 알게 된 사람들과 연락을 주고받았다. 남자아이들의 경우 전국으로 흩어진 그 사람들을 만나러 갔다가 주소지로 돌아오지 않는 경우가 빈번하다. 재단의 상담사가 전화를 하면 핸드폰 번호를 바꾸거나 아예 전원을 꺼놓는다. 그리고 이곳저곳 옮겨 다니는 사람이 많아 거주지가 구미로 되어 있는 270여 명 중에 실거주

자는 150~180명 정도라고 한다. 더 이상 허락을 받지 않아도 이동의 자유가 보장되는 대한민국 국민이 되었지만 이들은 여전히 관리 대상으로 보호받는다.

"중국에서 왔다고 하면 친구들이 놀라워하는데 북에서 왔다고 하면 한 번 더 쳐다봐요."

어른이나 아이나 색안경을 끼고 대하는 사람들 때문에 상처받고 괴로워하기는 마찬가지다. 이런 현실을 비관해 자살하거나 재입북을 시도하는 사례도 있다.

오뚜기쉼터 아이들에게 탈북할 당시의 이야기를 들어보면 마치 영화의 한 장면 같다.

"그놈아이 내 자식 아임다. 혼날 짓을 해서 손 좀 댔다고 나가버렸슴다."

북에서는 먹고사는 일이 막막해지면 부모가 아이를 먼저 중국으로 보낸 뒤 이렇게 거짓말을 한다고 한다. 친인척이 중국에서 기반을 닦고 있는 경우라면 가족 모두 중국행을 결심한다. 사라진 아이가 가출한 것으로 주변에 알리고 때를 기다렸다가 부모도 중국으로 건너가는 식이다. 홀로 혹은 브로커를 끼고 1차로 국경을 넘은 아이들은 중국의 친인척 집에 머물며 자신의 부모가 뒤따라 넘어오길 기다린다. 중국어를 배울 때까지 몇 년간 집에 틀어박혀 TV를 끼고 사는 아이들도 있고, 거짓말에 속아 나이 든 중국 남자에게 신부로 팔려가는 여성들도 있다. 아이를 데리고 국경을 건넌 여성들 중에는 중국인과 결혼해서 한국으로 가기 위한 시간을 버는 이들도 많다. 몇 년을 중국에서 혹은 제3국에서 고생하다 밀항이나 시베리아를 경유하는 다양한 방법으로 남한에 건너온다. 이때 도와주는 이들이 있다. 브로커라 불리는 사람들은 북한이주민의 이야기에 항상 등장한다.

"탕, 탕, 탕!"

"누구세요?"

"여기 초롱이라고 있지요? 나 좀 봅시다."

하루는 낯선 사내가 쉼터 문을 두드렸다. 화들짝 놀란 선생님이 급한 목소리로 나에게 전화를 했고 나는 다급한 마음에 열 일을 제쳐놓고 오뚜기쉼터로 달려갔다.

"당신 누굽니까?"

화난 기색으로 얼굴을 대면하니 내게 불쑥 명함 하나를 내밀었다. 북한주민지원단체 사무국장이라고 쓰여 있었다.

"나 돈 받으러 왔수다."

이건 또 무슨 일인가? 놀라는 내게 그는 초롱이의 자필 서약서를 보여주었다. 초롱이가 무사히 남한에 도착하면 초기정착금 300만 원을 모두 주겠다는 내용이었다. 일단 경찰서에 전화를 했다. 사내의 태도가 막무가내여서 무단침입으로 신고한 것이다. 경찰이 도착한 뒤 정황을 살펴보니 그는 돈을 받고 북한 사람들을 남한으로 이동시키는 브로커 조직원이었다. 북에서 중국을 거치거나 혹은 제3국으로 도망시켜 남한으로 올 때까지 숨겨주면서 먹고 자는 비용을 댔으니 그 대가를 내놓으라는 것이다. 일부는 맞는 말이고 일부는 억지스러웠다.

그동안 한국 정부는 북한 주민이 가진 정보에 따라 많게는 수천만 원까지 정착금을 바로 지원했다. 그런데 이 정착금을 브로커에게 모두 내주거나 사기를 당하는 경우가 빈번해 이제는 방식을 바꾸어 분기별로 나누어 지급하고 있다. 국경에는 먹잇감을 노리는 하이에나와 같은 브로커들이 숨어 있다. 이 중에는 고위직 탈북자를 남으로 보내지 않고 다시 북으로 돌려보내는 첩자도 있고, 술집이나 힘든 노역이 있는 곳으로 커미션을 떼고 북한사람을 넘기는 전문 사냥꾼도 있단다. 이런 상황을 알면 알수록 아이들이 뚫고 온 극한의 상황이 놀라웠다. 이토록 강한 아이들이 제대로 된 교육만 받는다면 정말 훌륭한 인재가 될 텐데….

초롱이 역시 브로커의 도움으로 한국에 온 아이였다. 물론 이런 중계자 없이 온 아이들도 있다. 강한 함경도 사투리를 섞어 쓰며 통장에 들어온 300만 원을 모두 내놓으라 윽박지르는 사내는 찔러도 피 한 방울 안 나올 것처럼 험악한 분위기를 풍겼다.

하나원에서 쉼터로 온 지 한 달이 채 안 된 초롱이는 설마 여기까지 브로커가 돈을 받으러 올까 싶었는지 서약서를 갖고 나타난 아저씨를 보고는 겁에 질렸다. 그 돈은 초롱이가 남한 사회에 적응하며 살아가는 데 반드시 필요한 자금이기 때문에 모두 다 내줄 수는 없었다. 경찰은 이 사람의 요구를 아예 안 들어줄 수는 없다는 의견이었다. 할 수 없이 승복을 입은 내가 브로커를 상대로 합의에 들어갔다.

"아무리 그래도 300만 원은 너무 심합니다. 혼자 넘어온 애가 빈손으로 뭐를 시작합니까. 200만 원만 받으세요."

"아니요. 서류에 사인했습니다. 300만 원 다 받아야겠습니다."

"그러면 보호자도 없는 애가 어떻게 삽니까. 그러지 마세요."

"우리도 초롱이 숨겨주면서 여기까지 데려오는 데 돈이 많이 들었어요. 남는 거 없어요. 우리 아니면 넘어올 사람 아무도 없어요."

두 시간여의 실랑이 끝에 그도 지쳤는지 230만 원으로 합의를 했다. 그러면서 툭 던지는 말이 이랬다.

"당신들 어디 가서 절대 300 이하 줬다는 소리 하지 마세요."

브로커는 날카로운 눈빛을 던지고 사라졌다. 그제서야 초롱이는 안도의 한숨을 내쉬었다. 어린 소녀가 겪었을 마음고생이 오죽했을까. 통일청소년들이 앞으로 계속해서 당할 상처가 걱정되어 그날 내내 마음이 편치 않았다.

"얘들아, 즐거운 주말이다. 부모님 만나러 가야지!"

쉼터의 아이들은 일주일에 한 번 집으로 간다. 그런데 떨어져 지내는 시간이 길어지면서 가기 싫다는 아이들 투정이 늘었다. 쉼터보다 자기 집이 불편하다는 아이들. 엄마, 아빠와 대화하면 잔소리를 듣게 되고 그러면 화가 난단다. 사랑을 표현하기 어려운 어른들의 팍팍한 삶이 아이들과의 사이에 깊고 먼 강을 만든다. 이런 아이들에게 지속적인 관심을 가지고 사랑을 심어주는 일은 어른들이 해야 할 몫이다. 넘어지면 다시 일어서면 된다고, 그러니 넘어지는 것을 두려워하지 말라고, 그들에게 용기를 줘야 한다. 극한의 공포와 두려움을 뚫고 새로운 삶과 자유를 찾아 먼 길을 돌아온 아이들에게 박수를 쳐주고 싶다. 대한민국에서 행복한 삶을 펼칠 수 있도록 큰 희망의 날개를 달아주고 싶다.

• 멋진 녀석들! •
야단법석 제주 라이딩

누구보다 강인함에도 자신의 본래 모습을 잊고 낯선 환경에 움츠러든 아이들에게 자신이 갖고 있는 마음의 보물을 찾게 하고 싶었다. 그래서 자전거와 마라톤을 아이들에게 권했던 것이다. 그리고 스포츠를 통해 아이들의 복잡한 마음이 단련되길 바라는 마음에 '제주 일주' 프로젝트를 시작했다.

"스님, 저는 더 이상 못 가요. 차라리 절 버리세요. 헉헉."

큰일이다. 해는 고작 중천인데 라이딩 시작 3시간 만에 보람이가 심통을 부린다. 이번 행사는 5박 6일 동안 제주도를 일주하는 것인데, 자전거 팀과 마라톤 팀으로 나눠 진행하느라 이리저리 신경쓸 일이 많았다. 통일청소년 11명, 봉사단 4명, 마라톤 인원까지 모두 22명이 제주도 자전거 소망 나눔 여행에 나섰다. 인원수가 많으니 미리 예약을 하지 않으면 식당이나 숙소를 수월하게 들고 날 수 없어서 짜인 시간표대로 움직여야 가능한 일정이었다. 생각 같아서는

190

철부지처럼 구는 아이의 볼이라도 꼬집어주고 싶었지만 명색이 스님이 할 행동은 아니라서 꾹 참았다. '참을 인'을 떠올리며 달리던 걸음을 늦추고 아이를 타일렀다.

"보람아, 초반 오르막에서 너무 힘을 줘 밟으니까 지금처럼 퍼지는 거야. 잘 들어봐. 오늘 셋째 날이고 표선해변에서 식사하고 함덕해수욕장까지 갈 거야. 도로를 자전거로 이동하는 너하고 달리는 나하고 지금 누가 더 힘이 들겠니."

말은 이렇게 해도 나 역시 100년 만의 더위가 이어지고 있다는 8월의 제주도 날씨에 입에서 절로 아이고 소리가 났다. 보람이는 잔뜩 부어오른 얼굴로 페달을 밟더니 쌩하니 내 앞을 지나쳐 저만치 앞서갔다. 다독이는 소리가 아니니 그만 듣겠다는 표현이렷다. 참으로 이상한 일이다. 아이들은 제주도 일주 내내 입을 내밀고는 나와는 눈도 제대로 맞추지 않았다.

새삼 아이들이 타고 있는 10대의 자전거와 헬멧, 장갑, 자전거 바지 등을 준비하느라 고생한 시간이 떠올랐다. 6개월간 300킬로미터를 뛰어 겨우 마련했는데, 그래서 센터 선생님들에게 얼마나 구두쇠 소리를 들었는지 애들이 알아야 할 텐데, 어쩔 수 없이 속이 상했다. 게다가 이번 행사에는 도움을 주기 위해 구미우정사회봉사단이 제주까지 동행해줬는데…. 원망을 지우려 머리를 흔들었더니 땀방울이 뚝, 뚝 비 오듯 떨어졌다. 누가 더 힘들고 덜 힘들고를 가리기에 앞서 버티기 힘든 더위였다.

8월 중순, 제주는 그야말로 뜨겁게 타오르고 있었다. 바다에서 간간이 바람이 불어왔지만 그마저도 온풍기를 틀어놓은 듯 더운 바람이어서 몸이 축축 늘어졌다. TV 뉴스에서는 폭염으로 사망한 사람과 애타는 농민들의 얘기가 흘러 나왔다. 왜 하필 날을 잡아도 이런 때를 잡았을까 후회가 밀려왔지만 입 밖으로 꺼낼 수는 없었다. 아이들 앞에서 틈을 보이면 기다렸다는 듯 불평불만을 늘어놓을 게 불을 보듯 뻔했다. 한번 따지고 들기 시작하면 어디서 말 잘하는 딱따구리들만 데려다놓은 것처럼 말이 속사포처럼 터져 나왔다. 이렇게 활달하고 솔직한 오뚜기 아이들을 대적하는 일은 쉽지 않

았다.

"스님, 해변 인근입니다. 어제 오늘 애들이 좀 지쳐 있는데 바로 밥을 먹일까요?"

제주도 일주 마라톤을 같이 뛰는 최종한 씨가 자꾸 뒤로 처지는 아이들을 돌아보며 말했다. 그 역시 얼굴이 벌겋게 달아올라 수건으로 얼굴을 가리고 있었다. 우리는 해안도로와 마을로 난 길이 합쳐지는 지점에서 아이들을 기다렸다. 멀리 있어도 연두색 조끼와 헬멧, 마스크로 완전 무장을 한 아이들이 한눈에 들어왔다. 아이들에게 갈증이 나도 물로 배를 채우지 말라고 주의를 주며 500미터 지점부터 식당으로 인솔했다. 자전거 안장이 딱딱해 엉덩이가 아픈 아이들은 다리를 절룩거리며 자전거를 끌고 엉거주춤 뒤를 따랐다.

"얘들아, 너희 오늘 정말 멋있었어! 그리고 하늘 좀 간간이 보고 바다도 쳐다봐라. 누가 이렇게 아름다운 경관을 보며 자전거를 탈 수 있겠니. 아마 너희 학교에선 너희가 첫 번째일 거다."

아이들의 반응은 싸늘했다. 아니 애써 뭔가 하고 싶은 말을 꾹 삼키는 기색이었다. 아이들의 마음을 알 수 없으니 나 역시 서운한 감정이 서서히 쌓였다. 그런데 나중에 들어보니 제주도에 여행을 간다고 해서 신나게 따라왔는데 스님이 죽자살자 하루 목표거리를 정해놓고 자전거 페달만 밟게 하니 미웠단다. 진작 말하지….

자전거로 제주도를 일주하자는 계획은 2년 전에 나왔다. 오뚜기 쉼터에서 만난 아이들은 모두 체력이 약했다. 성장기에 잘 먹지 못하고 극심한 스트레스를 받은 탓인지 면역력이 약해 감기에도 자주 걸렸다. 그리고 표정에 자신감이 없었다. 사람 눈을 정면으로 쳐다보며 말하지 못하는 태도는 아이들이 부족하고 불안한 사람인 것처럼 느껴지게 만들었다.

그 원인을 생각해보니 이랬다. 오뚜기 아이들은 남한에 도착하면 모두 개명을 한다. 행여나 북에 있는 가족에게 위험한 일이 닥칠까 염려가 되고, 때로는 학교에서 북한과 중국식 이름이 놀림거리가 되기 때문이란다. 부모님이 지어준 이름을 바꿔가면서까지 아이들은 새로운 환경에 적응하려 노력을 기울이고 있었다. 그럼에도 아이들은 학교에 가면 성적에 밀리고, 체력에 밀리고, 또래문화에서까지 밀려 자존감이 이만저만 떨어지는 것이 아니었다. 나는 아이들에게 자신감을 찾아주고 싶었다. 누구보다 강인함에도 자신의 본래 모습을 잊고 낯선 환경에 움츠러든 아이들에게 자신이 갖고 있는 마음의 보물을 찾게 하고 싶었다. 그래서 자전거와 마라톤을 아이들에게 권했던 것이다. 그리고 스포츠를 통해 아이들의 복잡한 마음이 단련되길 바라는 마음에 '제주 일주' 프로젝트를 시작했다.

나는 하루라도 빨리 아이들을 제주도에 데리고 가려는 욕심에 꼬불꼬불한 지방도로에서 자전거 훈련을 했다. 그리고 그날 열세 살 희망이는 높은 오르막을 앞두고 울음보를 터트렸다.

"희망아, 왜 울어? 어디 아프니?"

희망이의 눈이 퉁퉁 부어올랐다. 눈물을 흘리면서도 녀석은 굳

게 닫힌 입을 열지 않았다. 불볕더위라 가만히 서 있기만 해도 현기
증이 났다. 어르고 달래던 내가 결국 화를 터트리고 말았다.

"그만! 지금 너 때문에 일행이 모두 멈췄잖아. 그런데 왜 이유를
말하지 않는 거야? 아프면 아프다, 힘들면 어째서 힘들다 얘기를 해
야 알잖아. 너만 힘드니? 여기 있는 사람 다 힘들어!"

한참을 서럽게 울던 희망이가 입을 열었다.

"나 한 번도 안 타봤는데…. 오르막이 많잖아. 스님은 그것도 모
르고…. 엉엉."

아차 싶었다. 당연히 자전거를 타봤을 거라고 생각했고, 실력이
부족하더라도 몇 번 넘어지고 일어서다 보면 가뿐하게 언덕을 오

르내릴 줄 알았다.

한편으로는 공연히 애를 울린 것 같아 멋쩍었다. 결국 희망이는 차량을 타고 뒤따라오던 여자 선생님에게 맡기고 다른 아이들은 계속해서 자전거로 언덕을 올랐다. 세상에 쉬운 것은 없다고, 여기서 포기하면 제주도를 갈 수 없다고, 나는 아이들을 격려하고 독촉했다. 이후 아이들은 열심히 연습했고, 드디어 제주도를 자전거로 일주할 수 있게 되었다.

첫날, 도착해서 처음 마주한 제주의 이국적인 풍경에 아이들은 무척 들떠 있었다. 완도항에서 제주항까지 배멀미를 하느라 기진맥진했을 텐데도 눈빛만은 행복감에 반짝거렸다.

"애들아, 오는 동안 바다 냄새 실컷 맡았지. 이제부터는 바다색이 날씨와 시간에 따라 시시각각 변하는 멋진 모습을 보게 될 거야."

"와! 여기 외국 같아요. 멋지다. 저 나뭇잎 좀 봐!"

"스님, 제주도에 드라마 찍는 세트장이 있대요."

"망아지 보고 싶어요. 제주에 있다고 배웠어요."

아이들은 자신들이 아는 제주에 대해 열심히 재잘대며 웃었다. 세계자연문화유산으로 등재된 아름다운 섬을 여행한다는 사실이 무척 기대되는 듯했다. 아이들의 반응이 좋으니 나도 어깨가 으쓱했다. 아이들은 늦은 시간까지 휴대전화로 사진을 찍고 서로 자랑을 하느라 바빴다. 그러나 이 같은 평화로움과 웃음은 다음 날 모두 사라졌다.

새벽 6시에 일어나고 10시에 취침하는 오뚜기쉼터에서의 생활에 익숙했던 아이들이 더운 날씨 속에서의 끊임없는 라이딩으로 녹초가 되어갔다.

"스님, 정말 우리 내일도 자전거만 타요?"

내일을 위해 준비운동으로 몸을 풀고 있는데 어디서 보현이가 불쑥 튀어나와 제주에서의 마지막 스케줄을 물었다.

"그야 시간표대로 가지. 왜?"

보현이는 원망의 눈으로 나를 쏘아보았고 웅성웅성 다른 아이들도 이에 합세하기 시작했다. 흥분해서 씩씩거리는 소리가 점점 커졌다. 이유를 모르는 나는 눈을 끔뻑끔뻑하며 왜 이렇게 불량한 태도를 보이느냐고 야단을 쳤다. 어디 그뿐인가. 제발 시간에 맞춰 이동하고 뒤에 처지지 말라고 잔소리 아닌 잔소리까지 늘어놓았다.

잠시 후 숙소 바깥으로 나를 끌고 나간 쉼터 선생님이 아이들의 입장을 대변해 나를 설득했다.

"스님, 여자아이들이잖아요. 남자애들도 아니고 체력적으로 얼마나 힘들겠어요. 처음 온 여행이라 낭만적인 걸 잔뜩 기대했는데 자전거만 타니까 당연하죠."

선생님의 말을 듣고 나니 이해가 갔다. 아이들은 여행이라고 좋아했는데 폭염 속에서 '기상, 식사, 라이딩, 휴식, 라이딩, 취침' 명령만 있으니 부푼 기대가 푹 꺼졌을 것이다. 그 속도 모르고 나는 빨리 속도를 내라고 재촉만 했으니…. 아마도 아이들은 또래 친구들처럼 멋진 풍경을 배경으로 예쁜 모자를 쓰고 사진을 찍고 싶었을 것이다. 바다가 보이는 카페에 앉아 에어컨 바람을 맞으며 팥빙수를 떠먹고 싶었을 것이다. 그런데 며칠씩 땀에 쩐 옷을 입고 온몸에 파스를 붙여가며 오로지 자전거만 탔으니…. 나는 입이 열 개라도 할 말이 없었다.

땡볕 아래에서 달리느라 아이들이 일사병에 걸리지 않을까 걱정이 됐지만, 뒤를 살펴보니 쉼터 선생님이 물과 과일, 사탕 등을 아이들 입에 어미새처럼 열심히 물어 나르고 있었다. 이제 마지막 일정을 진행하면 되는데 문제가 발생했다.

3개조로 나뉘어 마라톤과 라이딩이 진행됐는데 유독 한 조가 뒤

처졌다. 성산 일출봉에서 숙소까지 33킬로미터를 남겨두고 현아가 발목이 아프다고 도로에 붙박이처럼 앉아 한 시간이 넘도록 일어설 생각을 안 했다. 이쯤 되면 고집과 고집의 대결이었다. 아이가 원하는 대로 차로 이동할 수도 있었지만 그렇게 되면 우리가 처음 계획했던 220킬로미터를 정직하게 채울 수 없게 되어 오랜 시간 정성을 들인 제주도 소망 나눔 행사의 본질이 깨지게 될 것이었다. 나는 현아와 거기에 동조하는 아이들에게 자전거를 타라고 했다. 하지만 아이들 고집도 보통이 아니었다.

"스님, 제가 달래보겠습니다. 아이가 어려서 그래요. 이번 여행이 얼마나 뜻 깊은 일인지 나중에는 알겠지요."

김기중 씨가 뒤처진 아이들과 보폭을 맞추겠다고 나섰다.

"자, 곧 그림 같은 펜션이 나올 거야. 오늘 네가 완주하면 멋있는 사진첩을 만들어 선물할게. 그리고 공주처럼 이층침대에서 자는 거야. 어때 기분이 한결 나아지지?"

나라면 그렇게까지 못 할 것 같은데 그는 마지막까지 아이가 포기하지 않고 완주할 수 있게 도와주었다. 덕분에 꼴찌이긴 했지만 현아는 라이딩을 무사히 끝낼 수 있었다. 함께한 사람들이 환영의 박수로 현아를 맞았다. 아이는 비로소 웃음을 보였다. 오뚜기쉼터 식구들이 달려들어 현아의 뭉친 다리 근육 여기저기를 풀어주며 포기하지 않고 중간에 차를 타지 않고 마지막까지 완주한 것을 축하했다.

"잘했어. 현아, 너 대단하다. 네가 해냈어."

"네가 짱이다! 멋져."

현아는 너무 늦게 도착해서 미안하다고 모든 사람들에게 사과를 했다. 투정만 부리는 아이인 줄 알았는데 자신을 믿어준 사람들 앞에서 어른스럽게 행동하는 모습을 보니 내 기분도 한결 나아진 느낌이었다. 오뚜기쉼터의 아이들은 그 흔한 카페, 드라마 세트장, 해수욕장 한번 찾지 못하고 오직 제주의 거센 바람을 맞으며 220킬로미터를 완주했다.

완주의 기쁨만큼 후유증도 만만치 않았다. 엉덩이가 아프다는 이유로 아이들은 한동안 자전거 타기를 거부했다. 힘든 라이딩 이후 아이들의 자매애는 전우애로 옮아갔고 전보다 감정 표현이 더 분명해졌다. 가까운 미래에 나는 이 아이들을 데리고 미국을 달릴 생각 하고 있다. 이 얘기를 들으면 당장 머리에 띠를 두르고 궐기대회를 열지도 모르지만…. 하지만 할 수 있다는 자신감을 심어주면서 더 넓은 세계를 경험하게 하고 싶다.

마지막 날 밤, 아이들과 시원한 카페에 가서 밤바다를 감상했다. 한참 먹을 나이여서 팥과 과일이 듬뿍 들어간 빙수를 1인당 하나씩 시켜주었다.

"얘들아, 고생 많았고 너희들이 정말 자랑스럽다. 언젠가 오늘의 힘든 시간들이 아름다운 추억이 될 거라 생각한다. 그간 서운했던 거 지금 내게 다 말하고, 마음 풀어라. 지금 먹는 빙수는 스님이 쏜다."

그렇게 그간 아이들의 마음을 알아채지 못했던 점과 눈높이에 걸맞은 말을 건네지 못한 데에 대한 미안함을 전했다.

"스님, 그런 의미에서 하나 더 먹어도 돼요?"

"하하하하!"

아이들은 쿨하게 응해주었다. 그때 내 표정이 어땠을지는 불을 보듯 뻔하다. 아이들의 웃음소리가 시원한 바닷바람처럼 쏟아졌다. 아이들에게 자신감이 왜 중요한지 이야기하고 각자의 소감을 들으며 일행들과 함께 마지막 밤을 마감했다. 아주 짧은 시간이었지만 아이들에게 다가가는 노력을 기울인 덕분에 나도 그들의 전우애에 아주 조금 동참할 수 있게 되었다.

"스님, 또 제주도 가고 싶어요."

"스님, 저 다음엔 치마만 갖고 갈 거예요."

"저는 자전거만 타는 건 절대 싫어요. 놀기만 하는 것도 안 좋으니까 반반 어때요?"

아이들은 하루가 다르게 달라지고 있다. 자신의 한계까지 가본 경험, 한계를 뛰어 넘으려는 노력과 그 성과는 아무도 흉내 낼 수 없는 자신만의 도전이자 승리이다. 나는 아이들이 포기하지 않도록 어른들이 고생하면서 돌봐준 것이 결과적으로 그들에게 용기와 자신감을 찾아줬다고 생각한다. 우리는 끝까지 완주한 아이들을 보면서 흐뭇한 기쁨을 나누었다. 비록 호랑이 스님으로 남긴 했지만 아이들과 함께한 제주 일주는 내게도 참 소중한 추억이다.

• 날마다 더 나은 꿈을 꾼다 •

두만강을 건너온
지현이의 희망

지현이는 한국으로 오기 전 다시 태국의 어느 감방으로 옮겨졌고, 그곳에서 다시 3개월을 살았다. 창살로 만들어진 방 하나에서 300명이 넘는 사람들이 함께 생활했다. 가만히 있어도 무척 더웠고 조금만 움직이면 옆 사람과 몸이 닿아 끈적거렸다. 아이들은 시도 때도 없이 울었고 싸움은 빈번하게 일어났다. 좁은 곳에 갇힌 사람들은 폭발 직전이었다.

지현이는 내가 만난 통일청소년 중에서 유독 똑똑하고 야무진 친구다. 어른들도 감당하기 어려운 상황을 뚫고 남한으로 건너온 지현이는 그만큼 단단한 정신력을 갖고 있었다. 열여섯 살 때 혼자 두만강을 건너 북에서 중국으로 건너갔던 소녀가 열아홉 살에 한국에 들어오기까지는 많은 일들이 있었다. 이런 지현이가 대학에 합격했다는 소식을 듣던 날, 오뚜기쉼터 선생님들 얼굴에는 함박웃음이 피어났다.

"축하한다, 지현아! 장하다."

지현이의 중국어과 합격 소식은 가뭄에 단비처럼 우리를 기쁘게 했다. 들뜬 쉼터 아이들은 지현이 주위에 앉아 대학교에서 일어날 일들에 대한 궁금증을 나눴다.

"언니, 기숙사 들어가면 한동안 여기는 못 오겠네."

"미팅은 많이 할 거야? 어떤 남자 친구 사귀고 싶어?"

지현이는 장학금을 받으며 대학생활을 시작하게 되었다. 하지만 기숙사 비용과 용돈은 스스로 마련해야 했다. 중고등학교에 다니는 동생들의 관심은 온통 미팅으로 쏠렸지만, 지현이는 전 학년 장학금을 목표로 벌써 공부에 열의를 다지는 눈치였다.

"미팅? 난 관심 없어."

동생들이 낙심하는 소리가 여기저기서 쏟아졌다. 지현이가 검정고시 학원에 2년간 다니며 들었던 별명은 '애늙은이', '찔러도 피 안 나' 등이었다. 별명으로 짐작하다시피 지현이는 나이답지 않게 자제력이 강했다.

"스님, 저 검정고시 학원에 다니면 어떨까요?"

쉼터에 들어온 지 3개월 될 즈음해서 지현이가 조심스럽게 물었다. 초등학교 4학년 과정이 지현이가 북한에서 배운 공부의 전부였다. 더구나 남한은 초등과정이 6년이라 학습량의 차이가 컸다.

"저는 학교에서 경1, 경2, 경3 이런 과목들을 배웠어요. 한글 익히고 읽은 책이 김일성 일가에 관한 내용뿐이고 또 그걸 달달 외웠거든요."

지현이는 쉼터에서 도움을 받으며 기초학력을 쌓기 위해 열심히 공부했다. 그리고 학교 공부를 할지 사회에 나가기 위한 기술을 익힐지 갈등하고 있었다.

"스님, 나중에 결혼해서 아이를 낳으면, 그 애가 왜 엄마는 고등학교 졸업장이 없냐고 물을 것 같아요. 그래서 검정고시를 봐서라도 고등학교 졸업장을 따고 싶어요."

모두가 알고 있듯이 남한 사회는 어느 학교 출신이냐에 따라 대접이 다르다. 취업이나 연애에 있어서도 학벌로 사람을 구분하는 현실을 모르는 바 아니기에, 지현이의 안정적인 정착을 위해서는 공부를 할 수 있도록 지원해야 했다.

지현이의 판단이 옳다고 생각되어 검정고시 학원을 알아보았다. 그런데 찾아간 학원의 원장님에게 들은 소리는 당황스러웠다.

"솔직히 북한 출신이라고 하니 받고 싶지 않습니다."

앞서 다녀간 친구들이 적응하지 못하고 말도 없이 사라져서 이들에 대한 인식이 좋지 않았던 탓이다. 그러나 가만히 물러설 지현이가 아니었다.

"사람은 다 천차만별이잖아요. 한두 사람이 그렇게 했다고 해서 다 똑같게 보는 건 아닌 것 같아요. 제가 그 아이들처럼 될 거라고 장담할 수 없잖아요. 원장님, 받아주시면 열심히 하겠습니다."

열아홉 살 소녀의 똑부러지는 말을 들은 원장은 책값은 받지 않겠다고 했다. 약속대로 지현이는 1년 만에 모든 중고교 검정고시에 우수한 성적으로 합격했다. 그리고 취업을 준비할지 대학교에 진학할지 고민했다.

"제가 대학에 가도 될까요?"

"지현아, 너는 이제 당당한 대한민국 국민이니까 원하면 당연히 갈 수 있어. 이곳은 노력하면 응당한 결과가 주어지는 사회잖아."

지현이는 중국어과를 목표로 수능을 준비했고 학원의 도움을 받아 마침내 합격 통지서를 손에 쥐었다. 지현이는 이런 현실이 잘 믿기지 않는 눈치였다. 그리고 내색은 하지 않았지만, 이 기쁜 소식을 아버지에게 전하지 못해 마음이 아플 터였다.

중국에 사는 이모가 전할 게 있어 기다리니 함께 가자는 브로커의 말에 속아 순식간에 하게 된 탈북이었다. 나중에 들어보니 이모는 잘 지내니 걱정하지 말라는 소식을 인편에 전했을 뿐 지현이를 데려와 달라고 부탁한 적은 없었단다. 나는 지현이에게 어떻게 처음 본 남자 말을 믿고 그런 엄청난 일을 할 수 있었느냐고 물었다.

"북한에서 저는 초등 4학년 과정밖에 못 배웠어요. 우리는 당에서 직업을 정해주면 무조건 따라야 해요. 농사를 지으라면 농사를 짓고, 광산에서 일하라면 광산에서 일하고, 생산직에 취직을 시키면 평생 그곳에서 일하다 죽어요. 어렸지만 저는 중학교에 다니는 대신 산에서 버섯을 캐고 열매를 따서 말렸다가 중국 상인에게 파는 일을 했어요. 저희는 그래도 동네에서는 제법 사는 집에 속했는데, 부모님이 학교에 보내주지 않는 거예요. 그래서 하루는 엄마에게 왜 나는 학교에 안 보내주느냐고 물었지요. 그랬더니 차라리 부모를 원망하는 게 낫지 대학을 졸업했는데도 할 수 있는 게 별로 없다는 걸 알게 되면 더 좌절하고 조국을 원망하게 된다고, 그러면 더 살기 힘들어진다고 하시더라고요. 학교도 못 다닐 바에는 언젠가 중국으로 가야겠다고 그때 결심했어요. 그런데 기회가 찾아온 거예요."

11월의 두만강은 그 추위가 뼛속까지 스며들었다. 새벽 3시에 강을 건너 물에서 나오자 옷에 얼음이 박히기 시작했다. 살아야겠다는 생각에 50대 남자 브로커를 따라 무조건 산을 올랐다. 몸에서 열이 나도록 움직이지 않으면 동상에 걸릴 만큼 추위는 날카로웠다.

지현이는 4시간을 걸은 뒤 중국군 초소를 무사히 지나칠 수 있었다. 중국군 초소가 있는 쪽으로 중앙을 질러가면 20분 만에 통과할 수 있는 거리였는데 마침 그날 도망친 죄수를 찾는 군인들이 있어 어쩔 수 없었다. 그 군인들에게 걸리는 날에는 목숨을 장담할 수 없었다. 무사히 중국 땅으로 건너오자 한 여성이 논둑길 옆에 차를 대고는 기다리고 있었다.

"아버지는 불법적인 행동을 싫어하셨어요. 남의 눈을 속이는 일은 절대 하지 말라고 가르치셨고, 또 그렇게 사셨어요. 중국으로 건너가 결혼해 사는 이모가 엄마와 제게 연락하는 것조차 싫어하실 정도였죠."

중국에 들어왔지만 곧바로 이모와 만날 수는 없었다. 여자 브로커가 이모에게 돈을 요구했고, 이모는 나흘이 지나서야 인민폐 2만 원을 주고 지현이를 데려왔다. 알고 보니 1,000만 원을 주지 않으면 나이 든 남성에게 팔겠다고 협박을 했단다. 이모는 공안에 신고해 브로커들을 잡아가게 하겠다고 으름장을 놓아 간신히 금액을 낮추고 지현이를 데려올 수 있었다. 막상 이모집에 와보니 중국남자와 결혼한 이모는 그렇게 부유한 형편이 아니었다. 그래서 지현이는 눈칫밥을 먹으며 하루 종일 TV에 붙어 살았다. 하루빨리 중국어를 배우기 위해서였다. 지현이의 이야기를 들으며 나는 마치 영화 속의 한 장면을 보는 듯 너무나 생생한 이야기에 놀랍기만 했다.

"지현아, 중국말도 못하는데 두렵거나 무섭지는 않았어?"

"그래서 하루빨리 중국어를 배우고 싶었어요. 6개월 지나니까 중국어가 들리기 시작하더라고요. 이제는 어디 가서 일할 수도 있겠다 싶기도 하고, 일을 해야 중국어가 더 빨리 늘 것 같아서 이모부에게 일할 곳을 알아봐 달라고 부탁했어요."

지현이는 이모부의 친구가 운영하는 옷 공장에 들어가 사람들 틈바구니에서 열심히 중국어를 익혔다. 중국어가 가능해지자 주민증 검문에 걸릴 문제만 생기지 않으면 어디든 자유롭게 다닐 수 있었다. 지현이는 2년 6개월 동안 공장과 식당 등에서 일하며 모은 돈의 대부분을 이모에게 드렸다. 브로커에게 줄 돈을 마련하느라 이모가 돈을 꾸었다는 것을 알았기 때문이다. 어렸지만 이모가 당당하게 살려면 조카 때문에 이모부 돈을 쓰면 안 된다는 생각이 들어서였다고 했다. 나머지 돈은 북한을 오가는 사람들에게 부탁해 북에 계신 부모님에게 전했다. 지현이는 그 상황에서 돈을 벌어 부모에게 보내기까지 한 대견한 아이였다.

"어느 날 이모가 아빠와 먼 친척뻘 되는 분이 한국에 살고 계시다고 하더라고요. 그분과 몇 번 통화를 하다가 남한으로 가야겠다고 결심했어요. 평생 탈북자라는 꼬리표를 달고 주민증 없이 살아야 한다는 게 슬펐어요. 더 나은 꿈을 꿀 수가 없잖아요."

지현이는 깊은 밤 또다시 브로커를 따라 쪽배를 타고 태국으로 망명했다. 힘들게 도착한 곳은 국제수용소였다. 마약을 하다가 갇힌 외국인부터 지현이처럼 불법으로 태국에 들어온 사람들까지 모두 뒤섞여 갇혀 있었다. 재판을 통해 한국으로 넘어가려고 수용소에서 꼬박 열흘을 기다렸다. 사람들은 이곳에서 한국이나 제3국으로 자신이 갈 곳을 결정했다. 지현이는 한국으로 오기 전 다시 태국의 어느 감방으로 옮겨졌고, 그곳에서 다시 3개월을 살았다. 창살로 만들어진 방 하나에서 300명이 넘는 사람들이 함께 생활했다. 가만히 있어도 무척 더웠고 조금만 움직이면 옆 사람과 몸이 닿아 끈적거렸다. 아이들은 시도 때도 없이 울었고 싸움은 빈번하게 일어났다. 좁은 곳에 갇힌 사람들은 폭발 직전이었다.

"도저히 정신을 차릴 수가 없었어요. 300명이 쓰는 화장실이 고

2부. 이주민 공동체의 꿈

작 4개였고 물탱크도 하나뿐이라 샤워를 하려면 길게 줄을 서야 했어요. 좁아서 누워 자는 건 상상도 할 수 없었고요. 저는 옆 사람과 교대로 잤어요. 밤에 잘 때 자지 않는 사람이 최대한 몸을 웅크려서 자리를 양보하는 식으로요."

갇혀 지내는 고통은 부작용이 만만치 않았다. 우울증이 왔고 예민해진 사람들은 수시로 폭언과 폭행을 저질렀다. 자신을 제외하고 모두를 믿지 못하는 위험한 환경이었다. 그곳에서 만난 사람들은 모두 본명과 고향을 거짓으로 말했다. 어느 누가 스파이로 있다가 북에 소식을 전할지 몰라서라고 했다.

"제가 죽는 건 상관없지만, 북에 계신 부모님이 탄광에 끌려가면 안 되니까 최대한 조심했어요. 힘들고 불안할 때마다 손등을 꼬옥 깨물었어요. 식사는 죽지 않을 만큼만 먹었고요."

끝나지 않을 것 같던 기다림이 끝나고 한국으로 들어가기 위해 공항으로 이동하는데 발바닥에 닿는 땅의 감촉이 낯설어 휘청거렸다. 3개월 만에 밟아보는 땅이었다. 그 후 지현이는 국정원 3개월, 하나원 3개월을 거쳐 비로소 통일청소년 그룹홈 오뚜기쉼터에 올 수 있었다.

처음 쉼터에 왔을 때보다 지현이는 2센티미터가 더 자랐고 방콕의 수용소 생활로 앙상해진 몸에도 살이 올랐다. 지현이는 남의 말에 휩쓸려 이리저리 방황하는 또래들과 달랐다. 쉼터 선생님들과 모든 것을 상의하고 공유했다. 처음에는 감시를 받는다는 생각에 불편했단다. 그러나 차츰 의지할 곳 없는 청소년의 정착을 위해, 그들을 보호하는 과정이었다는 걸 알게 되니 오히려 신뢰가 생겼다고 했다. 홀로 넘어온 지현이는 쉼터에서 생활하며 정부에서 매달 지원하는 30만 원을 아껴 사용했다. 옷 한두 벌과 교통카드 충전비, 핸드폰 사용료를 제하고는 모두 저축했다. 그렇게 200만 원을 모아 북에 있는 부모님께 보내드렸다. 참으로 기특한 아이였다.

"저는 공부 외에 외출할 일이 없잖아요. 부모님이 아프실까봐 걱정이에요."

부모 품에서 곱게 자라는 요즘 아이들과 비교했을 때 무척 의젓하고 속이 깊었다.

"남한에 오니까 대학 수료증을 무척 중요하게 생각하는 분위기예요. 2년제와 4년제, 그리고 지방대와 명문대의 차이가 크고요. 저는 날마다 책을 씹어먹어요. 밥을 씹어먹듯이 책 한 권을 통째로 외우기도 해요. 처음에는 한글 공부를 열심히 했어요. 북한 말과 달라 못 알아듣는 말이 많았거든요. '깐놀다'라는 말 아세요? 안 놀아준다는 북한 말이에요. 잘 모르시죠? 그것처럼 저도 모르는 남한 말이 많아서 정말 힘들었어요. 특히 남한은 외래어를 많이 사용하니까요. 지금은 영어를 독학으로 공부하고 있어요. 대학원까지 가고 싶거든요."

한국에 온 초반, 지현이는 친구들과 만나기로 한 약속장소를 못

2부. 이주민 공동체의 꿈

211

찾아가기 일쑤였다. 외래어 간판이 많아 이해하지 못하는 일이 빈번했기 때문이다.

지현이는 학과 공부만 열심히 하는 게 아니었다. 인터넷으로 또래 아이들이 관심을 갖는 유머나 음악, 책, 문화 등을 열심히 찾아보기도 했다. 아무리 남한 국적을 취득했어도 이곳의 사회와 문화를 공부하지 않으면 성공적으로 정착할 수 없다는 걸 본능적으로 아는 듯했다. 11시에 잠들면 어김없이 새벽 5시에 일어나 영어 공부를 하는 지현이는 오뚜기쉼터 아이들에게 좋은 본이 되었다.

지현이가 처음 한국에 와서 또래 아이들에게 들은 말은 '뿔 안 달렸네?'라고 한다. 처음에는 구경거리가 된 것 같아 속이 상했지만 곧 평정심을 찾았다. 지현이는 남의 시선에 크게 신경쓰지 않는 강단을 갖고 있었는데, 아버지의 영향이라고 했다. 지현이의 부모님이 궁금했다.

"저는 어렸을 때는 외가에서 살다가 열한 살부터 부모님과 살았어요. 처음엔 낯설어서 어머니, 아버지란 호칭이 입에 안 붙었지요. 아버지는 어려운 사람에게 베푸는 사람이 되라는 말씀을 늘 하셨어요. 그래서 제가 어쩌다 친구에게 뭔가를 받으면 불호령이 떨어졌어요. 광산업 기술자로 일하셨는데 한 달에 서너 번 오시면 잠자기 바쁘셨고 어머니는 무산에서 많이 나는 물건을 다른 지방에 가져가 파는 일을 하셨어요. 하루는 집에 도둑이 들어 힘들여 말린 옥수수며 열매를 다 훔쳐갔어요. 누군지 심증이 가는데 부모님은 우리는 그거 없어도 밥 먹고 사니까 신고하지 말라고 하셨어요. 어린 저는 저에게는 지나치게 엄격하고 남에게 베풀기만 좋아하는 아버지에게 불만이 많았어요. 그런데 제가 혼자 생활하다 보니 부모님께 받은 가르침이 크다는 게 뒤늦게 깨달아지더라고요."

지현이는 주위의 말에 흔들리지 않고 자신이 하고 싶은 것을 신중히 결정하는 성격이다. 앞으로 대학원을 거쳐 외국에 나가는 일도 생각하고 있단다.

"저는 초등학생이 갑자기 대학생이 된 듯해요. 북한에서 초등학교만 나왔잖아요. 그러니 당연히 공부가 재밌고, 제가 학교에 다니고 있다는 게 너무 신기해요. 열심히 공부해서 통역사 자격증을 따고, 언어는 3~4개 국어를 하고 싶어요. 지금 중국어와 영어를 공부하면서 일본어에도 욕심을 내고 있어요. 죽을 각오로 넘어왔으니 이곳 생활이 제게는 참 소중해요."

최근에 기쁜 소식이 들려왔다. 지현이 엄마도 딸을 찾기 위해 위험을 무릅쓰고 용기를 내 한국으로 무사히 건너왔다는 소식이다. 하지만 아버지는 북에 남기로 했다. 고향을 두고 다른 곳으로 가는 것을 두려워하셨다고 한다. 어쩌면 평생 만나지 못할지도 모르는 아버지. 지현이는 아버지가 보고 싶어 중국에도 다녀왔다. 두만강 근처에서 고향 쪽을 바라보며 아버지를 그리워하다가 끝내 눈물을 쏟았다고 한다. 매사에 윤리적이고 엄격했던 아버지, 그런 아버지의 가르침 때문에 힘든 순간에도 자립심을 가질 수 있었다는 지현이. 남한에서 이런저런 분위기에 휩쓸리지 않고 자기 생각을 갖고 열심히 노력하는 지현이를 보면서 나는 보람을 느낀다.

이미 다가와 있는 작은 통일에 더 많은 관심과 배려를 호소한다. 앞으로 남북을 자유롭게 오고 갈 수 있게 된다면 얼마나 좋을까. 지현이와 같은 아이들이 성장해 보다 더 큰 통일을 준비하게 될 것이라는 희망, 그런 희망은 이미 싹을 틔우고 있다.

달팽이 모자원에 찾아온 봄

"왜 우리 국수를 먹으러 안 올까?" 자신감 넘치던 이주여성들의 얼굴에서 생기가 사라졌다. 나는 매출이 늘지 않는 이유를 파악하려고 이른 시간부터 식당에 출근도장을 찍었다. 푸드코트는 주문하는 곳에서 손님이 식권을 사면 해당 매장에 번호와 함께 '띵동!' 하고 주문벨이 울리게 되어 있다. 그런데 다존은 문을 열고 3시간이 넘도록 '띵동' 소리가 들리지 않았다.

몽골에서 온 바트너러징은 다섯 살 아들을 어린이집에 데려다 주고 시간에 맞춰 데려올 수 있는 직업을 갖고 싶어했다. 마침 사단법인 꿈을이루는사람들의 이주여성의 자립을 위한 일자리 지원 기획이 경상북도로부터 승인을 받아 예비 사회적 기업 아시안푸드 전문점 '다존(多-ZONE)'을 열었다. 덕분에 그녀의 작은 꿈이 이루어졌다.

"바트너러징, 첫 월급 타면 뭐 할 거예요?"

"스님, 당연히 빨간 내복이죠. 제가 그것도 모를까봐요."

물행주를 접으며 그녀가 말했다.

"으잉? 지금 5월인데…."

"첫 월급 타면 부모님께 사드리는 거라고 들었어요."

수저를 닦던 그레이스와 식탁을 정리하던 흐엉이 '빨간 내복' 소리에 손뼉을 치며 웃음을 터뜨렸다. 한국에 온 지 8년이 넘은 그녀들이 듣기에도 봄날 내복 선물은 재미났던 모양이다.

"제가 만든 베트남 쌀국수를 여기 사람들이 먹는 모습을 지켜보려니까 정말 떨려요."

옆에 있던 중국 출신 황이쉐가 베트남 신부 쩐티탐의 볼을 살짝 꼬집자 또 여기저기서 키득키득 웃는 소리가 들렸다. 구미역 역사 3층 푸드코트, 특히 이주여성들이 일하는 다존의 분위기는 화기애애했다. 이들이 들뜬 데는 여러 가지 이유가 있었다. 가장 먼저 자신들이 만든 음식을 누군가 맛있게 먹을 거라는 설렘, 그리고 다달이 월급을 받으면 보다 안정적으로 아이들을 양육할 수 있을 것이라는 기대감 때문이었다. 또 개업 소식을 듣고 많은 사람들이 찾아와 축하하고 식사를 하고는 맛있어서 곧 대박이 나겠다고 격려했던 것이다. 마지막으로 장사가 잘 되면 어려운 처지의 이주노동자나 쉼터의 소외계층을 후원할 수 있기 때문이었다. 그날그날 장사를 마치면 모두 흐뭇한 얼굴로 몇 그릇이나 팔렸나 정산했다.

처음에 자신의 나라를 대표하는 음식을 한국사람들에게 선보인다고 했을 때 이주여성들은 자신들이 잘할 수 있는 일이 생겼다며 즐거워했다.

"처음 한국에 왔을 때, 옆집에서 부침개를 만들었다고 듣고 왔어요. 얼마나 반가웠다고요. 한국말이 서툴렀는데 그 아기엄마가 지역 센터를 알려줘서 거기서 한글도 배웠어요. 이제는 제가 음식을 만들어서 나눠 먹어요. 시어머니께 배운 나박김치도 잘 만들 수 있어요."

여자들의 세계를 잘은 모르지만, 음식을 나누는 자리에서 특별한 행복감을 느끼는 듯했다. 지역 공동체에서 이주여성들의 연대는 꽤나 활발한 편이다. 성품이 밝고 명랑한 베트남 신부 투항은 자신이 먹고 자란 음식도 만들고 한국에서 배운 잡채며 갈비찜도 선보이며 이웃과 소통한다. 투항처럼 한국으로 건너와 시댁의 인정은 물론 이웃과 음식을 나누며 살 정도면 안정된 정착을 했다고 할 수 있다. 이렇게 자신의 정체성을 지키면서 지역 사회에 안정되게 뿌리내리는 이주여성들이 많아지기를 바란다. 음식 문화에 관심이 많은 이주여성에게 안정된 일자리를 제공하고, 수익금은 결혼이주여성과 북한이주민 그리고 이주노동자를 정기후원하기로 했다. 수익구조 다변화를 위해 출발한 다존은 이러한 바람을 위한 새로운 시도였다.

"국물 맛이 좀 개운한가요?"
"밥이 좀 고슬고슬하죠?"

쌀국수만으로는 부족할 것 같아 추가로 태국과 인도네시아 볶음밥 메뉴를 한국인 입맛에 맞게 개발했다. 푸드코트에는 다존 외에도 KTX 승하객이 빠른 시간에 배를 채울 수 있도록 자장면, 분식, 한정식 등 다양한 메뉴가 마련되어 있었다. 다존이라는 이름에는 다문화 공간, 다 함께하는 공간, 다 좋다는 의미가 모두 담겨 있다. 우리는 이 공간이 구미와 인근 지역의 이주노동자와 결혼이주여성이 자유롭게 찾을 수 있는 공간으로 활용되길 바랐다.

정부에서는 매년 1~2월 예비 사회적 기업 지원 사업장을 평가한다. 한 해 동안 매출액을 보고 다음 연도 지원 여부를 결정하기 위해서다. 그런데 음식도 먹어본 사람이 잘 먹고 장사도 해본 사람이 잘한다고, 문을 열고 3~4개월이 지나자 서서히 문제점이 드러나기 시작했다. 가장 큰 문제는 매출이었다. 우선 구미역에 하루 세 번 정차하던 KTX가 김천구미역으로 이동하면서 유동인구 수가 현저히 줄었다. 그리고 인정하기는 싫지만 구미 사람들에게 베트남 쌀국수가 일부러 와서 먹을 만큼 매력적이지 않은 탓도 있었다. 또한 아는 사람들은 한두 번씩 다녀간 뒤라서 이제는 스스로 자립해야 하는 시점이었다. 이래저래 다존은 하루 다섯 그릇도 팔기가 어려웠다. 한 후원자가 무료로 장소를 임대해주어 임대료 걱정은 없었지만, 재료비며 공과금, 직원 월급까지 적자가 계속 이어졌다.

"왜 우리 국수를 먹으러 안 올까?"

자신감 넘치던 이주여성들의 얼굴에서 생기가 사라졌다. 나는 매출이 늘지 않는 이유를 파악하려고 이른 시간부터 식당에 출근도 장을 찍었다. 푸드코트는 주문하는 곳에서 손님이 식권을 사면 해당 매장에 번호와 함께 '띵동!' 하고 주문벨이 울리게 되어 있다. 그런데 다존에는 문을 열고 3시간이 넘도록 '띵동' 소리가 들리지 않았다.

"지난주 매출은 얼마나 됐나요?"

채근하려는 의도가 전혀 아니었는데, 내가 무심히 던진 한 마디에 이주여성들은 죄지은 사람처럼 고개를 숙였다. 지역사회에서 소외된 이주여성들의 자존감을 세워주려고 시작한 일이 시간이 지나면서 그녀들에게 멍에가 된 것 같아 미안했다. 하지만 이왕 시작한 일이니 끝장을 보자는 생각에 모두 머리를 맞대고 음식 맛에 변화를 주며 사람들의 반응을 살폈다. 누구는 진하다고 하고 누구는 짜다고 했다. 혹은 싱겁다는 반응도 있었다. 사람 입맛이 참 다양했다.

어쩌다 '띵동' 소리가 울리면 무료했던 눈이 번쩍 뜨여 누가 시키지 않아도 신바람 나게 '셀프 물잔'을 손님에게 가져다주었다. 그리고 식사가 끝나기를 기다려 바로 피드백을 확인했다.

"국물이 아주 시원한데요."

맛이 괜찮다고 하면 빙그레 웃는 얼굴이 되었고, 맛이 그저 그렇다는 반응이 나오면 나도 모르게 눈에 힘을 주어 주방 쪽을 쳐다봤다. '손님이 맛이 없다잖아요.' 하는 무언의 질타였다. 손님들에게 다존을 알리기 위해 이런저런 이벤트도 마련했지만 반응은 그때뿐이었고, 적자 행진은 계속되었다. 결국 개업 1년 만에 다존을 정리해야 했다. 일을 시작하는 것도 어렵지만 시작한 일을 오래 지속시키는 일은 더 어렵다는 걸 배웠다. 일을 할 수 있어 행복하다던 바트러너징, 흐엉, 쩐티탐 등 이주여성들이 모두 어깨를 늘어뜨리고 다시 가정으로, 공장으로 흩어졌다.

한때 농촌총각 장가보내기 열풍이 불었다. 시골에 남녀 성비가 맞지 않아 마흔이 넘도록 결혼하지 못한 총각들을 위해 정책적으로 외국에서 신부를 데려왔던 것이다. 남자들은 비행기를 타고 베트남으로, 캄보디아로 가서 그곳 여성들과 선을 보았다. 행여 여성의 마음을 얻지 못할까봐 돈을 조금 보태 환심을 사기도 했다. 그래서 신부가 결혼비자 F2를 들고 와주면 고마워서 박수를 쳤던 순박한 시절이었다. 현재 이 비자는 결혼하고 2년 후 한국 국적 취득 자격이 부여될 때까지 유지된다. 국제결혼 초반만 해도 신부들에게는 결혼과 동시에 국적이 주어졌다. 그러다 국적 취득을 목적으로 결혼을 악용하는 일부 여성들이 생기면서 정책이 바뀐 것이다.

그런데 차츰 국제결혼, 요즘말로 결혼이주는 결혼을 못한 도시총각, 재혼을 고려하는 남자들이 여성을 돈으로 사오는 매매혼으로 그 성격이 바뀌어갔다. 그렇게 중국의 조선족뿐 아니라 중국, 필리핀, 일본, 베트남, 캄보디아, 태국, 우즈베키스탄 등지의 어린 신부 22만 명 이상이 한국으로 들어와 다문화가정을 꾸렸다. 그리고 이런 가정에서 태어난 아이들이 어느덧 17만 명에 이르고 있다. 2년 전에는 다문화가족 자녀가 처음으로 군에 입대했다. 결혼이주 역사가 어느덧 성년기를 맞은 셈이다.

우리의 결혼이주 역사 20년에는 많은 시행착오가 존재한다. 그리고 지금도 상당 부분이 진행 중이다. 전혀 다른 문화권의 사람들이 만나 살다 보니, 잘못 생긴 오해를 바로바로 풀 수 없었고 그래서 불상사가 생기기도 했다. 일례로 부산에서는 결혼 일주일 만에 남편이 신부를 살해한 사건이 벌어졌다. 사고로 죽은 아내를 화장해서 고향에 택배로 보낸 일도 있었다. 신부를 마치 돈을 주고 사온 물건처럼 대하는 일부 사람들의 태도는 사회적인 이슈가 되기도 했다. 그리고 UN여성차별철폐위원회로부터 '매매혼 성격에 대책을 세워야 한다.'는 권고를 받기에 이르렀다. 하지만 결혼은 지극히 개인적인 영역이라서 국가 차원의 개입은 여전히 조심스럽기만 하다.

나는 우리가 오랜 시간 단일민족으로 살아왔고, 그래서 이제까지 다른 문화와 외모를 가진 사람과 더불어 살아본 경험이 없어 이런 문제가 생긴다고 생각한다.

게다가 이제는 국제결혼의 이혼율이 증가하면서 더 큰 사회적 문제가 되고 있다. 이혼소송 비율은 2008년 29퍼센트, 2009년 32퍼센트, 2010년 40퍼센트로 나타났다. 이주여성의 재판이혼은 협의 이혼보다 2배나 더 많다. 그 원인은 배우자의 부정과 경제문제가 가장 많았고, 가족간 불화, 정신적 학대가 다음을 이었다.

베트남 출신인 팜티뚜는 결혼 2년 만에 아기를 품에 안고 보호시설로 들어왔다. 남편의 잦은 폭력이 원인이었다. 다문화가정의 가정폭력을 들여다보면 평소 남편이 아내의 못마땅한 부분을 말하지 않고 꾹 참았다가 술을 먹고 큰소리로 또는 주먹으로 불만을 푸는 경우가 많았다. 친정에 매달 얼마씩이라도 돈을 보내주기로 했으니까 돈을 달라는 여성과 당장은 형편이 좋지 않으니 몇 개월 두고 보자는 남편이 의견 차이를 좁히지 못해 가정불화로 번지는 경우도 있었다.

한밤중 아이를 끌어안고 폭력을 피해 맨발로 도망 나온 여성들이 찾는 쉼터에는 피해 여성이 신체적, 정신적 안정을 찾을 수 있도록 전문상담사와 비구니 스님이 24시간 머물러 있다. 주로 가정복귀, 법률, 의료, 상담 등의 지원 사업을 하고 숙식을 제공한다.

쉼터를 찾았던 팜티뚜는 남편과 협의이혼을 할 때까지 머물렀다. 그녀는 남편으로부터 아이의 양육권을 받아냈지만 당장 필요한 경제적인 도움과 위자료는 한 푼도 받지 못했다. 팜티뚜는 하루라도 빨리 아이를 아빠의 폭력에서 벗어나게 해주고 싶다고 했다. 이혼 후 그녀는 쉼터를 떠나 월세를 얻었고 어린아이를 어린이집에 맡기고 공장에 다녔다. 그러다 결국 사정이 어려워져 고향인 베트남으로 아이를 보내야 했다. 아이를 떼어두고 혼자 한국에 들어와 몸도 돌보지 않고 일만 하는 팜티뚜를 보며, 만약 한국에 엄마와 아이가 함께 살며 자립을 준비할 공간이 있다면 얼마나 좋을까 생각했다. 이처럼 어린아이와 생이별하는 아픔을 많은 이주여성들이 겪고 있다.

물론 이혼 후에 아이와 이별하지 않고 잘 사는 여성도 있다. 필리핀 여성 마리아는 두 아이를 데리고 쉼터로 왔다. 그녀는 가정으로 돌아가고 싶어했지만, 남편의 심각한 알코올 중독과 아동폭력 때문에 이혼을 할 수밖에 없었다. 마리아는 통번역을 하고 영어강사로 활동하며 열심히 돈을 모아 2년 뒤 전세방을 구해 자발적으로 쉼터를 나갔다. 그녀처럼 영어권에서 온 이주여성의 경우 빠른 자립이 가능하다. 하지만 초등학교에 다니는 그녀의 자녀들을 방과 후에 지역종합복지관과 지역아동센터가 연계해 돌보아주지 않았다면 마리아의 자립은 불가능했을 것이다.

224 대부분의 이주여성들은 이혼을 하고 고향에 돌아가는 것을 수치

스럽게 생각한다. 그래서 어떻게든 한국에서 잘사는 모습을 부모님에게 보여주고 싶어한다. 이혼은 배우자의 사망 다음으로 가장 스트레스가 큰 충격이라고 한다.

4년 전 정부에서 결혼이주여성을 대상으로 조사를 해보니 생활하는 데 가장 큰 어려움으로 언어를 꼽았다. 이후 한국어 교육에 많은 재정을 투입하면서 갈등이 줄어들고 있다. 그리고 2014년부터는 국제결혼 조건을 강화해 부부 사이에 일정 수준의 의사소통이 이루어지지 않을 경우 결혼이민자 비자 발급을 제한하고 있다. 또 신부의 나라에 대해 얼마나 알고 있는지 확인하는 심사 절차도 점차 까다로워지고 있다.

결혼이주여성들은 의사소통 다음으로 경제적인 이유로 남편과 갈등이 많다. 한국의 TV 드라마를 보고서 한국에 오면 신데렐라처럼 인생이 순조로울 줄 알았던 신부는 남편에게 투정 아닌 투정을 했을 것이다. 그러다 남편의 입에서 "돈 때문에 나와 결혼했니?"라는 말이 나오면 부부싸움이 시작된다. 그리고 남편의 부족한 경제력을 대신해 아내가 일터로 나가게 되면 갈등은 더욱 커지게 된다.

특히 중국과 베트남, 캄보디아 여성들은 문화적 차이를 크게 느낀다. 이들 나라에서는 아내가 일해서 번 돈은 본인의 돈으로 인정한다. 그래서 이들은 자신이 번 돈을 생활비로 내놓지 않고 고국의 친정으로 송금하는 것을 당연하게 여긴다. 또 아내가 남편에게 순종하며 살아가는 우리의 문화가 그들에게는 무척 낯설다. 20대의 중국, 베트남, 캄보디아 여성들이 한국의 남편과 시부모를 이해할 수 없다고 입을 모으는 대목은, 바로 이런 문화의 차이다. 차근차근 대화해 이야기하지 않으면 그녀들이 돈을 목적으로 한국으로 시집을 왔다고 오해할 수도 있는 것이 바로 이런 이유 때문이다.

우리나라 가정 중 약 10퍼센트가 가정폭력에 노출되어 있다는 통계가 있다. 드러나지 않은 폭력까지 따진다면 20퍼센트에 이를 것이라고 한다. 그러니 결혼이주여성 22만 명 가운데 적어도 10퍼센트, 즉 2만 2,000여 명이 가정폭력에 노출되어 있다고 할 수 있다.

캄보디아 신부 랑엥은 언어장애 1급 남편, 그리고 장애 2급 시어머니와 함께 신혼살림을 차렸다. 신부는 20세, 신랑은 36세였는데 서로 말이 통하지 않았다. 그녀는 한국어 교육도 제대로 받지 못한 채 집에 갇혀 있다시피 생활하며 아이까지 낳아 기르려니 힘든 일이 한두 가지가 아니었다. 그래서 친정 식구들과 국제전화를 하며 외로움을 덜었다. 그런데 이 국제전화 요금이 문제였다. 급기야 시어머니는 전화기를 당신의 방에 두고 사용하지 못하게 했고, 그녀는 시어머니가 잠든 시간 신랑에게 전화기를 가져다 달라고 부탁해 또 친정으로 전화를 걸었다. 결국 자신을 무시한다고 생각한 시어머니가 화를 냈고 급기야 실랑이가 벌어졌는데 그 와중에 랑엥이 상처를 입게 된 것이다. 상담사가 나서서 시어머니에게는 낯선 환경에 놓인 랑엥의 외로움을 설명하고, 반대로 그녀에게는 시어머니의 마음을 설명해 오해가 풀리는 듯했다. 그러나 이후에도 랑엥 가정에서는 폭력이 사라지지 않았다. 결국 불안정한 환경 때문에 아이의 언어 발달에 문제가 생기자 랑엥은 아이를 위해 이혼을 결심하고 집을 나왔다. 아이와 집을 떠나온 그날 그녀는 몹시 흐느껴 울었다.

동화 같은 결혼 생활을 꿈꾸지 않는 여성이 있을까. 고향으로 돌아가 실패한 결혼 얘기가 사람들 입에 오르내리는 소리를 듣고 싶은 사람은 아무도 없을 것이다. 모두 고향의 부모님과 친척, 친구들에게 한국에서 잘 사는 모습을 보여주고 싶었을 것이다.

가장 사랑받기 원했던 남편에게 상처를 받아 쉼터에 온 이주여성들은 이곳에서 보낸 시간을 매우 소중하게 여긴다. 천천히 자신의 상황을 돌아볼 수 있는 시간이 생기고 오랜만에 따뜻한 보살핌을 받기 때문이다. 달팽이 모자원이 생기기까지 여러 사람들의 지속적인 관심이 있었다. 마라톤을 뛰며 성금을 모았고 이 취지를 알게 된 사람들이 십시일반 힘을 보탰다. 아빠와 자녀가 1년 동안 동전을 모아서 커다란 돼지저금통을 들고 찾아온 일도 있었고, 세뱃돈을 모아서 가져온 초등학생도 있었다. 특히 김기중 씨는 2011년과 2013년 2회에 걸쳐 자전거로 미대륙을 횡단을 하며 모은 4,000여만 원을 모자원 건립 기금으로 내놓았다.

2013년 11월에는 기금 마련 자선음악회도 열었다. 풍류아티스트 임동창 님과의 운명적인 만남은 마치 오늘의 만남을 위해 살아왔던 것처럼 낯설지가 않았다. 모자원의 필요성을 이야기하는 동안 그분은 가슴이 울컥하는 경험을 했고, 판을 벌려보자고 흔쾌히 응해주셨다. 그리고 '마라톤 아리랑'이라는 곡을 보내주셨다.

'달린다 달린다 나는 달린다 너를 향해 나는 달린다…'

스님은 어떤 마음으로 달릴까? 작곡실에서 내가 달리는 모습을 상상하면서 곡을 지으셨단다. 그리고 문하생들과 공연을 벌렸다. 마지막에 임동창 님은 나를 무대로 불러 올렸다. 그리고 직접 노래를 부르게 했다. 나는 천천히 반주에 맞추어 노래를 불렀다.

'우리 만나자 안아보자 아름다운 세상 같이 살자.'란 구절에서 크게 소리쳐 불렀다. 가슴이 벅차올라 눈물이 났다.

이러한 여러 도움의 손길이 있어 2014년 3월 문을 연 달팽이 모자원은 남편의 사망 또는 어쩔 수 없는 이혼으로 혼자 아동을 양육하게 된 이주여성이 아이와 생이별하지 않고 자립할 수 있도록 공동생활하는 곳이다.

생각해보면 엄마와 아이가 어쩔 수 없이 생이별을 해야 하는 가슴 아픈 상황을 막고 이들을 보호해 자립할 수 있도록 돕는 일을 왜 내가 해야 하는지 의문이 들기도 한다. 현재 이곳에는 시간당 4,320원씩 휴가도 없이 일하는 이주여성과 하루 10시간 이상을 엄마와 떨어져 지내는 자녀들, 3가구 6명이 입주해 있다. 여전히 넘어야 할 산이 많지만 서로를 이해하고 돌봐주는 모자원 식구들의 아침은 밝을 것이다. 우리가 보기에는 달팽이가 느린 듯하지만, 달팽

이는 우주의 법칙대로 움직이고 있다고 한다. 이 여성들의 명랑한 웃음이 차별받지 않고 계속 이어지길 두 손 모아 빌어본다.

• 누구에게나 잊혀진다는 것은 슬픈 일이다 •

독일에서 만난
아름다운 인연

이들은 지하 1,000미터와 3,000미터 사이 막장에서 1미터를 파들어갈 때마다 4~5마르크를 더 받았다. 때문에 기꺼이 자청해 깊은 땅속으로 들어갔다. '글뤽아우프' 이 말은 광부들이 광산에 들어갈 때나 나올 때 서로 주고받는 인사말로 '당신의 행운을 빈다.'는 뜻이다.

제법 쌀쌀한 3월의 날씨가 이어졌다. 옷을 껴입으면 짐이 될 것 같아 팔과 다리에 토시를 끼고 뛰었다.

"Danke Schön! 독일 교민 여러분 감사합니다!"

한적한 외곽을 지나 도심에 들어서자 사람들의 시선이 손에 쥔 태극기와 독일 국기에 번갈아 머물렀다. 민머리에 회색 옷을 입은 남자가 만나는 사람마다 웃으며 인사를 건네니 신기했던 모양이다. 핸드폰으로 사진을 찍자는 사람도 있었고, 환하게 웃으며 손을 흔들어주는 사람도 있었다. 길 가는 사람들은 대체로 얇은 외투를 입고 있었

2부. 이주민 공동체의 꿈

231

고, 가끔 화려한 컬러의 머플러를 목에 두른 멋쟁이들도 눈에 띄었다.

　2013년 한독수교 130주년, 그리고 파독광부 50주년을 맞아 나는 독일의 옛 수도 본에서 베를린의 브란덴브르크 문까지 700킬로미터를 목표로 달리고 있었다. 앞서 독일에 답사를 갔을 때만 해도 이곳의 교포들에게 도움을 받고 싶다는 생각이 있었다. 교민들 중에는 독일 남자와 결혼해 다문화가정을 꾸려 살면서 감히 상상할 수도 없는 고통을 겪어낸 분들이 있다고 들었기 때문이다. 한국에 들어와 있는 이주노동자나 결혼이주여성들의 심정을 누구보다 잘 알고 있을 것이기에 그분들께 도움을 청하려고 생각했다. 그러나 곧 나의 생각이 부끄러워졌다.

　2012년 9월 손기정 옹 기념 베를린 마라톤 대회에 참가했던 나는 자연스레 교민들과 만날 기회가 생겼다. 그런데 모임에 참석한 교민 대부분이 백발의 60~70대였다. 그분들은 나라에서 주는 연금으로 생활하고 있었다. 깔끔한 재킷을 입고 있었지만, 가까이에서 보니 소매가 닳아 있었고 구두 역시 밑창을 여러 번 덧댄 흔적이 보였다. 절약이 몸에 밴 모습들이었다.

50년 전 우리나라 국가경제는 무척 어려웠다. 당시 인도 다음으로 가난했던 우리나라 국민의 1인당 GNP는 70달러. 당시 필리핀이 170달러, 태국이 220달러였으니 그 수준을 짐작할 수 있다. 돈을 빌려줘도 갚을 능력이 없다고 판단해 어떤 나라도 우리를 도와주지 않았다.

그때 우리와 마찬가지로 분단국가였던 독일은 제2차 세계대전 이후 일할 젊은이들의 수가 절대적으로 부족한 상황이었다. 1961년 2월 초 아데나워 서독 총리는 "한국의 경제발전을 위해 적극적으로 도와줄 용의가 있다."고 표명했다. 그리고 2년 뒤 한독 경제고문단 설치에 관한 협정이 체결되고, 그해 12월 22일에 123명의 파독광부 제1진이 서독 뒤셀도르프 공항에 도착했다. 당시 파독광부 500명 모집에 4만 6,000여 명이 몰려들었는데, 상당수가 대학 졸업자와 중퇴자들이었다. 당시 남한 인구가 2,400만 명이었는데 정부 공식 통계에 따르면 실업자 숫자가 250만 명이 넘었다. 이런 시절이니 매월 600마르크의 급여를 주는 직장에 지원자가 몰려드는 건 당연했다.

우리나라는 파독광부, 파독간호사들의 월급을 담보로 독일에서 1억 5,900만 마르크 규모의 차관을 얻을 수 있었고, 이를 바탕으로 경제발전의 발판을 마련할 수 있었다. 하지만 우리 후손들은 오랫동안 이 역사를 잊고 살았다.

"제가 내년에 꼭 700킬로미터를 달리러 오겠습니다. 그리고 한국으로 돌아가 교포 분들의 희생을 사람들에게 알려서 그 희생과 헌신에 대한 감사의 마음을 모아 오겠습니다."

헤어질 때 한 분, 한 분 인사를 나누었는데 아무도 이 약속을 귀담아듣지 않는 눈치였다.

"조국도 안 찾는 이 늙은이들을 누가 떠올려주겠습니까! 스님, 말씀이라도 고맙습니다."

나는 그 길로 돌아와 독일 마라톤 일정을 조율했다. 1킬로미터를 뛸 때마다 후원자들이 0.1유로(약 140원)를 후원하는 마라톤이었지만 이번엔 모금액이 목표가 아니었다. 파독광부와 파독간호사 교민들의 노고를 기억하겠다는 의미, 앞으로 한국과 독일의 미래 발전에 도움이 되었으면 하는 바람을 담아 독일에 사는 교민들에게 자긍심을 심어드리고 싶었다.

1966년 12월, 3년의 고용기간을 채우고 142명의 파독광부 1진이 귀국했을 때, 그들 거의 모두가 1회 이상의 골절상 병력이 있었다. 사망자도 있었고, 실명한 사람도 있었다. 이후 1978년까지 약

7,900여 명의 광부들이 독일로 건너갔다. 간호사의 사정도 비슷했다. 1966년 1월, 128명의 간호사가 독일로 떠날 때 고용조건은 월 440마르크(110달러)였다. 그녀들이 처음 맡았던 일은 알코올 묻힌 거즈로 시체를 닦는 작업이었다. 1976년까지 약 1만여 명이 넘는 간호사가 독일로 건너갔다. 한때 이들의 송금액은 연간 5,000만 달러에 달하기도 했다. 이는 국민 총생산액의 2퍼센트에 달하는 액수였는데, 이는 국익에도 상당한 도움이 되었다.

답사 당시 나를 2박 3일간 머물게 해주신 교민 한 분은 간호사 출신이었다. 낡은 주택에 들어서자 오래된 가구와 가전제품이 보였다.

"집이 초라하죠? 나와 같은 이유로 이곳에 온 사람들은 대부분 그래요. 월급이 들어오면 우편료만 빼고 전부 고향에 보냈지요. 여기서 세금을 뗀 한 달 월급이 한국의 8개월 월급에 해당됐어요. 굉장하죠? 그 돈으로 동생들 학교 보내고, 부모님 집도 사고 그랬답니다. 나중에는 조카들 학비까지 대줬어요. 그땐 그게 당연했고 우리에겐 행복이었지요."

그리고 그분은 한동안 말을 잇지 못했다. 뒤에 이어지는 말을 듣지 않아도 그림이 그려졌다. 1년에 한두 달 고국으로 휴가를 가면 온 가족이 집안을 먹여 살리는 대들보라며 반갑게 맞았을 것이다. 점차 시간이 지나 부모님이 돌아가시고 형제들은 늙고 병든 후 결국 조카들만 남게 되었을 것이다. 그래서 한국에 들어가면 괜히 짐 덩어리가 되는 느낌이었을 터였다. 그분은 더 이상 고향에 가지 않는다고

2부. 이주민 공동체의 꿈

했다. 고향에 돈을 보내느라 따로 저축을 하지 않았던 교민들에게는 정작 자신의 자식들에게 물려줄 집이나 현금은 남아 있지 않았다.

인력 송출밖에 할 수 없었던 나라에서 태어나 어려운 집안을 먹여 살려야 했던 우리의 여성들이 독일로 건너가 간호사로 일했다. 그녀들은 지하 시체실에서 시체 닦기, 피고름 수건 빨기, 틀니 세척하기 등의 허드렛일을 도맡아 했다. 하지만 정작 그녀들이 가장 힘들어했던 것은 언어가 통하지 않는 일이었다고 한다.

파독광부들 역시 고달프기는 마찬가지였다. 내가 만났던 교민 한 분은 서울대 출신이었는데, 먹고사는 게 어려워 100대 1의 경쟁률을 뚫고 이곳에 왔다고 했다. 함께 온 사람들 대부분이 대졸자였고 육체노동의 경험이 없는 사람들이었다. 1,400미터 막장에 내려가면 덩치가 큰 독일 광부들 대신 한국 광부들이 무릎을 꿇고 곡괭이로 굴을 파가며 더 깊숙이 내려갔다. 그러는 와중에 사망하는 이들도 있었다고 한다.

"스님, 거기는 보통 35도가 넘어요. 얼마나 더운지 몰라요. 8시간 일하고 레일을 타고 지상에 올라올 때면 눈에 들어오는 빛이 신처럼 느껴져요. 눈물이 나죠. 일이 어렵냐고요? 하루는 옆에 있는 동료에게 망치로 손을 쳐 달라고 했습니다. 그러면 하루 이틀 쉴 수 있을 것 같았거든요. 물론 말뿐이었지만…. 그러면 수당이 줄어드니까 안 되죠."

이들은 지하 1,000미터와 3,000미터 사이 막장에서 1미터를 파들어갈 때마다 4~5마르크를 더 받았다. 때문에 기꺼이 자청해 깊은 땅속으로 들어갔다. '글뤽아우프(Glückauf).' 이 말은 광부들이 광산에 들어갈 때나 나올 때 서로 주고받는 인사말로 '당신의 행운을 빈다.'는 뜻이다. 지금은 그 인사말을 따서 재독한인글뤽아우프회를 만들어 노동절에 맞추어 친목 행사를 한다고 한다. 한국 광부들은 그 흔한 맥주 한 잔을 안 마시고 월급의 대부분을 고향에 보냈다. 희생의 시간이 있었다고 모든 현재가 불행한 것만은 아니었다. 그중에는 악착같이 일하고 공부도 해서 장학금을 받으며 대학에 다닌 분들도 계셨다. 일부는 미국으로 건너가고 일부는 독일에서 의사가 되기도 했다.

독일에 오기 전, SNS를 통해 꾸준히 파독광부, 파독간호사들을 위해 독일에서 달리겠다는 글을 올렸다. 1964년 박정희 대통령이 독일을 방문했을 당시 한 탄광을 찾아 "조국은 여러분을 잊지 않을 것입니다."라며 위로한 내용, 그리고 광부와 간호사들이 애국가를 부르면서 울던 기사도 함께 스크랩했다. 그 약속이 지금 지켜지고 있는지 되묻지 않을 수 없다. 그리고 2013년 3월, 프랑크푸르트 공항에 내렸다. 마중 나온 교민 한 분이 '정말 혼자서 뛸거냐?'며 의아해했다. 마라톤이 시작되었다. '설마 그 스님이 우리를 위해 뛰러 오겠어?'라며 반신반의했던 교민들이 입소문을 통해 내 소식을 듣고 숙소를 수소문해 찾아왔다.

　"스님, 식사 대접하고 싶어서 왔습니다."

　어떤 분은 아무 말 없이 내 손을 꼭 붙들고 오래오래 고개만 끄덕이셨다. 이유도 없이 내게 고맙다고 하는 분도 계셨다. 일반적으로 독일에서 식사 한 끼를 하려면 2만 5,000원의 비용이 든다. 평소 돈이 아까워 외식을 하지 않는 교민들의 호의가 고마웠다. 어려운 형편을 아는데 고국에서 왔다는 이유만으로 나를 챙겨주는 사람들, "조국은 우리를 잊었어요." 하고 울먹이던 교민들의 외로운 체온이 전해졌다. 누군가에게 잊혀진다는 건 참으로 삶을 외롭게 하는 일임을 절감했다. 나이의 많고 적음이나 성별의 구분은 외로움 앞에 큰 차이가 없었다. 식당에 마주 앉아 맛있는 찬을 계속 내 앞에 끌어 당겨주던 분들이 나의 역사고 또 다른 대한민국의 현실이었다.

정오쯤 지나자 구름이 조금 비키고 햇빛이 비쳤다. 잔잔한 한 줄기 바람이 이마의 땀을 서늘하게 식혀주었다. 외곽을 달릴 때면 경찰차가 에스코트를 해줘서 독일어 팻말을 몰라도 길을 잃거나 헤매지 않았다. 쉬어갈 때는 이분들이 특유의 위트로 각양각색의 마라토너 모습을 흉내내 웃음을 주었다. 하루 꼬박꼬박 50~70킬로미터씩 이동해 열흘을 달렸다. 달릴 때 주위의 풍광을 둘러보게 되었다. 작아서 잘 보이지 않던 길가의 작은 들꽃도 눈에 들어왔다. 하도 작아서 파란색 꽃잎이 하얗게 보였는데, 그 꽃이 낯선 환경에서 힘겹게 살아온 교민들 같고, 우리나라 이주노동자 같아 자꾸 눈이 갔다.

먼 이국땅에서 한국인끼리 결혼해 가정을 꾸린 경우도 있고, 독일 남성과 결혼한 사람도 있었다. 결혼이주민들을 만나보니 외국에서 여성의 결혼은 일종의 안전장치면서 동시에 수많은 고통의 시작이었다. 독일에서 한국여성과 결혼하는 남성들의 학력이나 경제적 능력이 뛰어나지 않았음은 어쩌면 당연한 일인지도 모른다. 이분들은 자청해 독일에 왔지만 그 이면에는 누군가를 위한 희생이 있었다. 그리고 나는 그 희생 앞에 존경심이 우러났다.

작년에 왔을 때 알게 된 사실인데 한인회관을 만들며 진 빚이 아직 남아 있다고 했다. 파독광부들 중에는 갱이 무너져 젊은날에 안

타까운 죽음을 맞은 분들도 있었고, 미국이나 캐나다로 떠난 분들도 계셨다. 이분들의 월급에서 꼬박꼬박 나가던 연금을 개인에게 지불할 수가 없게 되자 독일 정부가 한국 정부에게 넘겨줬다고 한다. 그런데 이 과정에서 교민 간에 정치적인 이견이 불거지고 고국과의 관계도 좋지 않은 상황이 벌어졌다. 그런데도 교민들은 돈을 각출하고 빚을 내 한인회관을 마련했다고 하니 마음이 무거웠다.

열심히 달리다 보니 드디어 650킬로미터 고지가 눈앞으로 다가오고 있었다. 베를린에 있는 교민들이 골인 지점에서 기다리고 있다는 소식을 들었다. 통일 독일의 상징인 브란덴브르크에 도착하자 30여 명의 교민들이 태극기와 독일 국기를 흔들며 환대해주었다.

"외로운 마라토너 이야기를 듣고 멀리서 왔습니다. 스님, 환영합니다!"

"정말 오셨네. 감사합니다!"

이렇게 이야기하며 눈물을 글썽이는 분들 중에 몇몇은 오래된 한복을 입고 있었다. 나중에 이야기를 들어보니 그 옛날 시집 갈 때 어머니가 만들어 보내주신 한복이라고 했다. 처음 독일에 오면서 입고 온 한복도 있었다. 하나같이 낡고 색이 바랜 색동저고리로 소매가 껑충 올라간 옷들이었는데, 그 모습이 내 눈에는 참 정겹게 보였다.

식사를 마치고 한국에서 고생하는 이주노동자와 결혼이주여성들의 어려운 상황을 청취하는 간담회가 이어졌다. 교민들은 자신의 경험을 바탕으로 많은 조언을 해주었다.

"외국인을 도울 때 뭐가 필요한지 따져보는 사려 깊은 분별이 필요합니다. 저는 독일에 도착했을 때 4개월간 어학 코스를 밟았습니다. 언어가 자연스러워질 때까지는 단순 노동만 했는데, 아무래도 아픈 환자와 간호사는 의사소통이 중요하니까 그랬겠지요. 하지만 허드렛일을 시킬망정 독일의 간호사들과 똑같은 임금과 복지 혜택을 받았습니다. 저는 그 사실 하나만으로 평생 독일에게 감사한 마음입니다."

이 얘기를 듣는데, 우리나라에 와서 말이 안 통해 오해가 생겨 폭력을 당하는 결혼이주여성들이 떠올랐다. 저임금으로 힘든 노동을 하면서도 월급을 제때에 못 받아 도움을 청하러 이주민센터를 찾는 이주노동자들의 얼굴이 이분들의 얼굴과 겹쳐져 목울대가 아팠다.

광산의 광부일망정 하루 8시간 근로 시간을 철저하게 지켰다며, 독일의 노동 정책을 칭찬하는 분도 있었다. 힘들었지만 자신의 노력 덕분에 살림이 조금씩 나아진다는 편지를 받을 때 가장 행복했다면서 기분 좋은 추억담을 풀어내기도 했다. 때마다 가족들이 보내는 카드와 편지가 유일한 낙이었다고 말하는 얼굴은 어느새 20대 앳된 순이의 얼굴로 돌아가 있었다.

"고향이 그리우니까, 기숙사에서 한국 간호사들이 편지 붙들고 울고는 했어요. 하루는 윗분이 우리를 부르더니 통역을 시켜서 말을 전달해요. 열흘 동안 휴가를 줄 테니 맛있는 것도 먹고 편하게 쉬라고요. 그때 이게 무슨 일인가 싶었어요. 휴가를 써도 월급이 그대로 나온다는 걸 알고 눈이 동그래졌죠. 아, 이 사람들이 우리를 부려먹으려고만 하지 않고 인간 대접을 해주는구나 싶었어요. 그래서 쉬고 나서 더 열심히 일할 수 있었지요."

처음에는 독일식 식사가 입에 맞지 않아 고생을 많이 했단다. 힘들어하는 모습을 보고 고용주들이 음식을 만들어 먹을 수 있게 공간을 마련해주었다고 한다. 된장, 고추장, 김치 등 필요한 식재료를 구할 수 있게 신경써줘서 나중에는 한국음식만 먹으며 일을 했다는 것이다. 이야기를 나누며 새삼 다문화 시대를 맞은 우리나라의 이주민 정책의 한계가 느껴졌다. 이곳에서 나는 선진국의 이주민 정

책에도 눈을 뜨게 되었다. 독일과 유럽의 사회통합형 이주민 정책을 떠올리며 깊은 감동을 받았다. 고된 노동에 대한 정당한 대가가 있어 우리 교민들은 힘들어도 독일에서 일하고 공부하며 가정을 꾸릴 수 있었다. 세월이 흘러 독일 사회에서 공동체를 구성한 당시의 주역들은 일부 세상을 떠나거나 한국으로 귀국했지만, 여전히 그곳에 살고 있는 분들과 자라나는 2세, 3세에 의해 한인공동체는 유지되고 있었다.

"우리가 독일 언어에 서툴러 제대로 알아듣지 못해도 끝까지 기다려줘서 감탄했지요. 아, 이래서 독일이 선진국이구나, 생각했어요."

지금도 교민들은 조국이 파견을 해서 생사를 넘나드는 전쟁터와 같은 곳에서 세월을 보냈다며 파독광부 대신 파독전사로 불려지길 원한다. 돌아오는 길에 에센한인문화회관에 200유로를 전달했다.

이곳에 오면서 조그맣게 기부금을 마련해 바지에 넣어왔다. 달리면서도 혹 잃어버릴까 싶어 조그마한 배낭에 넣어 등에 지고 뛰었다. 적은 돈이지만 후손들의 작은 정성을 기부할 참이었다. 이로써 관계가 소원했던 조국과 독일 교민 사이에 작은 실 하나를 걸어두고 왔다고 생각한다. 우리는 50년 전 독일로 떠나야 했던, 그곳에서 젊음을 바친 파독전사와 간호전사들의 노고를 잊어서는 안 된다. 그리고 그들이 독일에서 정당한 대우를 받은 것처럼 우리나라에 온 이주노동자들의 인격을 존중하고 정당한 노동의 대가를 지불하는 성숙한 사회가 되길 바란다.

3부

출가 이야기

• 인생의 봄날 •

불교 동아리에서
동국대까지

새벽 2시 반에 일어나 3시에 아침 예불을 하고 4시부터 공양 준비를 한다. 쌀을 씻고,
야채를 다듬고, 장작불을 때고…. 모든 스님을 만날 때면 90도로 반배를 한다. 한 번을
만나든 두 번을 만나든 행자 생활을 할 때는 이것이 규칙이다.

운명이라는 말로 모든 삶을 설명할 수는 없지만 가끔은 '이것이
나의 운명일까?'라는 생각이 들 때가 있다. 내가 출가를 결심하게
된 것은 고등학교 2학년 때다. 고등학교에 입학한 후 불교 동아리를
알게 되면서 불교를 처음 접했다. 어느 날 불교반 지도 법사님에게
서 "너의 인생관은 무엇이냐?"라는 질문을 받았다.

"인생관은 사람이 인생을 어떻게 살아가느냐 하는 가치관입니
다. 가는 실이 있고 굵은 실이 있는 것처럼 사람의 삶도 마찬가지예
요. 가늘고 길게 사는 인생과 굵지만 짧게 사는 인생의 길이 있을 때

3부. 출가 이야기

247

여러분은 어떤 길을 택하고 싶은가요? 의미 있는 삶, 가치있는 삶을 찾아보세요."

법사님의 설법은 내게 오랜 여운을 남겼다. 그러면서 진리가 무엇인지 생각하게 했다. 진리란 '거짓이 아닌 참된 이치'로 오늘 우리에게만 아니라 시간과 공간과 민족을 초월해 보편적으로 적용되어야 한다는 말씀에도 공감했다. 더구나 부처님의 가르침은 인도를 출발해 2,500년 동안 아시아 지역에 전파되면서 종교로 인한 전쟁이 없었다는 점에서 존경이 일었다.

출가를 결심하고 1년쯤 지나 속리산 법주사(法住寺)로 떠났다. 당시 조계종단의 제도는 '출가자는 반드시 고졸 학력 이상이어야 한다.'로 바뀌었다. 이전까지는 세속 학력과 나이에 제한을 두지 않았다. S공고에 다니던 나는 고등학교 3학년이 되어 다른 친구들이 취업을 하던 1980년 9월에 입산했다. 계를 받기 전까지 고교 졸업장을 제출할 수 있었기에 입산이 가능했다.

출가를 하면 6개월간의 행자 생활을 해야 한다. 그 기간을 거쳐야 예비 승려인 사미(沙彌)가 된다. 남자는 사미, 여자는 사미니(沙彌尼)로 불리는데 이때의 예비 승려과정 4년 동안 불교 교리와 참선 수행을 학습해야 한다. 이후 정식 승려에 해당되는 비구(比丘), 비구니로 인정받게 된다. 불교에는 세 가지 보물이 있다. 첫째가 불보(佛寶) 부처님, 둘째가 법보(法寶) 가르침, 셋째가 승보(僧寶)인 부처님의 말씀을 수행하는 스님이다. 그런 만큼 스님이 되는 과정은 생각보다 쉽지 않았다. 나는 행자 생활이 그렇게 힘든 줄 몰랐다.

새벽 2시 반에 일어나 3시에 아침 예불을 하고 4시부터 공양 준비를 한다. 쌀을 씻고, 야채를 다듬고, 장작불을 때고…. 모든 스님을 만날 때면 90도로 반배를 한다. 한 번을 만나든 두 번을 만나든 행자 생활을 할 때는 이것이 규칙이다. 밥을 소리 내어 먹어서도 안 되고 상대방의 공양 모습을 정면으로 보지 않기 위해 고개를 약간 숙여야 한다. 이 모든 걸 감당하기에 열아홉 살은 어린 나이였다. 하루 이틀도 아니고 매일같이 이 생활을 하려니 도망가고 싶은 마음이 들었다. 처음 행자 생활을 시작하려고 할 때 담당 스님이 행자 7명을 불러다가 물은 적이 있었다.

"너희에게는 단단한 마음이 있느냐, 없느냐?"

그때 우리는 참새처럼 '있습니다!'라고 합창을 했다. 하지만 일주일쯤 지나자 단단했던 각오는 흔적도 없이 사라졌다. 무엇보다 잠이 부족한 것이 무척 힘들었다. 아궁이 앞에서 장작불을 때다가 졸고, 마당 쓸다가 졸고, 뒷방에서 쉬다가 걸려 꾸지람을 들었다. 행자로 들어오면 보통 일이주를 못 견디는데, 그 안에 반 이상의 행자가 밤 사이 사라진다. 그래서 절에서는 일주일 정도 머리를 깎지 않고 행자 생활을 하게 한다. 나도 한 달이 채 못 되었을 때 심각한 갈등에 빠졌다. 이렇게까지 고생해서 스님이 되어야 하나. 스님이 되면 계속 이 생활을 해야 할 텐데 과연 잘할 수 있을까? 이런 번민 속에 있을 때 법사님이 해주신 관세음보살 이야기가 떠올랐다. 관세음보살님은 세상의 소리를 관하는 분으로 영험이 있다고 한다.

"유구감응(有求感應). 관세음보살님은 어렵고 힘들 때 더욱 간절하게 찾게 되니 힘들 때는 소리를 내어 염불을 외우도록 해라."

'간절하게 구하는 것이 있으면 응답이 있다는 것'을 나는 행자 생활을 하면서 알게 되었다. 나는 아궁이 앞에 앉아 밥을 지을 때마다 염불을 외웠다.

지금은 시대가 바뀌어 행자로 들어가면 1인 1실을 준다고 하지만 그렇다 해도 행자 생활이 쉬운 것은 아니다. 쉽지 않기에 그 과정을 통과하는 일은 값지다. 행자 생활 6개월을 잘 마쳐도 사미 생활을 하다가 20퍼센트 정도가 중도 탈락한다. 비구계를 받고도 여러 사연으로 인해 10년 안에 또 환속자가 생긴다. 흔히들 '세상사 힘들면 머리 깎고 중이나 되지.'라고 하는데 실제로 출가 생활을 하면 버틸 수 있는 사람은 그리 많지 않다. 안일한 생각을 갖고 온 사람들은 십중팔구 중도에 그만둔다. 이 과정조차 버티지 못하면 수행을 담아내기 어렵다. 또한 인간관계의 갈등은 모든 공동체에 존재한다. 스님이 되었다고 이런 갈등에서 자유로운 것은 아니다.

나는 석 달쯤 지나 수능 시험을 보기 위해 법주사를 나왔다. 동국대 불교대학에 들어가 체계적으로 불교 교리를 공부하고 싶은 생각에서였다. 시험을 본 뒤 법주사로 돌아가지 못하고 나를 받아줄 스

승을 찾아 나섰다. 다행히 지금의 모악산 금산사(金山寺)에서 나를 받아주었다. 남은 행자 생활을 마친 뒤 큰스님께 법명을 받았다. 하지만 이 과정에서 약간의 논란이 있었다. 처음부터 금산사에서 행자 생활을 시작한 것이 아닌 데다, 금산사에서 지낸 지 얼마 되지 않아 바로 동국대학교에 가겠다고 하니 학비를 지원해줄 수 없다는 것이다. 1년 이상 큰 절에서 생활을 하다 대학에 가면 사찰장학금을 받을 수 있었지만 공부하고 싶다는 이유를 들어 스스로 해결하기로 하고 곧장 동국대학교를 선택했다. 그곳에 가니 함께 입학한 스님은 나를 포함해 24명이었다. 그런데 반은 40대 이상이고 반은 30대였다. 나와 같은 열아홉 살은 3명뿐이었다. 기숙사 생활도 절에서의

행자 시절만큼이나 엄격했다.

"거기 1학년, 행동이 왜 이렇게 굼떠!"

선배의 불호령에 겁을 집어먹은 1학년들은 일사천리로 아침 공양을 준비했다. 스님들은 발우 공양을 하는데 겉으로 보기에는 그릇이 하나지만 펼치면 4개의 그릇으로 나뉜다. 가장 큰 것부터 밥을 담는 그릇, 국을 담는 그릇, 반찬을 담는 그릇 순이고, 나머지 하나는 그 그릇을 깨끗하게 씻을 물을 담는다. 아침 공양을 위해서는 1학년들이 선배 스님들의 발우를 찾아다 제대로 놓아두어야 한다.

아침 공양 시간이 되면 1학년 중에서도 막내들이 제일 먼저 방석을 깔고 발우를 제자리에 놓는다. 발우에 밥을 뜰 때도 세 번에 퍼야 한다. 한 번, 두 번, 세 번에 걸쳐 담는데 그 사람의 양을 미리 알고 정확하게 퍼야 한다. 많이 먹는 사람에게는 꽉꽉꽉 세 번을, 적게 먹는 사람에게는 살살살 세 번을 뜬다. 이때 실수를 해서는 안 되기에 밥을 풀 때는 부쩍 긴장이 되었다. 기숙사에는 공용으로 사용하는 전화기가 있었다. 전화벨이 세 번 울리기 전에 1학년 당번이 달려나가 받아야 하는데 조금이라도 늦으면 경고를 받는다. 이런 엄한 규칙 속에 대학 신입생은 먼저 출가했는지 여부와 상관없이 학번에 따라 선후배가 구분지어졌다. 이는 또 다른 행자 생활의 연속이었다.

하루는 가족이 그리워 출가 후 처음으로 집을 찾았다. 가족들에게 출가 허락을 받고 나온 것이 아니어서 조금 걱정이 되었다. 누나를 통해 아버지가 몹시 노여워하셨고 당분간 집에는 걸음하지 말라

고 말씀하셨다는 애기를 전해들었다. 서울에 오니 당연히 집 생각이 났고 어머니가 해주는 집밥도 그리웠다. 다행인지 집은 이사를 가지 않아 어렵지 않게 찾았다. 초인종을 눌렀지만 굳게 닫힌 문은 열리지 않았다. 문전박대였다. 평소에도 엄격하셨던 아버지는 출가한 내게 마음을 열지 않으셨다.

"앞으로 너는 내 자식이 아니다."

아버지는 단호했다. 그날도 하룻밤을 못 자고 다시 기숙사로 돌아갔다. 돈 한 푼 없이 출가한 데다 별다른 지원이 없으니 나의 대학생활은 궁핍했다. 간간이 염불 아르바이트를 해서 용돈으로 쓰곤했다. 절에서 큰 행사나 법회를 준비할 때 일을 거들면 약간의 돈이 생겼다. 스님이 된 지 얼마 안 된 나의 염불은 서툴렀다. 불교의식집을 쳐다보고 하는 데다 염불 속도마저 느리니까 몇몇 보살님들은 뭐 이런 스님이 있느냐는 듯 살짝 무시를 하기도 했다. 그때 내가 할수 있는 최선은 큰 소리로 염불을 외우는 거였다. 다른 스님보다 오래 염불하고 가족들 이름을 크게 불러주는 것이다. 그런데 목탁을 치면서 염불책을 보다 보니 한번은 책장 두 장을 한꺼번에 넘긴 적이 있었다. 순간 당황한 나는 어느 구절을 암송해야 할지 눈앞이 까마득해졌다. 목탁을 치며 우물쭈물하고 있으려니 등 뒤로 식은땀이 흘렀다. 그때 어느 노보살님께서 눈치를 채고 목청 높여 불경을 읽으셨다. 그 덕분에 실수한 순간을 모면한 나는 얼굴이 벌개져 법당을 내려왔다. 때로는 은사님이 계시는 절에 가서 열심히 청소를 하고, 고무신을 닦고, 아침에 세수하실 물을 가져다드리며 푼푼이 받은 용돈으로 책을 사봤다.

출가를 결심할 때부터 나는 세속에서 말하는 성공과는 다른 지점을 바라보고 있었다. 세속적 가치들이 모두 나쁘다고 말할 수는 없지만 나에게는 돈이나 출세와 같은, 많은 사람들이 좇아가는 것들이 크게 와닿지 않았다. 큰 것보다 작은 것의 소박함이 더 눈에 들어왔다. 누군가의 정원이나 화병에 있는 아름답고 탐스러운 꽃보다 들에 핀 야생화가 더 눈길을 끌었다. 이런 생각 때문인지 힘든 순간에도 힘들다는 생각보다 원하던 출가를 하고 부처님 말씀을 공부할 수 있다는 것에 더 큰 가치를 두고 위안을 얻었다. 우리는 살면서 한번쯤 꿈이나 희망이라는 것을 가져본다. 쉽사리 좌절되기도 하고 자신이 원하던 방향으로 가지 못해 두고두고 미련이 남기도 한다. 사람의 인생은 매 순간이 선택이다. 중요한 선택의 순간에 섰을 때 자신이 진정 원하는 것이 무엇인지 잘 헤아리고 들여다볼 줄 아는 지혜가 쌓여야 한다. 스스로의 마음을 잘 들여다보고, 그 마음의 소리를 잘 들어야 갈등이 적어진다. 무언가를 이루기 위해서는 굳은 심지가 필요하다. 내 안에 그 심지 하나를 제대로 키우고 있는지 들여다볼 일이다.

•마음의 눈을 통해 더 크게 본다•
세상에 내어주고
얻은 눈

마음의 격랑을 가라앉히기 위해 노력했지만 평생 의안을 끼고 살아야 한다는 사실을
받아들이는 건 쉬운 일이 아니었다. 수술 후 눈의 붕대를 푼 날 저녁이었다. 밥을 먹는
데 마침 콩자반이 나왔다. 젓가락으로 콩을 집으려 했는데 내 의지와 상관없이 젓가락
이 자꾸 접시 바깥쪽을 집는 게 아닌가!

　　차가 미끄러지면서 쿵 하는 소리와 함께 온몸에 큰 충격이 밀려
들었다. 순간 날카로운 창 같은 것이 한쪽 눈 깊숙이 박히는 것 같은
끔찍한 고통을 느끼며 나는 정신을 잃었다.

　　1987년 2월 겨울 어느 아침, 그날 나는 전혀 다른 운명을 맞아들
이고 있었다. 누구보다 당당하고 희망으로 가득했던 젊은 법사 장
교에게 부처님은 겸손을 가르치고 싶으셨는지 모른다. 스물여섯 살
의 젊은 청년에게 한쪽 눈을 잃는다는 것은 어떤 말로도 표현할 수
없는 고통이었다. 그 고통은 겪어보지 않은 사람은 모를 일이다. 시

256

간을 되돌리고만 싶었다. 다친 눈 부위를 더듬으며 나는 속으로 울었다. 먼저 자존심이 무너졌다. 얼굴이 일그러져 보였으며 다가오는 사물들이 공포스러웠다. 나와는 무관하게 여겼던 사고가 내게 일어나자 나는 큰 절망과 좌절을 경험했다.

레이더 기지에 법회를 하러 가는 중이었다. 새벽 4시 예불을 올리고 부대를 나와 차를 몰고 외진 길을 가다 눈길에서 미끄러지는 사고를 당했다. 정신을 잃었다 깨어나 보니 군 병원에 이송되어 있었다. 백미러가 내 왼쪽 눈을 찔렀다고 누군가 말해주었다. 사태의 심각성 때문인지 나는 곧 서울의 수도통합병원으로 이송되었다. 의식은 돌아왔지만 주위는 온통 깜깜한 암흑이었다. 두 눈이 붕대로 감겨 있었다. '내게 무슨 일이 일어난 걸까.' 공포와 두려움이 밀려들었다. 그때 내 나이 스물여섯, 출가자라고 해도 당시 상황을 받아들이기는 쉽지 않았다.

군에서 내가 맡은 일 중 하나는 군인들을 위한 법당을 짓는 일이었다. 그동안은 일반 막사 건물을 개조해 법당으로 사용해왔는데 불편한 점이 한두 가지가 아니었다. 장교는 한 달에 5,000원, 일반 사병은 1,000원씩을 모아 3년 뒤 법당을 지을 계획을 세웠다. 하지만 그런 식으로 큰돈을 모두 마련하기는 어려웠다. 그래서 나는 장교나 하사관들의 아파트를 돌아다니며 빈 병, 폐지를 모아 팔았다. 매우 적은 액수의 푼돈이었지만 매달 적금 통장에 넣어 관리했다.

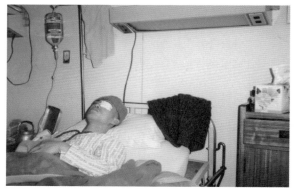

뜻에 동참하는 군인 가족이 따로 연락을 해오는 일도 있었다.

"법사님, 오늘도 빈 병 수거하러 오셨어요? 고생 많으세요."

"고생은요. 개구쟁이 태용이도 잘 크고 있지요?"

나는 어느새 군인 가족들과도 반갑게 인사를 주고받는 사이가 되었다. 하지만 사고 이후 모든 것이 뒤엉켜버렸다. 부대에서 한쪽 시력을 잃었으니 더 이상 장교직을 수행하기 어렵다고 했다. 이 소식을 듣는 순간 표현하기 어려운 감정이 교차했다.

마음의 격랑을 가라앉히기 위해 노력했지만 평생 의안을 끼고 살아야 한다는 사실을 받아들이는 건 쉬운 일이 아니었다. 수술 후 눈의 붕대를 푼 날 저녁이었다. 밥을 먹는데 마침 콩자반이 나왔다. 젓가락으로 콩을 집으려 했는데 내 의지와 상관없이 젓가락이 자꾸 접시 바깥쪽을 집는 게 아닌가! 순간 남들이 볼까 두려워 재빨리 손을 내렸다. 평생 이렇게 살아야 할지도 모른다는 사실에 낙담했다. 누군가의 도움을 받아야 할 처지가 되니 그간의 당당함도 사라졌다.

어린 청년이었던 나는 극단적인 생각에 빠져들었다. 군인이라는 신분으로 깨끗하게 죽고 싶었다. 이런저런 생각에 잠겨 병원 옥상으로 가던 길, 병실마다 아픈 병사들로 가득했다. 팔다리가 절단되거나 수류탄이 터져 턱이 날아간 병사들이 있었다. 어떤 잘생긴 청년은 다리 한쪽을 잃고 병실에 누워 대소변을 받아내고 있었다. 그런 모습을 보니 눈물이 쏟아질 것 같았다. 그런데 한 사람이 나를 알아보고 반갑게 합장 인사를 했다.

"법사님 아니십니까?"

차 사고로 두 다리를 잃은 그 병사는 그간의 힘겨웠던 사정을 이야기하더니, 이내 여기저기 내 몸을 살폈다.

"법사님도 어디 다치셨습니까?"

그는 군에 있을 때 법당에 나오던 고참 병사였는데, 법문을 듣고 많은 위로를 받았다고 했다. 그러면서 붕대로 감겨진 나의 한쪽 눈을 응시했다.

"나는 사고로 시력을 잃어서 병원에 왔네."

애써 담담하게 말을 전했지만 나는 이미 한쪽 마음으로는 자살을 결심하고 있었다. 다시 새 몸으로 태어나자는 비장한 각오를 다졌다. 이런 내 속내를 알 리 없는 그 병사는 이내 밝은 웃음을 지어 보였다. 동병상련의 감정이 느껴지자 내가 더 친근하게 느껴지는 모양이었다. 그 맑은 웃음 앞에서 나는 잠시 말을 잃었다. 그리고 알 수 없는 감동을 받았다. 나는 순간적으로 내 팔목에 있던 염주를 빼 들었다.

"잠깐, 이거 가져가게."

나는 그의 손목에 염주를 끼워주었다.

"이렇게 귀한 것을…. 정말 고맙습니다."

그의 눈빛에는 진실이 담겨 있었다. 흔하디 흔한 염주 하나일 뿐인데 그것에 그토록 위로받고 고마워하다니, 그 청년의 순수한 감사가 마음 깊이 각인되었다. 이것이 바로 종교의 힘이었다.

이를 계기로 아픈 병사들이 나를 찾아오기 시작했다. 육체의 손상은 그것으로만 끝나지 않고 정신적으로 적지 않은 후유증을 남긴다. 앞으로 사회에 나가 겪게 될 일들을 고민하며 심리적으로 위축되면서 자신감을 잃게 된다. 나는 병실을 돌아다니며 병사들과 이야기를 나누기 시작했다.

그 시간들을 통해 나는 서서히 나의 아픔을 극복할 수 있었다. 그들은 내게서, 나는 그들에게서 용기를 얻었다. 그리고 자살을 하겠다던 내 결심이 얼마나 무모하고 충동적인 것이었는지를 깨달았다.

"그때 호빵 들고 초소에 들르셨잖아요. 눈 내리는 날 먹은 그 호빵 진짜 별미였어요."

"아 맞다, 그때 네가 보초 서고 있었니?"

"네."

병사들은 퇴원을 하면서 내게 작은 선물을 주고 갔다. 열쇠고리, 학, 비행기, 배 등의 각종 조형물들이 내 머리맡을 채웠다. 군 병원에서 지내던 2개월 동안 나는 내가 할 일을 찾았다.

퇴원 후 부대로 돌아갔다. 나를 기억하는 병사들을 만나면서 황폐했던 마음에 다시 훈훈한 온기가 돌았다. 서로의 따뜻한 말 한 마디가 아름다운 꽃씨가 되었다. 그리고 얼어붙었던 가슴에도 그렇게 봄이 오기 시작했다.

나는 병사들에게 부처님 말씀을 전하는 한편 커피나 음료수를 챙겨 초소를 방문하거나 영창에 수감된 병사를 찾아 고민을 들어주고는 했다. 삭막하기만 하던 그들의 눈빛에 조금씩 훈풍이 돌아오는 듯했다. 아주 작은 관심이라도 진심을 담아 전하는 말이나 손길은 굳게 닫힌 마음의 빗장을 풀게 한다. 병사들과 눈높이를 맞추자 힘든 사람의 심정을 더욱 잘 이해할 수 있게 되었다. 육신의 한 부분을 잃으면서 나는 육신의 눈과는 다른 마음의 눈을 얻었다. 그동안 볼 수 없었던 타인의 아픔이 보였고 막연하게만 떠올렸던 가난한 사람의 복지문제에 눈을 뜨게 되었다.

제대 후 나는 은사 스님이 계시는 서울 아차산 영화사(永華寺)로 옮겼다. 그리고 대학원 공부를 마치고 불교계 최초의 전화상담기관인 '자비의전화'를 창립했다.

두 눈이 있어도 제대로 보지 못하고 두 귀가 있어도 제대로 듣지 못하는 사람들이 많은 시대에 나는 한쪽 눈으로라도 더 자세히 보고 더 세심하게 듣는 혜안을 얻기 위해 노력했다. 사람들 사이에 건널 수 없는 강이 생기는 이유는, 그들이 몸에 좋다는 온갖 보양식은 찾아 먹으면서도 자신의 마음은 돌보지 않기 때문이다. 선한 마음처럼 향기로운 것은 없다. 살면서 가장 잃어버리기 쉬운 것, 그래서 더 가치있는 것이 자애심이다. 우리들 각자에게는 이 선한 마음이 얼마나 남아 있을까.

• 우리 함께 고민을 나누어요 •

잘 들어주는 것만으로도
힘이 된다

희망제작소의 모금전문가학교 강의를 통해 그동안 내게 무엇이 결여되어 있었는지를 발견했다. 바로 사람에게 다가서는 법이었다. 나는 사람의 마음을 얻는 일보다 하루빨리 어려운 문제가 해결될 수 있도록 후원금을 모으는 일에만 온 신경을 썼다. 참 성급한 자세였다.

참 답답한 노릇이다. 언론을 통해 달리는 스님으로 알려졌지만 꿈을이루는사람들 정기후원자가 생각만큼 늘어나지 않아 여러 날 고민이 깊어지고 있었다. 밀짚모자를 쓰고 절 마당에 나섰다. 3월이지만 산속 날씨는 낮과 밤의 기온차가 커서 여전히 땔감이 필요했다. 머릿속을 비우려 공연히 마당 비질을 하고 땔 나무를 쪼개기 위해 도끼질을 했다. 점심 공양을 마치고 배달된 시사 주간지를 폈다. 그때 광고 하나가 유독 눈에 들어왔다. '모금가를 위한 이벤트' 특강 광고였다. 모금가를 위한 이벤트라니, 돈이 필요한 내게 꼭 필요한 배움이 아닌가.

다음 날 수강신청을 하고 4월부터 매주 한 번씩 10주 동안 빠지지 않고 강의에 참석했다. 내가 모르는 어떤 비법이 있는지 내심 기대가 컸다. 그런데 수업 초반, 성급하게 수강을 결정한 게 아닐까 하는 당황스런 일이 벌어졌다.

"여러분! 모금을 잘하고 싶으시죠?"

"네."

"모금은 돈을 모으는 게 아닙니다."

"으잉?"

여기저기 고개를 갸웃거리며 이해할 수 없다는 무언의 소리가 들렸다. 박원순 당시 희망제작소 상임이사의 강의는 매우 역발상스러웠다.

"이제까지 여러분이 생각한 모금의 틀을 깨세요. 왜 내가 당신네 단체에 돈을 줘야 하는지, 기부하는 사람의 입장에서 생각하세요. 그리고 이제까지 진정으로 기부자의 마음을 모으려 했는지 여러분이 하고 싶은 말만 한 건 아닌지 살펴보세요. 모금은 사람의 마음을 모으는 것입니다."

지금까지의 고정관념이 깨지는 순간 머리를 한 대 얻어맞은 기분이었다. 나는 이제까지 타고난 운이나 천재적인 재능을 믿고 일을 하지는 않았다. 후원금을 모으거나 자원봉사자를 만나기 위해 발로 뛰어 다녔다. 누군가는 어려운 사람을 도와야 한다는, 그리고 스님이

하면 더 잘해야 한다는 의무감으로 시작한 복지사업이었다. 그동안 시작된 일이 쉽게 풀리는 행운은 별로 누려보지 못했다. 힘겹게 시간을 쪼개고 품을 팔아 여기저기 돌아다니고 애써 노력해 간신히 하나씩 이루어나갔다. 할 일은 늘어나고 기본 재정은 부족하니까 동참해달라고 조심스레 이야기한 적도 있었다. 그런데 돈을 모으는 게 모금이 아니라는 말을 들으니 참 황당했다. 인생이 자기 생각대로 움직여지질 않는다는 것도 새삼 절감했다.

"스님, 정말 좋은 일 하시네요. 멋지십니다."

"스님, 어디서 오셨어요?"

마라톤대회에 나가면 많은 사람들과 대화를 하게 된다. 그러면 좋은 일 한다고 칭찬은 하는데 그뿐이었다. 나는 왜 모금이 안 될까, 돌아보니 사람들이 내게 달리는 이유를 물어봐줄 때까지 기다렸고, 모르는 사람들에게 이주노동자를 도와달라는 아쉬운 소리를 먼저 하지 못했다.

하지만 희망제작소의 모금전문가학교 강의를 통해 그동안 내게 무엇이 결여되어 있었는지를 발견했다. 바로 사람에게 다가서는 법이었다. 나는 사람의 마음을 얻는 일보다 하루빨리 어려운 문제가 해결될 수 있도록 후원금을 모으는 일에만 온 신경을 썼다. 참 성급한 자세였다.

"우수한 모금활동가에게 중요한 것은 강좌나 학위, 자격증이 아

니라 소박한 상식과 대의를 위한 헌신, 그리고 사람들에 대한 기본
적인 애정, 이 세 가지입니다."

나는 흥분되었다. 바로 이거였다. 그동안 열정만 믿고 저지르고
보자는 식으로 하다 보니까 한계에 부딪힐 수밖에 없었던 것이다.
역시 교육으로 사람은 변화를 얻는다.

사단법인 꿈을이루는사람들에 매달 1만 원씩 정기후원을 해주
는 분들이 계신다. 그런데 그 수가 좀처럼 늘지 않았다. 월 1만 원씩
도와주더라도 후원자 수가 1만 명 정도라면 목돈이 아닌가. 하지만
100명 안팎의 후원자로는 늘 예산이 부족했다. 게다가 매달 정기

후원자의 증가율은 낮아지고 오히려 시간이 지날수록 기부를 중단하는 사람들이 늘어나니 이는 풀어야 할 과제였다. 어려운 사람들의 사정을 듣고 후원금을 내는 것도 한두 번이지 기부하는 사람 입장에서는 지속적인 후원이라는 게 사실 부담스러운 일일 것이다.

교육을 받은 이후 여러 사람들이 낸 후원금이 어떻게 쓰이는지, 어떤 사람에게 어떤 도움이 되었는지 구체적으로 알리기 시작했다.

투명성을 높이고 사람들이 자신이 낸 돈의 가치를 보다 잘 이해하고 그 기쁨을 누릴 수 있도록 홍보했다. 이런 노력의 결과 조금씩 후원자가 늘기 시작했다. 기존 월 1만 원 기부자에게는 5,000원 혹은 조금 더 후원금을 올려 달라고 편지를 썼다. 하루에 500원씩 한 달에 1만 5,000원이 기본 후원금이라고 설명했다. 사정이 나은 분들에게는 하루 1,000원씩 월 3만 원의 정기후원을 바란다고 말했다. 무엇보다 모금전문가학교를 통해 얻은 가장 큰 변화는, 마라톤 1킬로미터마다 100원을 모금한다는 브랜드가 만들어졌다는 점이다. 사람들이 부담스럽지 않게 기부할 수 있는 금액이었고, 기부 방법도 인터넷 송금이 가능하도록 후원계좌를 알렸다. 이로써 마하이 주민센터의 활동을 홍보하고 후원을 받는 일이 수월해졌다. 하지만 또 다른 불편한 일들이 생겨났다.

내가 달리는 모습을 두고 이런저런 말들이 들려왔다. 상당한 재산을 축적했다는 소문, 살림을 차려 아이가 있다는 추문, 베트남을 돕는 좌파 스님이라는 공격까지 벌어졌다. 처음에 무심코 넘기던 말들이 그럴 듯하게 부풀려지자 나보다는 함께 일하는 사람들이 더 걱정했다.

"스님, 이런 거 그냥 묵과하시면 나중에 진짜처럼 됩니다. 사람들은 소문을 쉽게 믿어요. 명예훼손으로 고소라도 하세요."

"그렇다고 거짓이 진실이 되겠습니까."

"아니 그럼 연예인들이 왜 악성 루머 때문에 자살을 하고 고통받고 그럽니까? 사람들 심보가 그렇잖아요. 도와주지는 못할망정 남

이 하는 일까지 배 아파서 재를 뿌리다니. 제가 다 화가 납니다."

"이사님, 저도 속상합니다. 그런데 일일이 남들 하는 말을 신경 쓰다 보면 일 못해요."

체력의 한계를 느끼는 상황에서 마음까지 상하니 그간의 모든 일들을 접고 칩거에 들어가고 싶었다. 대둔사 법당에 가부좌를 틀고 앉아 명상을 하는데 하루는 큰스님께 호되게 야단맞던 장면이 떠올랐다.

"진오, 네 이놈!"

호통소리에 눈이 번쩍 떠졌다.

군법사 장교 시절에 겪은 사고는 내 인생에 커다란 전환점을 가져왔다. 제대를 하고 구체적으로 어떤 일을 해야 할지 몰라 방황할 때 하루는 길에서 우연히 플래카드를 보았다. '사랑의전화, 상담원 카운슬러 대학'. 1990년대 유선 전화상담이 폭발적인 성장을 했다. 나는 그길로 상담원 교육을 받았다. 사고 이후 사람들 만나는 일에 자신감이 없었던 내 안의 상처를 보듬고 싶었다. 억지로 힘든 일을 하는 것보다 마음이 가는 공부를 하는 것이 좋겠다는 판단이었다. 교육은 상담을 위한 기초 상담이론과 상담기법 등의 프로그램으로 구성되어 있었다. 이론 공부를 마친 다음에는 사람들의 전화를 직접 받고 그 내용을 바탕으로 전문 교수에게 피드백을 받는 심화과정으로 이어졌다.

"네, 사랑의전홥니다."

"저기… 제가 고민이 있어서 전화를 했는데요."

"편하게 이야기하세요."

"남들은 제가 좋은 가정을 가졌다고 부러워들해요. 하지만 사실 남편은 저를 무시하고 아이들은 점점 거칠게 커가고 있어 걱정이에요."

"정말 힘드시겠어요. 남편과는 대화가 안 되고, 아이들은 엄마를 이해 못하니까 어머님 입장에서는 많이 서운하시겠어요."

"맞아요. 정말 어디에다 이야기라도 하지 않으면 스트레스가 쌓여서 폭발할 것 같아요."

전화상담을 통해 나는 새로운 사실을 발견했다. 사람을 만나지 않고도 상담이 가능하다는 것, 고민을 들어주면 내담자가 훨씬 더 활기를 찾는다는 것, 그리고 누군가에게 도움이 됐다는 생각에 나 역시 기분이 좋아진다는 것. 눈을 잃은 아픔 때문일까? 아이러니하게도 나는 전보다 목소리로 만나는 사람들의 힘겨운 입장을 더 깊이 공감해줄 수 있었다. 일상생활에도 변화가 찾아왔다. 안부를 묻는 사람들의 전화 목소리만 듣고도 나는 "언제 어디서 만난 누구시죠?"라며 상대를 기억했다. 그때는 발신번호가 뜨지 않던 때라 내가 이렇게 얘기하면 상대는 깜짝 놀라곤 했다.

나는 모든 교육과정을 이수하고 본격적으로 전화상담원이 되었다. 사랑의전화는 마음의 갈등이나 문제를 가진 사람들이 자신을 드러내지 않고 속마음을 꺼낼 수 있다는 점에서 큰 호응을 얻었다. 아무에게도 말할 수 없었던 고민을 털어놓으면 마음의 고통이 줄어들게 마련이다. 특별한 해결법을 듣고 싶어 전화를 거는 사람은 드물었다. 내담자 대부분은 자신의 문제를 어떻게 풀어야 하는지 어느 정도는 알고 있었다. 상담원은 문제의 해답은 자신 안에 있었다는 점을 되짚어주는 역할을 할 뿐이었다.

하루는 상담 실장이 나를 찾았다.

"스님, 혹시 밤에도 전화상담을 해줄 수 있을까요. 요즘은 야간 시간대에 상담원이 없어서 상담실이 비거든요."

새벽까지 상담을 해주고 일터로 나가는 분이나 주부 상담원은 봉사하기 힘든 시간대라서 상담원이 부족하다고 했다. 그러나 나 역시 절에 살면서 밤에 외출해 아침에 들어가는 일은 가당치 않았다. 그럼에도 사정이 사정인지라, 선뜻 거절하지 못하고 한번 해보겠다며 수락을 했다. 오후 늦게 나가서 아침에 슬그머니 절에 들어와 쪽잠을 자는 생활이 이어졌다. 꼬리가 길면 밟힌다고 결국 어느 날 아침 방문이 열리더니 큰스님의 불호령이 떨어졌다.

"진오, 네 이놈!"

거듭된 새벽 예불 불참에 큰스님께서 벼르고 계셨던 모양이다. 호랑이 같은 눈에서 시퍼런 불똥이 떨어졌다.

"네 이놈, 밤에 뭐 하고 돌아다니느라 아침에 밥도 안 먹고 예불도 안 들어오느냐."

스님은 사고를 당하고 마음을 잡지 못하는 제자를 가엾게 여겨 눈감아주고 계셨는데 결국 눌러 참던 화가 터진 듯했다. 어디서 몹쓸 짓을 하고 다닌다고 오해를 하신 모양이었다. 나는 무릎을 꿇고 그동안의 사정을 조심스레 말씀드렸다.

"큰스님, 실은 제가 어젯밤 10시부터 아침 8시까지 야간상담을 하고 왔습니다. 미리 말씀드리지 못해 죄송합니다. 좋은 일인 듯해서 배웠다가 시작한 상담인데요. 사람을 만나지는 않고 전화로만 대화합니다. 세상 사람들이 하소연하는 이야기를 듣다 보면 제가 많은 것들을 느낍니다. 제 적성에도 제법 맞습니다."

지금이야 자비의전화를 통해 스님들이 전문상담가로서 사회 참여를 하는 일이 자연스럽지만 25년 전에는 불교계에 상담기관이라는 것 자체가 존재하지 않았다. 큰스님은 더 이상 꾸짖지 않으셨다.

"아무리 좋은 일을 한다 해도 미리 말을 했어야지. 같이 사는 대중들이 니가 뭐하고 돌아다니는지 아무도 모르잖느냐. 절에는 지켜야 할 법도라는 것이 있다. 너의 사정을 모르는 다른 스님이나 신도들에게 괜한 오해를 살 수 있으니 앞으로는 들고나는 일에 조심을 기울이거라."

이후 나는 큰스님의 허락을 받아 상담 일을 편한 마음으로 계속할 수 있었다. 스님은 이런 나를 은근히 다른 스님들에게 자랑하기도 하셨다.

"허참, 진오 그 녀석…."

더 이상 이런저런 말이 나오지 않았다. 나는 은사님의 깊은 속내를 얼마간 헤아릴 수 있어서 내심 든든했다.

상담을 하면 바로바로 기록을 하는데 그 내용을 상담원 재교육에 활용하기도 한다. 하루는 내 앞 시간대에 상담한 기록을 우연히 보게 되었는데 무척 당황스러웠다. 내담자는 몸이 아프고 걱정이 많아서 상담을 요청한 불교인인데 상담자가 교인이었는지 마지막 멘트에 "교회 나가세요."라고 쓰여 있었다. 나는 슈퍼바이저에게 이런 경우 어떻게 하면 좋을지 상의했다.

사실 나는 결혼한 사람이 아니기 때문에 부부 갈등이나 고부간의 문제에 대해서는 실질적인 해결책을 갖고 있지 않다. 그렇다고 상담하면서 내가 출가한 스님이라고 밝히지도 않는다. 가족간의 갈등, 부모와 자녀 갈등이 주를 이루는 상담에서 종교적 색채 또한 드러내지

않는다. 내담자에게 거울과 같은 반응만 잘해도 상담은 가능했다.

"내담자가 종교 문제를 하소연하지 않으면 가능한 한 종교를 언급하지 않는 게 좋고, 내담자와 상담자 간의 종교가 다를 경우 특히 주의해야 한다."고 실마리를 주셨다. 이후 사랑의전화 상담 경험을 바탕으로 1990년 불교 상담기관 자비의전화를 창립했다. 우선 불교 카운슬러 대학 프로그램을 홍보하고 상담실을 꾸렸다.

그리고 국군수도통합병원에서 만났던 군인 환자들의 어려움을 떠올려 '불교간병인협회'를 만들었다. 밤을 지새며 이론과 실전을 거듭하며 스스로 존재 이유를 찾았던 경험, 오해를 받기도 했지만 결국 진심으로 큰스님의 이해를 받아 자비의전화 총재로 모시게 된 일, 그리고 가족의 간병을 받지 못하는 환자가 있음에도 불교가 나몰라 해서는 안 된다고 앞장선 불교간병인협회 창립 등 그때의 순수한 열정이 떠오른다. 물론 지금 다시 하라면 손사래를 칠 일들이다.

나는 치워두었던 운동화를 꺼내 싹싹 닦아 댓돌에 올려두었다. 언제나 그렇듯 길이 없으면 만들어가고, 방법이 없으면 돌아가고, 오해가 있으면 풀면서 가면 될 일이다. 운동화는 아침 햇볕에 바짝 말라 있었다. 내가 가진 건 몸밖에 없으니 저 운동화를 신고 오로지 뛸 뿐이다. 절문을 나서는데 불이문(不二門)이라는 글자가 눈에 들어왔다. 그렇다. 절 안과 밖이 무엇이 다르단 말인가?

•할머니 시스터즈와 봄, 여름, 가을, 겨울이•

대둔사 부주지,
개 네 마리

"보살님, 얼마 전 대구로 이사 가셨잖아요. 대둔사를 기억해주셔서 힘이 됩니다만, 가까운 절에 가서서 예불하고 불공하셔도 괜찮습니다. 절에 계신 부처님은 모두 같은 분입니다." 절 주지라는 사람이 기껏 다른 절에 가서 불공을 드려도 괜찮다고 하니, 대둔사의 오랜 멤버인 노보살님들의 심기가 불편해졌다.

아침 8시 20분, 이날도 센터로 나가기 위해 차에 시동을 걸었다. 그런데 갑자기 개들이 짖기 시작했다. 여느 때처럼 고라니나 꿩 같은 산짐승을 위협하는 울림이 아니었다. 이른 시간에 무슨 일인가 싶어 절 초입을 내려다보니 할머님 세 분이 종종 걸음으로 올라오고 계셨다.

"아이고, 삼총사 보살님! 이렇게 이른 시간에 웬일이세요."

약한 무릎을 누르고 경사진 곳을 오르느라 숨소리가 거칠었다. 이때 범의 눈으로 시동 걸린 차를 쳐다보던 할머니와 눈이 딱 마주쳤다.

"스님, 요즘 절간에 목탁소리가 안 들려요."

불심검문으로 현장을 들킨 것처럼 침묵이 흘렀다. 염주를 돌리며 눈을 지그시 감았다. '드디어 올 것이 왔구나.' 목탁소리가 안 들린다는 노보살님들 말씀은 주지로서 절을 지키지 않고 자꾸 절 밖으로 다니는 것이 불편하다는 의미일 것이다. 더구나 새로 온 주지라는 양반이 어떤가를 멀리서 눈여겨보았다는 증거다. 당시 대둔사에는 나와 허드렛일을 해주는 남자 한 분이 전부였다. 나는 매일 아침이면 시내 이주민센터로 내려가 늦은 밤에 올라왔다. 당연히 대둔사에 적을 두고 몇 대째 불공을 드리는 불자 입장에서는 섭섭하고 서운할 일일 터였다. 밖에서 일을 보고 운동을 하다보면 늦은 밤이기 일쑤고, 당연히 표시가 날 수밖에 없었다. 나는 용기 있게 더하지도 덜하지도 않은 이야기를 했다.

"보살님, 제가 절을 많이 비우는 게 싫으시지요? 그리고 밖으로 뭐 하러 다니는지도 궁금하시고요? 사실 제가 대둔사 오기 전부터 치매어르신이나 장애인을 돕는 복지관 일을 맡고 있었어요. 게다가 외국에서 온 이주노동자를 돕는 일까지 하고 있어 많이 바쁜 게 사실입니다. 이 사람들이 밤늦게까지 일을 하고도 제때 월급을 못 받고 아파도 병원비가 없어 치료를 못하니까 제가 데리고 다녀요. 누군가 도와주는 사람이 있으면 해결될 일인데 선뜻 나서서 도와주는 사람이 없거든요. 솔직히 대둔사가 산중에 있다 보니, 평일에는 찾아오는 사람이 별로 없어요. 그래서 짬이 나면 제가 바깥 볼일을 보러다니느라 절을 비울 때가 많습니다."

　노보살님의 손을 잡고 차근차근 설명을 하자 그런 일을 하고 다니는 줄 몰랐다며 노여운 마음을 조금 누그러뜨리는 듯 보였다. 평소 친자매처럼 다정하게 다녀서 삼총사 보살님이라고 불러드리는 할머님들이다. 세 분 모두 나이가 지긋하시고, 서로 닮은 구석이 많다. 이날도 목에 단정하게 가제수건을 두르고 몸배 바지에 빨강, 노랑, 분홍 점퍼로 멋을 내고 오셨다.

　"스님, 그렇다고 그 사람들에게만 치중하면 우리는 어떻게 합니까."

"암만, 여기 한두 해 다닌 신도들도 아니고 불공드려 자식을 낳고, 그 자식들이 지금 또 자손을 낳았는데 우리에게도 신경을 써주셔야지요."

"네, 잘 알겠습니다."라며 합장으로 응수했다.

"보살님, 이주노동자들도 대부분 부처님을 믿는 나라에서 왔어요. 스리랑카나 캄보디아, 베트남사람들을 가끔 볼 수 있잖아요. 그리고 국제결혼으로 우리나라에 시집온 여성들도 보실 테고요. 나이는 겨우 스물을 갓 넘겼는데 남편은 나이가 많고 말은 안 통하니 얼마나 답답하겠어요. 조금만 관심을 가져주세요. 그런 사람들을 내 자식처럼 따뜻하게 보살피는 게 부처님이 말씀하신 자비이고 평등이에요."

이야기를 들으시던 어진 보살님들 표정이 한결 누그러들었다.

"그런데 그런 사람들이 많나 보네요. 스님이 그리 바쁘신 거 보니…."

"네, 보살님. 우리가 함께 보살펴야 하는 이주노동자들이 구미, 상주, 김천을 포함하면 1만 명이 넘어요. 그런데요, 제가 승복을 입고 가서 밀린 월급을 달라고 하면, 사장님들이 겁을 먹어요. 그리고 남편이 때려서 피신한 여성과 아기들은 병원에도 데려가야 하고, 문제가 생기면 법적으로 해결해야 하는데, 그러려면 여기저기 서류를 만들어 제출해야 하니까 몸이 열 개라도 부족합니다. 그리고 제가 운동을 하잖아요. 마라톤 대회에 나가려면 평소 훈련을 해야 하니까 밤에 금오산 주변을 뛰어요. 그래서 늦은 밤에 들어오게 되고, 그러다 보니 새벽에 일어나는 일이 무척 고단했어요. 하지만 보살님이 절에 올라올 일이 있으면 언제든 연락을 주세요. 그날은 일정을 조정해서 그 시간에 기다리고 있겠습니다."

세 분 중에는 자식을 따라 대구로 이사를 하시고도, 고향의 절이 그리워 매월 음력 초하루마다 먼 길을 힘들게 오는 분도 계신다.

"보살님, 얼마 전 대구로 이사 가셨잖아요. 대둔사를 기억해주셔서 힘이 됩니다만, 가까운 절에 가셔서 예불하고 불공하셔도 괜찮습니다. 절에 계신 부처님은 모두 같은 분이에요."

절 주지라는 사람이 기껏 다른 절에 가서 불공을 드려도 괜찮다고 하니, 대둔사의 오랜 멤버인 노보살님들의 심기가 또다시 불편해진 듯 보였다.

"보살님, 도와주세요. 앞으로 절에서 행사가 있으면 이주노동자나 이주여성들도 참석시킬 테니 많이 가르쳐주시고요. 아이들도 이뻐해주면 좋으니까 어르신들께서 많이 도와주셔야 합니다."

알겠다는 뜻인지 모르겠다는 뜻인지 알 수 없는 표정을 짓던 할머님들이 하나둘 자리에서 일어나 먼지 쌓인 절간 여기저기를 물걸레질하기 시작했다. 내친 김에 내려갈 일정을 미루고 법당 청소와 점심 공양도 같이했다. 자식 잘되길 바라는 우리네 어머님 마음이 고스란히 느껴졌다. 평생 농사를 지으며 자식들을 공부시킨 어머니들의 모습이 나의 어머님과도 다르지 않았다. 목탁 소리가 울려야 할 절에 그 소리가 들리지 않으면 불자들은 불안해하게 마련이다. 오래도록 이 절에 드나든 마을 어르신들이 불만을 갖는 것은 당연한 일이었다. 스님이 절은 안 지키고 어디를 그렇게 돌아다니느냐는 타박을 들을 만도 했다. 나 역시 주지로서의 역할에 충실하지 못한 부분이 있음을 모르는 바 아니므로 반성하는 시간을 가졌다.

나는 간혹 사람들에게 대둔사를 지키는 개 네 마리 봄, 여름, 가을, 겨울이를 가리켜 부주지라고 소개한다.

"보살님, 저 강아지들이 대둔사 부주지예요."

"아이고, 스님도 참….."

"저는 임명장을 받은 주지고요, 개들은 절을 지키면서 낯선 사람들이 오면 반기든 안 반기든 저렇게 짖어대니까 부주지 맞지요."

부주지들은 매일 아침 잘 다녀오라며 꼬리를 흔든다. 늦은 밤에는 주인의 차 소리를 알아듣고 제자리에서 뛰며 반갑다고 컹컹 짖어댄다.

"저는 주지 할래, 복지 할래 물으면 복지를 택할 겁니다."

주지 4년 임기를 마칠 즈음 큰스님께 인사를 갔다. 그날은 주지 소임을 내려놓고 복지사업에 전념하겠다는 결심을 허락받으려는 걸음이었다.

"큰스님, 주지로서의 소임을 책임지랴 복지사업을 하랴 벅찰 때가 있어요. 노보살님들도 진득하게 대둔사를 지켜줄 사람을 원하고요. 대둔사에서 복지관까지 매일 출퇴근하는 거리만 80킬로미터

예요."

아무리 차로 다닌다지만 하루에 150여 킬로미터씩 이동하다 보니 체력에 한계가 왔다. 귀갓길에 졸음운전으로 사고가 날 뻔한 적도 있었다. 한참 눈을 감고 계시던 큰스님께서 짧고 무겁게 한 마디를 하셨다.

"진오 스님, 아무리 힘들어도 중은 산중 절에 머물러야 해요."

처음에는 그 말씀이, 스님이 절을 비운다고 싫어하던 불자들의 얘기와 똑같은 소리처럼 들렸다. 신도들에게는 스님에 대한 이상향 같은 것이 있다. 인자한 인상에 물도 가려 마실 것 같은 고고한 자태의 스님을 보고 싶어한다. 그러나 나는 신도들의 종교적인 기대심리를 채워주기에는 부족한 게 많았다. 그보다 내가 필요한 자리에가 있는 것이 맞다는 생각이 들었다. 그러나 한편으로는 큰스님의 말씀처럼 산중 절에 머무는 동안 일상에서 지친 몸과 마음을 치유받고 있었다.

아침 새소리에 눈을 뜨면 몸과 마음이 차분해진다. 천년고찰이 뿜어내는 고즈넉한 분위기와 자연이 선물해주는 공기와 물, 이러한 신성한 기운을 내가 알아채지 못할 뿐이었다. 그래서 사람들이 산을 찾고 절을 방문하는 것일 테다. 지치고 아픈 사람들이 오래된 고찰을 방문하면 무한 리필의 피톤치드를 얻어가는 것이다. 마라톤과 철인3종 경기를 하며 나는 다양한 사람들을 만났다. 그들은 내가 어

느 절에 있는지 궁금해했다.

"스님, 어디에 계세요?"

"복우산 대둔사라고 구미와 상주 경계 지역에 있습니다."

"우리 집사람과 한번 찾아뵙겠습니다."

이렇듯 운동을 통해 새로운 사람들을 만났다. 마음이 고통스러울 때 절간은 의지처가 되고 나는 자연스럽게 상담사가 되었다. 부부문제와 고부갈등, 심하게 사춘기를 앓는 자녀를 둔 부모들의 고민을 들어주었다. 사실 내가 절집에서 아이들을 키우면서 겪은 사례를 공유하다 보면 웃음이 터진다.

"아이의 컴퓨터 중독이 위험하다지만 극단적인 행동을 할 정도가 아니라면 감사할 일이고, 아이가 버르장머리 없다지만 부모 앞에서 담배를 피우는 건 아니잖아요. 너무 돌아다닌다고 걱정하시지만 장애가 있어서 당장 보행이 어려운 것이 아니니 얼마나 다행입니까. '요즘 애들 버릇없다.'는 말은 4,000년 전 낙서에서도 발견될 정도로 고질적인 일이에요. 우리도 그런 소리 한번쯤 들으며 자랐잖아요."

내가 잠시 아이들 맡아 키울 때는 눈에 거슬리는 것만 보여서 속상했는데 막상 아이들이 떠나고 나니까 더 잘해주지 못한 아쉬움이 깊은 후회로 남았다.

"당장은 며느리가 마음에 안 차지만 내 자식과 평생을 같이 살아야 할 사람이니까 딸이라 생각하고 이뻐해주세요. 저도 말뿐입니다만 생각 한번 바꾸면 마음이 편해질 거예요."

　사람들은 저마다 입장이 달라서 오해를 한다. 역지사지를 주제로 차담을 나누다 보면 서로의 일에 관심을 갖게 되고 문제가 해결되는 결과도 얻게 된다.

　보살님들이 다녀간 다음 날 아침 나는 가사 장삼을 입고 법당에 들어갔다. 부처님 제자로서 주지 소임을 하려니 역할에 충실하지 못하다는 생각, 어떻게 시간을 나눠서 써야 좋을까 하는 고민이 항상 머릿속에 있었다.

　"부처님, 제가 새벽 4시에 일어나 예불을 드리는 일이 무척 고됩니다. 주지로서 해야 할 일은 뒷전이고 사람들 눈치 보며 주지 흉내를 내는 것도 힘이 들고요. 센터가 안정을 찾으면 제가 못하고 있는 일들에 대해 신경을 더 쓰겠습니다. 그때까지 기다려주세요. 제가 새벽마다 예불을 못 올리더라도 부처님은 이해해주세요. 밖에서 만나는 사람들을 부처님 대하듯 하겠습니다. 그 일로 출가 본분을 다 하겠습니다. 도와주십시오."

　그날 이후 나는 두 다리 쭉 뻗고 잠을 잘 수 있었다. 마치 잘못을 고백한 사람이 상대방에게서 용서한다는 말을 듣지 않았어도 스스로의 참회, 그 자체만으로도 마음이 가벼워지는 것처럼 무거운 짐 하나를 내려놓았다. 편안한 마음으로 아침 6시에 일어나 하루 일과를 꾸렸다. 어느 날은 지역 대학으로 강의를 하러 가는 날이라 절에서 온종일 강의 자료를 준비하고 있었다.

"하이고, 오늘은 주지스님을 뵈었네. 행운이다, 행운!"

삼총사 보살님들이 절에 오셨다. 4년 전 절간에 목탁소리가 안 들린다고 센소리를 해주던 보살님들이 반갑게 인사를 하신다. 여든을 훌쩍 넘긴 할머님들은 작년보다 허리가 더 굽었다.

"보살님들, 건강은 좀 어떠세요? 올라오느라 다리 안 아프셨어요?"

"우리 아들이 데려다주고 갔지요. 스님, 우리가 오늘 할 일이 산더미지요?"

대둔사에는 그동안 크고 작은 변화가 있었다. 절에 목탁소리가 끊이지 않도록 때마다 예불하는 스님이 따로 계시고, 공양간 살림을 맡은 공양주 할머님도 살고 계신다. 센터에도 외국인 스님과 사회복지사들이 영입되어 이제는 나도 주지답게 절에서 법회를 진행한다. 그동안 음력으로만 법회를 열었다면 지금은 매월 두 번씩 일요일에 사찰을 방문하도록 주말 개념을 도입했다.

그러나 세월에 장사 없다고 부주지 개 네 마리는 두 마리로 줄었다. 관절이 약해진 여름이가 보살님들 걸음 소리에 살살 걸어와 꼬리를 흔들며 애교를 부린다. 새로 온 흰돌이는 부주지 직을 이어받았다.

"컹컹!"

조금만 낯선 사람이다 싶으며 앞뒤 안 가리고 기선제압을 하려 드는 모양이 많이 미숙하다. 삼총사 보살님들 정도면 어련히 알아봐야 하는데 말이다.

보살님들에게도 변화는 있었다. 갈 곳이 없어 잠시 대둔사에 머무는 이주여성과 아기들 그리고 노동자를 대하는 모습이 달라지셨다. 이주노동자 축제 행사나 초파일마다 쌀을 내려보내시고, 병원비도 지원해주신다. 간혹 이주여성과 아기들이 합장인사를 하면 귀엽다며 치마를 들치고 고쟁이에서 용돈을 꺼내주는 모습이 꼭 사랑하는 손자를 대하는 모습과 닮았다.

이번 초파일에는 병원에 누워 있는 환자와 이주노동자들에게 선물할 연꽃 컵등 만드는 일을 거들겠다고 하신다. 연등에는 아픈 사람에게는 쾌유를, 실의에 빠진 사람에게는 희망을, 아이들에게는 꿈을, 수험생에게는 합격을, 졸업자에게는 취업을, 중년에게는 안정을, 어르신들에게는 건강을, 그리고 이주노동자에게는 희망을 밝히라는 발원을 담았다.

"아이고 보살님! 병실에 갈 건 좀 작아도 돼요."

"에이~ 스님, 째째하게 어디 그런데요. 아픈 사람에게 젤루 큰 등을 줘야지."

등에 불이 켜지면 소원이 이뤄져 많은 이들의 삶이 풍성하고 아름다워질 것이다.

'나누고 함께하면 행복합니다.'

올해 불기 2558년(서기 2014년) 초파일 공식 표어가 모든 것을 담아내고 있다.

•스승이 지켜주신 그 마음•

진오는, 참 자비롭구나

나는 털신을 벗어놓는 댓돌 옆에 두부전을 잘게 부숴 놓아두고 방으로 들어갔다. 그날부터 새끼 고양이는 하루에 한 번씩 내가 놓아둔 음식을 먹으러 나타났다. 하루는 공부를 마치고 방문을 열고 나오는데 새끼 고양이가 내가 벗어둔 털신 안에서 몸을 웅크린 채 쉬고 있었다. 이 모양을 가만히 보시던 스승님이 한마디하셨다.

"진오는 참, 자비롭구나."

"큰스님, 저 오늘 서울로 올라갑니다."

"그래, 진오가 객지에서 고생 좀 하겠구나. 열심히 보고 배우거라."

나는 은사 스님이 계신 전라북도 김제 금산사에서 행자 생활을 마치고 대학 입학에 맞춰 서울로 올라왔다. 스승께 법명을 받은 지 얼마 안 돼 곧바로 큰절을 떠나게 된 것이다. 금산사에서 행자 생활을 할 때에는 아침 예불 이후 단잠을 잘 수도 있었고, 행자들도 3명 뿐이어서 서로간에 불필요한 경쟁이 없는 조용한 곳이었다. 그런 곳에 있다가 대학에 들어가니 선배들의 승기가 장난이 아니었다.

쉬운 말로 군기를 잡는 분위기였다.

신입생 가운데 나를 합쳐 3명이 내 또래였다. 당시 나는 고교를 졸업하고 바로 입학해 세상 물정에 어두운 풋내기였다. 그에 비해 도반(道伴)들 24명은 연령 차이가 있었다. 게다가 승가 햇수도 달라 나는 늘 막내였다. 다른 분들은 이미 출가한 몸으로 절에서 어느 정도 위치에 올랐으나, 학교에서 불교를 더 공부하고 싶어 입학한 경우였다. 당연히 의젓한 분위기의 도반 스님들에 비해 어설픈 나는 항상 눈에 띄었다.

"진오 스님은 이래서 스님이 되겠나."

수업에 들어오는 스님 교수 중 한 분은 나와 눈만 마주치면 만면에 미소를 띠고 이렇게 놀리곤 하셨다. 당시엔 무슨 소린지 몰라 머리를 긁적거렸는데 아마 승복이 몸에서 겉돈다는 뜻이었지 싶다. 다른 이들에게 나는 그저 천둥벌거숭이로 보였을 것이다.

당시 1980년대 대학가에는 민주주의를 외치는 시위가 자주 있었다. 대자보 내용을 보면 학생들이 부르짖는 얘기가 부당한 것이 아니었다. 하지만 마음과 머리로만 그들과 함께할 뿐, 실제 동참하기는 어려운 처지였다. 나는 수업을 마치면 스님들 기숙사인 백상원으로 곧바로 돌아가야 했다. 게다가 만일 기숙사 공용 전화에서 벨이 세 번 울리기 전에 달려가 받지 않으면 공부하는 선배 스님을 방해했다는 이유로 엄청나게 혼이 나는 막내 1학년생이었다. 공양 시간마다 선배들의 방석을 미리 깔고 발우도 각자의 자리에 정확히 내려놓아야 했다. 그런 배식당번을 제대로 하지 못해 엎드려뻗쳐를 하고 엉덩이를 맞은 적도 있었다.

"우리가 2학년이 되면 반드시 저런 빠따 문화를 없애야 합니다."

동기들은 모이면 씩씩거리며 한마디씩 했지만 나는 거기서조차 발언할 순번이 아니었다. 당시 내가 낼 수 있는 용기란 고작 선배의 승기에 저항하는 도반의 발언에 동의를 표하는 수준이었다. 시간이 흘러 기수가 올라갔지만 내게는 여전히 학교와 기숙사 생활의 노하 우란 게 생기지 않았다.

"우리 진오 스님은 장판 때가 안 묻네. 허허허."

고학년은 바깥출입도 자유로웠고, 아침 예불에 빠져도 뭐라 시 비를 거는 사람이 없었다. 그런 선배들이 볼 때 내가 융통성도 없고, 눈치껏 굴지도 못하니 유난히 신입생 티가 나서 놀려댔던 것이다.

나는 뭐든 열심히 했다. 사실 학비와 용돈을 벌기 위해 아르바 이트를 했고, 스승님 말씀대로 부지런히 살았다. 4학년 동안 단 한 번도 학비를 도와 달라고 스승님께 부탁하지 않았고, 군대에서 군 법사 생활도 열심히 했다. 그러나 사고 이후 앞으로 어떻게 살아야 할지에 대해 고민하게 되었다. 그 무렵 나에게 구미로 내려와 복지 사업을 해보면 어떻겠느냐는 제안이 들어왔다.

1999년, 금오종합사회복지관에서 나는 복지사업에 내 삶을 온 전히 투사했다. 열정과 최선을 다했다. 그런데 본의 아니게 나의

'열심' 때문에 그에 비교당하며 공연히 핀잔을 듣는 사람들이 생긴 모양이었다. 그들이 나에 대해 좋지 않게 얘기한다는 말이 들렸다. 이후 어떤 '열심'은 순수한 의도와 달리 다른 사람들을 힘들게도 할 수 있다는 걸 알게 되었다. 그리고 마음이 조금 복잡해졌다.

"스님, 저 이제 금산사로 돌아갈 시간인가 봅니다. 구미에 너무 오래 머물렀어요."

"진오야, 니가 참 고생이 많다. 다른 사람 말에 다치지 마라. 이제 껏 부려먹고 내가 너를 어딜 보내겠느냐. 앞으로 대둔사에 가서 네가 하고 싶은 활동을 하거라."

어느 하나에 집중하면 그 일만 곧이곧대로 파고드는 부족한 후배를 큰스님은 이렇게 다독이고 응원해주셨다.

주지를 할 생각이 없다고 말씀드렸지만 큰스님의 결정을 거스를 수가 없었다. 그렇게 2003년 대둔사 주지 임명장을 받았다. 말이 주지스님이지 사실 사찰에 머무는 시간보다 복지사업에 더 신이 나 있을 때였다.

그리고 어느덧 10년이라는 시간이 흘렀다. 2013년 초파일을 한 달 앞두고 우연히 뚜안을 만났다.

"안녕하세요. 센터에 친구 만나러 왔어요."

"반가워, 뚜안! 그런데 왼손이 아픈 거야? 왜 붕대를 감고 있어?"

사연을 들어보니 단순한 상처가 아니었다. 새끼손가락을 빼고 모두 프레스기에 잘렸다. 합장을 하게 했더니 사라진 부위가 너무 컸다. 손이 없는 그에게 일자리를 줄 사람은 없었다. 다행히 산재보험에 해당되어 보상금은 받았지만 한국에 올 때 진 빚을 갚기 위해 모두 집으로 송금했다고 한다. 일자리도 없이 마냥 머물 수가 없다며 뚜안은 2주 뒤에 고향인 베트남으로 돌아간다고 했다. 나는 그에게 왜 의수를 안 했는지 물었다.

"비싸서 못해요."

서른 살 베트남 청년 뚜안의 어깨는 축 쳐져 있었다. 150만 원이 없어서 저렇게 손이 잘린 상태로 고향에 돌아간다면, 과연 베트남 사람들은 한국사람에 대해 어떻게 생각할까? 뚜안은 고향 친구들을 만나 뭐라고 말을 할까? 순간 이건 아니다 싶었다. 나는 어떻게든 그를 도와줘야 한다는 생각에 모금을 하기로 했다. 그리고 뚜안이 고향으로 돌아가는 날도 연기를 했다. 몸이 멀쩡한 사람도 마음에 상처를 입으면 자존감이 떨어지는데, 없어진 손을 매일 보며 살아간다는 건 결코 쉽지 않을 것이다.

나는 그의 허락을 받고 손이 잘려나간 부위의 사진을 페이스북에 올렸다. 한국에 와서 일을 하다가 손을 다쳤는데 그냥 돌아가려고 한다는 글과 함께 의수를 만들기 위해 150만 원이 필요함을 호소했다. 그리고 의수제작비 마련을 위해 다시 100킬로미터 마라톤을 뛰겠다고 올렸다.

292 한 달 만에 후원금이 마련되었고, 성공적으로 의수가 제작되었

다. "마음을 나눠주셔서 감사합니다."라는 글과 함께 의수를 낀 뚜 안의 사진을 페이스북에 올렸다. 나는 이 기쁨을 초파일 날, 절에 오 신 분들에게도 전했다.

"부처님은 큰 등을 원하지 않습니다. 우리가 큰 등을 올리면 복 을 많이 받고, 작은 등을 올리면 적게 받는다고 착각할 뿐입니다. 부 처님은 자신 가까이에 등을 켜라고 말씀하지 않았습니다. 단지 사 람들이 법당 가까이 등을 켜면 좋아하고 조금 구석진 곳에 밝히면 뭔가 부족할 거 같다고 생각할 뿐입니다. 결코 부처님은 사람을 차

별하지 않습니다. 비록 저 뒤에 있더라도 간절한 발원으로 밝힌 등이 더 오래간다고 하는 빈자일등(貧者一燈)의 설화가 전해집니다. 적은 돈이라도 십시일반 모아서 어려운 이웃을 위해 자비의 등불을 밝히는 것이 부처님오신날을 되새기는 진정한 의미가 될 것입니다."

법문을 마치고 대둔사 노보살님들께는 따로 감사를 드렸다. 할머님들이 시주하신 1,000원, 2,000원의 정성이 모여서 뚜안에게 의수를 선물할 수 있었기 때문이다.

"아이고, 우리 주지스님, 말씀도 잘하셔. 내가 스님 팬이라서 외국 사람들에게도 열심히 잘하잖아요."

보살님들이 법문과 독경을 잘 들었다고 말해주실 때마다, 아르바이트로 불공을 올리던 대학 시절이 떠올랐다. 천수경(千手經)을 다 외우지 못해 자신 없이 목탁을 치며 웅얼거리고 나왔던 때가 엊그제 같다. 선배의 승기에 소심하게 저항하며 기가 눌려 있던 대학 신입생이 어느덧 이웃의 어려움을 여러 사람에게 알리고 실질적인 도움을 끌어내는 용기를 갖게 되었다. 부족하고 곁을 잘 살피지 못하던 내가 이렇게 설 수 있도록 도와준 분들을 떠올리면 감회가 새롭다.

세상에는 천부적인 자질로 처음부터 일을 잘하는 사람보다 노력을 통해 훌륭한 경지에 오르는 사람들이 더 많다. 우리 주위에는 부

족함을 탓하기보다 좋은 점을 눈여겨보고 용기를 불어넣는 사람들 또한 많다. 내게도 그런 분이 계셨다. 바로 내가 가진 장점을 돌아주고 일깨워준 선배 스님들이시다.

실상사에서 잠시 공부를 할 때였다. 지리산은 웅장한 산세가 그렇듯 겨울이면 다른 지역보다 더 추웠다. 아직 겨울 같은 초봄, 산고양이가 새끼를 낳았다. 어느 날, 공양간 음식 냄새를 따라 새끼 고양이가 스님들 공간으로 들어왔다. 조금 떨어진 곳에서 어미가 불안한 눈으로 새끼를 쳐다보고 있었다. 툇마루에 앉았던 내가 손을 내밀자 새끼 고양이는 도망을 갔다. 다가가면 멀어지고 가만히 있으면 다가오길 여러 번, 나는 털신을 벗어놓는 댓돌 옆에 두부전을 잘게 부숴 놓아두고 방으로 들어갔다. 그날부터 새끼 고양이는 하루에 서너 번씩 내가 놓아둔 음식을 먹으러 나타났다. 하루는 공부를 마치고 방문을 열고 나오는데 새끼 고양이가 내가 벗어둔 털신 안에서 몸을 웅크린 채 쉬고 있었다. 이 모양을 가만히 보시던 스승님이 한마디하셨다.

"진오는 참, 자비롭구나."

미숙하고 어려 세상의 이치를 얻지 못했던 나에게 스승은 관대했다. 빨리 영글라고 재촉하지 않고 기다려주었다. 젊은 날 내가 가졌던 작고 여린 것들에 대한 '측은지심'과 '열심'은 이제 쉰 살을 넘기며 한층 성숙해졌다. 이는 어쩌면 나의 사소한 부분을 이해하고 아껴주신 스승들 덕이다.

・내 인생의 첫 번째 제자・

오복 스님

법당에 들어서니 재호와 재민이가 입으로만 까불까불 절을 하고 손으로는 승재의 방석을 뺏어 장난을 치고 있었다. 과묵한 승재는 동생들이 그러든 말든 맨 바닥에 엎드리고 일어서기를 반복하고 있었다. 재호와 재민이를 마당으로 데려가 비질을 시키는 동안 승재는 홀로 등이 흠뻑 젖도록 108배를 채우고 조용히 법당을 내려왔다.

"선근(善根)이 있어 틀림없이 스님이 될 인연의 학생이 있으니 잘 키워보거라."

고등학교 교복 차림의 소년이 대둔사로 찾아왔다. 어머니와 동행했는데 가져온 짐이라고는 책가방과 간단한 옷가지가 전부였다. 소년이 꾸벅 허리를 숙여 인사하고 고개를 드는데 눈에 초점이 없었다. 순간 '상처가 많은 아이구나!' 싶었다. 며칠 전 전화를 주셨던 도리사 법등 큰스님의 진중한 음성이 떠올랐다. 스님은 내게 거두는 제자가 있느냐고 물으셨다. 정신없이 대둔사와 이주노동자센터,

김천시 다문화가족지원센터를 오가는 바쁜 나날을 보내는 나로선 누군가를 책임지고 가르칠 처지가 아니었다. 하지만 인연이 닿았으니 함께할 수밖에 없었다.

승재의 어머니는 방황하는 아들을 더 이상 감당할 수 없어 절에 맡긴다며, 잘 보살펴 달라고 부탁했다. 초창기 통일청소년 아이들처럼 승재는 상대방의 눈을 정면으로 쳐다보지 못했다. 마치 다른 세계에 들어가 앉은 것처럼 조용한 아이였고, 자신의 속마음을 드러내는 성격이 아니었다. 그날부터 승재의 절집 생활이 시작되었다.

기특하게도 승재는 도착한 다음 날부터 새벽 5시 예불에 한 번도 빠지지 않을 정도로 성실했다. 내가 처음 출가할 때 스승으로 모시려던 분이 더 좋은 스님이 계신다며 소개했던 것처럼 승재도 큰스님의 소개로 내게 왔으니 참으로 희한한 것이 인연이다. 첫 만남부터 예사롭지 않다는 생각이 들었다. 하지만 함께하는 동안 승재에게 스님이 되라고 강요할 생각은 없었다. 어차피 고등학교 공부는 마쳐야 했으므로 평범한 학생으로 지내도록 했다. 아직은 부모 곁에서 사랑을 받고 투정을 부릴 나이인데 가족과 떨어져 절에서 잘 지낼 수 있을까 걱정되었다. 그리고 이 성실하고 순한 아이가 거친 수행의 길에 들어선다고 생각하니 왠지 마음 한 켠이 찌르는 듯 아렸다.

승재가 절에 오고 얼마 되지 않아 형제를 더 맡아 기르게 되었다. 재호와 재민이는 부모의 이혼으로 인한 두려움과 외로움이 있는 아

298

이들이었다. 대체로 이런 상황에 처하면 아이들은 불안정하고 스트레스가 높아진다. 다음 날부터 세 녀석이 절집을 들었다 났다 하는 일이 반복되었다. 정확하게 말하면 승재를 뺀 두 형제의 말썽으로 절간은 하루도 조용한 날이 없었다. 학교에 가려면 최소한 아침 6시에는 일어나야, 식사를 하고 7시 버스를 탈 수 있다. 아침잠이 많은 아이들이라, 나는 아침이면 아이들을 깨우느라 늘 씨름을 한다. 재호와 재민이는 단 한 번도 먼저 일어난 적이 없었고, 몇 번을 반복해 큰소리를 치거나 이불을 거둬내야 겨우 눈을 떴다. 밥 먹는 것도 시큰둥, 씻는 것도 대충. 게다가 초등학교 5학년인 재민이가 오줌을 싼 이불을 숨기고 용돈까지 요구할 때면 나는 그야말로 뚜껑이 열렸다.

하루는 학교에서 돌아올 시간이 지났는데도 재호와 재민이가 나타나질 않았다. 한참을 찾아다니다 PC방에서 정신없이 놀고 있는 아이들을 발견했다. 요즘 아이들 말로 정말 '헐'이었다. 대둔사행 버스를 놓치고 혼날까봐 들어오지 않으려 했단다. 화난 심정을 삭이고 비상상황이 생기면 전화로 연락할 것을 알려줬다. 나 역시 이런저런 일을 제쳐두고 아이들을 태우러 갈 때면 정말 애 키우는 게 장난이 아니라는 생각이 들었다.

기숙사 생활을 하는 승재는 주말이면 절에 오는데, 그럴 때마다 아이들은 서로 만나 우당탕거린다.

"숫자 세는 소리가 하나도 안 들려. 제대로 하고 있는 거냐?"

"스물, 스물하나, 스물셋, 스물넷… 서른하나…."

"이노무 자식들, 108배를 몸으로 하지 입으로 하냐."

아이들에게 매를 들 수는 없어서 서로 싸울 때면 법당에서 108배를 시켰다. 숫자를 건너뛰며 셀 것임을 알면서도 마냥 지켜보고 있을 수도 없는 노릇이니, 자기 잘못을 인정하고 화해시키는 것으로 마무리했다. 일반 사람들이 바쁘게 사는 것처럼 절집에서의 나의 삶도 다르지 않다. 사람들을 만나고, 걸려오는 전화에 응하고, 기도하는 날과 상담 시간을 조절하는 등 항상 바삐 움직여야 했다.

잠시 자리를 비웠다 법당에 들어서니 아니나 다를까, 재호와 재민이가 입으로만 까불까불 절을 하고 손으로는 승재 방석을 뺏어 장난을 치고 있었다. 과묵한 승재는 동생들이 그러든 말든 맨 바닥에 엎드리고 일어서기를 반복하고 있었다. 재호와 재민이를 마당으로 데려가 비질을 시키는 동안 승재는 등이 흠뻑 젖도록 홀로 108배를 채우고 조용히 법당을 내려왔다. 누가 보든 안 보든 약속을 정확하게 지키는 승재에게 자꾸 눈길이 가는 건 당연했다. 숫기가 없는 아이지만 동생들과 살며 조금씩 감정을 표현했고, 형으로서 모범을 보이려 애썼다. 그러나 그 변화는 아주 느렸고, 자기만의 생각에 빠져 전체를 보는 데는 조금 서툴렀다.

실상 순한 승재는 동생들 등쌀에 늘 당하는 듯했지만 자세히 살펴보면 나름의 방식으로 동생들을 보살피기도 했다. 용돈을 주면 동생들에게 간식을 사주고 방 청소는 철부지들을 대신해 혼자서 했다. 동생들이 말썽을 부리면 형이라는 이유로 대신 꾸지람을 듣기도 했다. 그래도 억울하다는 말대꾸 한번을 안 하고 묵묵히 상황을 받아들여서 오히려 꾸지람하는 나를 미안하게 만들었다. 동생들 역시 이런 승재가 자신들의 방패막이 역할을 해주고 있다는 걸 차츰 느끼는 듯했고, 언제부터인가 주말에 기숙사에서 늦게 나오면 기다리곤 했다.

주말마다 가는 목욕탕에서도 승재는 변함이 없었다. 두 형제가 탕을 들고 나며 돌아다닐 때에도 승재는 물에 몸을 담그고 붉은 얼굴로 차례를 기다렸다. 이랬던 승재가 변한 건 고등학교 3학년 여름이었다. 5박 6일 동안 자전거로 220킬로미터 제주 일주를 하러 가자는 말에 못 간다고 반기를 들었다.

"스님, 저 수험생이에요."

지난 학기까지 내 말에 순순히 따르던 아이가 싫다는 의사표현을 분명하게 했다. 수능준비를 하는데 말이 되느냐는 눈빛이었다. 2년 전, 처음 절에 왔을 때 대둔사행 버스 타는 곳을 사람들에게 묻지도 못하고 마냥 기다리기만 할 정도로 부끄러움이 많았던 승재의 대꾸가 뜻밖이었다.

"승재야! 너 지금 공부하니까 제주도에 갈 시간이 없다는 거지? 솔직히 말해라. 제주도 자전거 도전이 힘들 거라고 생각해서 은근히 빠지려는 건 아니니?"

"…."

"승재야. 난 네가 자신감을 갖는 게 더 중요하다고 본다. 지금 5박 6일 더 공부해서 성적이 갑자기 올라가겠니? 비록 고등학교 3학년 수험생의 마지막 여름방학이지만, 난 네가 육체적으로 힘든 과정을 이겨내면 분명 배우는 것이 있으리라 생각한다. 너 지금 이대로라면 동생들에게 무시당하는 것처럼 삶의 파도를 헤쳐 나가기 어려울 게다. 세상은 그렇게 만만한 곳이 아니야. 제주도 안 가도 돼! 하지만 지금이 아니면 나와 함께할 기회가 없다는 걸 생각해봐라."

한참을 머뭇거리던 승재는 통일청소년들과 제주행에 동참했다.

지난 8년 동안 7명의 아이들이 대둔사를 거쳐갔다. 그 가운데 6명은 다시 부모의 곁으로 돌아가고 승재만 남았다. 절간에 갑작스럽게 고요가 찾아왔고, 고등학교 3학년 승재는 한동안 진로를 앞두고 고민이 많았다. 비록 부모의 결정으로 절에 보내졌지만 두 번의 봄과 겨울을 함께 보내면서 승재는 단순히 절에 맡겨진 아이가 아니었다.

승재를 불러 물었다.

"학교를 졸업하면 진로를 결정해야 하는데, 진로 고민은 끝났니?"

"네, 스님. 그런데 제가 스님처럼 부처님 제자가 될 수 있을까요?"

마음이 울컥했다. 지난 2년간 일부러 승재에게 머리 깎으라는 말을 하지 않았다. 교복을 입고 등하교하는 또래의 아이들처럼, 평범하게 학교를 졸업해 대학에 가거나 기술을 익혀 회사에 입사하면 좋겠다는 생각을 했다. 가능한 한 승재가 스스로 인생의 길을 선택할 기회를 주고 싶었다. 그러면서도 한편으로는 '출가를 한다면 어떤 교육을 시켜야 하나, 지금의 성적으로는 쉽지 않을 텐데…' 하는 이율배반적인 고민과 감정을 갖고 있었다. 그런데 승재 입에서 스님이 되겠다는 말이 나왔다. 어깨를 토닥이며 승재에게 되물었다.

"그런데 정식으로 내 제자가 되려면 대학에 들어가 공부를 해야한다. 공부 없이 그냥 승복을 입으면 오래 갈 수가 없어. 요즘은 시대가 변해서 옛날 방식으로 스님이 되어서는 한계가 있단다. 일주일 후에도 네 생각에 변함이 없으면 불교대학에 들어갈 준비를 하고 입학 원서를 구해오거라.”

일주일이 지났고 승재는 수시전형 원서를 작성했다. 평소 곧이곧대로인 모습, 정직한 성정, 순진무구한 태도의 승재 스타일이라면 탈락이 될 듯싶었다. 먼저 자기소개서를 직접 써오게 했다. 그 과정에서 나와 승재는 첨예한 대립이 있었다.

“승재야, 출가하는 이유를 써야 하잖아. 그런데 여기 부처님 가르침을 받아 세상 사람들을 구제하겠다고 썼네. 이건 너무나 상투적인 내용이야. 이런 거 말고, 너만의 목소리를 담아야지. 누구나 쓸 수 있는 그런 내용 말고…”

“스님, 저는 부처님 가르침대로 깨달음을 얻겠다는 생각으로 그렇게 살고 싶어 출가를 결심했어요.”

“알아, 승재야. 네 마음은 이 스님이 누구보다 잘 알지. 하지만 원서와 함께 내는 자기소개서는 이런 식으로 너무 뻔한 내용을 써서는 통과하기가 힘들어. 다시 써오렴.”

또래 친구들이 대학생활을 어떻게 하는지, 세상의 흐름을 익히지 않으면 승재가 출가를 한다고 해도 자신 있게 살아갈 수 없다는 판단이 들어서 마음이 조급해졌다.

조금 이따 승재가 상기된 얼굴로 수정한 글을 내밀었다.

“승재야~! 동국대학교에 들어가서 불교 교리를 공부해 큰스님이 되겠다고? 이게 네가 원하는 거야? 면접관들이 허수아비인 줄 아냐? 그분들은 여러 학생들 중에서도 정말로 인재로 키울 가능성이 있는 학생을 뽑으려 할 거야. 나 같으면 이런 자기소개서를 보고는 뽑지 않겠다. 왜 스님이 되려고 하는지 별로 설득력도 없고, 동국대학교 불교대학에 입학해서 4년의 과정을 어떻게 보낼지 구체적인 계획도 나와 있지 않으니까 말야. 진짜 너만의 생각과 진심을 담아보도록 다시 노력해봐."

자신의 생각을 설명하는 일이, 그리고 상대를 설득하는 일이 어디 쉬운 일인가. 하지만 승재가 머리를 깎겠다고 결정한 이상 더는 과묵한 소년으로 머물러서는 안 되었다. 무작정 참기보다 잘못된 일은 잘못되었다고 자신의 목소리를 낼 수 있어야 하고 자신의 생각을 분명하고 당당하게 상대에게 전하는 사람이 되어야 했다. 대학 진학을 먼저 권했던 것도 그래야 세상에 나가 자신이 하고자 하는 일을 펼칠 수 있을 거란 생각 때문이었다.

승재는 중학교 1학년 시절 부모님의 이혼으로 절망감을 느끼고 성격이 바뀌었다고 한다. 나는 승재에게 그런 아픔이 불교 공부를 통해 이혼가족 청소년을 돕는 데 있어 오히려 장점이 될 것임을 강조했다. 승재는 다섯 번의 논쟁과 수정 끝에 자기소개서와 원서 작성을 마쳤다. 거기에는 2013년 제주에서 통일청소년들과 220킬로미터를 자전거로 완주한 경험, 고등학교 2학년 때 베트남으로 봉사를 가서 순수한 아이들의 행복한 미소를 본 것 등의 일화가 담겨 있었다. 이 정도면 면접관 앞에서 대학에 진학하는 이유를 분명한 자기 목소리로 말할 수 있다고 판단했다. 나는 승재의 솔직함을 응원하며 와락 안아주었다.

서류는 일단락됐지만, 이제 면접이 중요했다. 면접 날 새벽 승재를 태우고 대둔사에서 경주로 향했다. 식당에서 든든하게 속을 채우고 면접실로 올려 보냈다. 아이를 기다리는 한 시간이 10년처럼 더디게 느껴졌다. 가만히 있지 못하고 내내 서성거렸다. 자식을 기다리는 아빠의 심정이 이럴까. 다른 부모님들도 출구를 바라보며 몇 시간씩 아이들을 기다렸다. 최선을 다하면 분명히 좋은 결과가 있을 거라 생각하며 초조한 마음을 진정시키려 학교 내 법당에서 합격기원 108배를 올렸다. 승재가 나왔다. 면접에서 있었던 일을 주절주절 이야기하는데 하나도 귀에 들어오지 않았다. 큰 행사를 치르고 난 뒤의 공허함이 밀려온 듯 나는 진이 빠진 채 대둔사로 돌아왔다.

이제부터는 출가에 관한 행정처리를 서둘러야 했다. 먼저 승재의 담임선생님을 찾아갔다.

"선생님, 그동안 우리 승재를 잘 지도해주셔서 감사합니다. 앞으로 이 아이가 스님이 되려면 지금부터 큰절에 들어가 행자 생활을 익혀야 합니다."

마침 학교에서도 출가를 준비하는 승재의 선택을 이해하고 별도의 진학상담이 필요없다며 행자 생활을 허락해줬다. 이후 승재는 직지사(直指寺)에 입산했다. 종단에서 실시하는 사전교육도 마쳤다. 그

리고 승재는 모교 최초로 동국대 경주캠퍼스 불교대학에 합격해 축
하를 받았다.

"승재야, 지금의 기쁨을 오래 유지하려면 앞으로 10년은 더 열심
히 공부해야 한다. 부족한 영어나 한문 공부도 챙기고 인문학 관련
공부도 열심히 하면서 직접 찾아다녀라. 스스로 공부해야 한다."

오래 전 스승님이 내게 해줬던 말을 승재에게 해주었다. '말을
물가에 끌고 갈 수는 있어도 억지로 먹일 수 없다.' 만약 승재의 출
가 의지가 약해졌다면 우리는 스승과 제자의 연을 맺지 못했을 것
이다. 승재가 가진 진득한 선근, 약지 못한 천성이 좋은 불심으로 발
현될 것을 믿는다. 어느덧 공양간 군불을 떼고 염불을 외우며 법주

사에서 보낸 행자 시절, 선배들이 어려워 바짝 군기 들었던 학창 시절의 추억이 스쳐가면서, 뒤를 이을 제자를 만났다는 것에 든든해졌다. 다만, 아이를 물가에 내놓은 것처럼 조금은 걱정이 남아 있다. 하지만 나의 스승들이 그랬던 것처럼 나 역시 채근하지 않고 오래 지켜보고 기다릴 것이다.

앞으로는 승재처럼 출발은 늦어도 자기 미래를 찾아가려는 아이들을 위한 대안학교를 만들고 싶다. 다문화 2세 청소년이나 통일청소년 그리고 학교 부적응 학생들에게는 맞춤형 교육이 필요하다. 제도권의 교육을 지원하되 개인이 처한 상황을 조화롭게 유지하는 선에서 사람을 길러내는 그런 인재 양성 말이다. 국가의 성장은 청소년의 행복지수에 달려 있다. 학생들이 자신의 부족한 부분을 인지하고, 선생님은 일대일 눈높이 지도로 차근차근 채워주는 장면을 떠올려본다.

이주여성과 다문화모자가족에게도 교육이 필요하다. 그들 스스로 혼자 일어서기에는 힘이 부족하므로, 그들이 자생력을 가질 수 있게 이주여성의 학력 개발에도 관심을 가져야 한다. 왜냐하면 엄마가 행복해야 아이들이 행복하기 때문이다. 더 이상 공장이나 식당에서 저임금에 시달리며 양육의 스트레스까지 받지 않도록 한국 생활에 좀 더 쉽게 적응할 수 있도록 배려해야 한다. 그런데 이러한 밑그림을 실현하기에 나 혼자만의 힘으로는 역부족이다. 그리고 내게는 그리 많은 시간이 남은 것도 아니다. 나는 이 일들을 계승할 제자를 한 명이라도 제대로 키워야 한다는 운명에 직면했다.

3월 입학식을 앞두고 승재는 사미계를 받았다. 21일간의 집중 교육에서 오후불식과 3,000배 과정을 당당히 극복하고 승복을 입었다. 법명을 무엇으로 지을까 궁리하다 '깨달음을 얻고 복을 지으라.'는 의미로 깨달을 오(悟), 복 복(福), 오복 스님으로 결정했다. 마침 나의 법명에도 깨달을 오가 들어가 있으니 만일 승재가 계속 승려의 길을 간다면 '진오 스님을 따라 복지사업을 펼치라.'는 의미로 해석할 수도 있는 일석이조의 법명이다.

마지막 대둔사에서의 하룻밤을 앞두고 승재와 목욕탕을 찾았다. 승재의 등을 찬찬히 밀어주고 내 등을 맡겼다. 눈을 감고 10년 후 의젓한 오복 스님의 모습을 그려보았다.

"그런데 승재야! 아니 오복아, 네가 없으면 앞으로 내 등은 누가 밀어주냐?"

"스승님, 제가 공부 마치고 돌아와 밀어드릴게요. 걱정 마세요!"

내 나이 열아홉 살 때 출가를 했는데, 나의 첫 제자도 열아홉 살에 수계를 받으니 우린 전생의 인연이 깊은가 보다. 쓱쓱, 쓱쓱 야무지게 때 미는 소리가 유난히 크게 들렸다. 곧 목련이 흐드러지게 필 것이다.

그는 달린다
오늘도 내일도 달린다
한 번도 본 적 없는 이웃의 상처를 보듬어 안고 아름다운 세상 같
이 살자고

얼마나 힘들까
얼마나 외로울까

무엇보다도
예고 없이 불쑥불쑥 일어나 그를 괴롭히는 갈등이라는 놈은 어
떻게 처리할까

그는 달린다
땀이 흐른다

힘들어하는 그가 사라진다
갈등하는 그가 사라진다

그는 이렇게 자신을 위해 이웃을 위해 보살행을 하고 있다

그렇다
그는 이렇게 활구참선을 하고 있는 것이다

진정으로 눈 푸른 수행승
마라톤 아리랑 진오 스님
그는 이미 부처님이다

풍류피아니스트 그냥 임동창

스님의 따뜻한 마음과
기발한 생각이 낳은 기적

저와 진오 스님과는 각별한 인연이 있답니다.

2011년 3월 희망제작소 모금전문가학교에서 강사와 수강생으로 처음 만났는데요. 그때 만난 진오 스님의 눈빛이 어찌나 맑고 밝고 웅숭깊은지 앞으로 뭔가 큰일을 하실 분이로구나, 이런 생각이 들었답니다.

무엇보다 가정폭력과 이혼, 사별로 인생의 막다른 길목에 내몰린 '홀로 아이를 키우는 다문화여성을 위한 보금자리 마련'이라는 목표를 위해 매진하고 있었지요. 그러고는 마침내 기발한 모금 방법을 창안합니다.

마라톤 1킬로미터에 100원 모금!

진심은 통하게 마련이지요. 착한 생각을 몸으로 실천하는 분들의 꿈은 반드시 이루어질 수밖에 없답니다. 그렇게 100원들이 모였고, 그렇게 모금한 100원들이 홀로 아이를 키우는 다문화여성을 위한 보금자리 '달팽이 모자원'을 탄생시키기에 이른 것입니다. 이 얼마나 귀한 일입니까?

일자리를 찾기 위해 우리나라로 오거나 결혼을 위해 이주한 많은 외국인들이 겪는 고충은 우리가 상상하는 그 이상인 경우가 많답니다. 그런 이주외국인들의 아픔을 내 몸의 아픔처럼 진심으로 아파해주고, 보듬어주고, 함께 살 길을 고민하고 행동해온 진오 스님이야말로 진정 자비와 이타심의 실천가라 할 수 있겠습니다.

지금껏 8,000킬로미터를 달리며 나눔을 실천해온 진오 스님은 '코리안 드림'을 품고 이주한 외국인들에게 한국의 따뜻한 정을 보여주고, 깨닫게 해주셨습니다.

앞으로 진오 스님과 같은 귀한 분이 많아져서 이 세상 모두가 모든 경계를 뛰어넘어 함께 행복한 삶의 공동체를 이루는 맑고 푸른 세상으로 나아갔으면 하는 바람을 가져봅니다.

스님, 정말 고맙습니다.

서울특별시장 박원순

언 땅에 희망의 꽃씨를 심다

불가에서는 '옷깃만 스쳐도 인연'이라고 합니다. 인연으로 인해 만난 사람들이 마냥 행복하면 얼마나 좋겠습니까? 하지만 세상에 살면서 인연으로 인해 행복하기도 하지만 또 근심이 쌓이기도 합니다. 이 근심을 풀어놓는 해우(解憂)가 없다면 우린 삶의 무게 때문에 허리 한 번 펴지 못하고 숨조차 제대로 쉴 수 없을지도 모릅니다. 삶을 팍팍하게 만들고 절망으로 치닫게 하는 근심을 푸는 해우가 우리의 마음과 정신을 치료해주는 힐링의 출발점이 아닐까요?

진오 스님을 만날 때면 저는 '저분은 참 인연도 많으신 분이다. 그 많은 인연들로 인한 근심들을 온 마음과 온몸으로 풀어가시는 분'이란 생각이 듭니다. 진오 스님이 우리나라와 베트남 사이에 존재하는 깊은 인연에서 비롯된 근심을 풀자며 '108개 해우소 프로젝트'를 온몸으로 실행하고 있습니다. 스님은 다른 한편에서 국적도 이름도 없이 그저 "야, 인마!" "야, 이 새끼야!"로 불리는 이주노동자들, 고통과 어려움을 겪고 있는 다문화가족들과 사랑의 인연을 맺으며 그들의 근심을 풀어가고 있습니다.

스님은 근심을 풀어가는 것을 넘어서 '언 땅에 희망의 꽃씨'를 심고 있습니다. 당신 자신의 온몸의 힘을 다해 한반도 횡단 308킬로미터, 베트남 500킬로미터, 독일 700킬로미터, 국토완주 2,000킬로미터의 마라톤을 하면서 모금을 하고 있습니다. 밤낮을 가리지 않고 뛰는 울트라마라톤은 그야말로 온몸의 수분이란 수분은 다 빠져나가게 하고, 정신마저 혼미하게 만듭니다. 보통 사람이면 상상할 수도 없는 거리를 멈추지 않고 달리는 것은 오직 다문화가족들과 이주노동자들에게 희망의 꽃씨를 심어주려는 지극한 사랑 때문입니다. 이런 스님의 모습은 진흙에서 자라지만 진흙에 물들지 않고 꽃이 피면 물속의 나쁜 냄새를 없애고 은은한 향기를 풍기는 연꽃을 떠올리게 합니다. 세상의 온갖 근심거리 속에서 근심에 파묻히지 않고 근심을 풀어주려는 마음이 곧 연꽃입니다.

진오 스님이 그간 당신의 삶에서 깨달은 것을 대중들과 나누기 위해 책을 엮었습니다. 이 책에 담겨진 스님의 아름다운 자비심이 아름답고 은은한 향이 되어 지구촌에 더욱 멀리 번져가기를 기원합니다.

대구가톨릭대학교 국제·다문화대학원장

김명현 디모테오 신부

우리의 포레스트 검프

　　진오 스님을 생각하면 나는 오래전에 봤던 영화 〈포레스트 검프〉의 주인공이 떠오른다. 가족을 사랑하며 연인을 변함없이 지켜주고 가까운 친구의 말에 조용히 귀 기울여주는, 그리고 약속을 지키고 자신에게 허락된 많은 것들에 감사하는 주인공의 심성은 봄날의 매화향만큼이나 진한 감동으로 기억 속에 남아 있다. 그런데 진오 스님에게도 이런 품성이 있다.

　　우리들 누구에게나 순수한 성품이 감춰져 있다. 바람을 가르며 세계를 달리는 진오 스님의 두 발엔 다문화가족의 희망이 걸려 있다.

　　그는 건강이나 장수를 위해, 삶의 고통을 넘어서기 위해 달리지 않는다. 그저 이 지구에 여행 온 한 사람 한 사람을 진정으로 사랑하고 이해하기 위해 달린다.

　　그런 그의 삶이 담겨 있는 책을 읽다 보면 사랑의 힘이 얼마나 위

대하고 경이로운 것인지 생생하게 느낄 수 있다. 달리는 진오 스님
의 따뜻하고 위대한 사랑이 담긴 이 한 권의 책이 작은 풀꽃들의 맑
은 미소처럼 사람들 가슴에 번져가길 두 손 모아 빈다.

《달팽이가 느려도 늦지 않다》 저자

정목 스님

말이 아닌 행동으로 실천하다

2011년 미대륙횡단 기부라이딩을 계기로 진오 스님과 인연을 맺었다. 그리고 그 인연으로 '꿈을이루는사람들'에서 봉사하는 분, 진오 스님과 함께 달리는 분, 기부금을 내주시는 많은 분들을 만났다. 그들 중 상당수는 불교신자가 아니다. 진오 스님이 아무도 보지 않는 곳에서 쓰레기를 줍는 모습을 우연히 보고 센터에서 일하게 된 상담원, 달리기 거리를 속이지 않는 정직함과 우직함에 반해 함께 달리는 울트라마라토너들, 나처럼 꿈을이루는사람들의 설립 과정에 감명받아 함께하게 된 이들까지 저마다 다양한 이유로 스님과 인연을 맺었다.

우리의 다양하고 우연한 인연이 일회적으로 끝나지 않은 것은 스님과 함께하면서 우리 삶의 의미와 행복이 더 커졌기 때문이다. 스님이 자신의 몸을 불태우며 헌신적인 나눔과 봉사의 달리기를 하는 데 공감하면서 어느새 그 길을 함께 달리고 있다. 3년 동안 진오 스님과 함께하면서 나는 스님에 대해 꽤 알고 있다고 생각했다. 그러나 이 책을 읽으며 내가 모르던 면면을 알게 됐다.

출가자로서 스님은 다문화가정, 외국인근로자, 북한이주민, 한일문제 등 앞으로 제대로 준비하지 않으면 얼마나 많은 사회적 갈등을 야기할지 모르는 다양한 분야에서 화두를 던지고 계신다. 공공기관이 무관심한 이주민 복지의 현장에서 외면할 수 없는 슬픔과 아픔을 치유하려다 보니 분야가 넓어진 것이다.

스님의 책을 읽으면서 애잔한 삶의 모습에 눈물을 흘리지 않을 수 없을 것이다. 그리고 한국 사회의 어두운 모습을 외면하지 않고 온몸을 태워서라도 회복하려는 진오 스님에게 감명받지 않을 수 없을 것이다.

진리를 말이 아닌 행동으로 실천하신 진오 스님을 지켜보고 이 책을 읽으며 마음이 따뜻해지는 것을 경험했다. 개인의 욕망과 행복이 아닌 더불어 살아가는 행복을 함께 느껴보시기를 권한다.

울트라사이클리스트

김기중